GIUSEPPINA TORREGROSSA |
Kirschen auf Ricottaschnee

Zum Buch
Agatina hat es als Kind nicht gerade leicht. Der Vater ist nur auf seine Karriere als Richter fixiert, und auch die Mutter kann mit ihrer Tochter wenig anfangen. Doch die Liebe, die Agatina von ihren Eltern nicht erhält, schenkt ihr die Großmutter Agata. Sie verrät ihr außerdem das streng gehütete Rezept der sizilianischen Cassatelle, die der Heiligen Agatha, Schutzpatronin der Frauen, als Opfergabe dargebracht werden, damit sie ihre Schutzbefohlenen vor Leid bewahrt. Da Agatina als Kind nicht nur zu Großmutter Agata, sondern auch zu ihren Großeltern und Tanten in dem kleinen Ort Malavacata abgeschoben wird, fühlt sie sich auch als Erwachsene nirgends zugehörig – bis sie sich mit Leib und Seele in die Beziehung zu Santino, einem extrem eifersüchtigen, verheirateten Mann, stürzt. Erst als sie schwer erkrankt, besinnt Agatina sich auf die Weisheiten ihrer verstorbenen Großmutter. Mithilfe des verloren geglaubten Geheimrezepts der »Agathenküchlein« erkämpft sie sich ihren Weg zurück ins Leben, das für die junge Frau noch einige Überraschungen bereithält.

»Ein sizilianisches Fest der Sinne.« *La Repubblica*

Zur Autorin
Giuseppina Torregrossa, Jahrgang 1956, lebt in Sizilien und Rom, wo sie als Ärztin arbeitet. Mit *Kirschen auf Ricottaschnee* eroberte sie die italienischen Bestsellerlisten, und auch in Deutschland wurde ihr Roman von Presse und Lesern begeistert aufgenommen.

GIUSEPPINA TORREGROSSA

Kirschen auf Ricottaschnee

Roman

Aus dem Italienischen von Verena von Koskull

Diana Verlag

Die Originalausgabe *Il conto delle minne* erschien 2009
im Verlag Mondadori, Segrate (Mailand).

MIX
Papier aus verantwortungsvollen Quellen
FSC® C014496
FSC
www.fsc.org

Verlagsgruppe Random House FSC-DEU-0100
Das für dieses Buch verwendete
FSC®-zertifizierte Papier *Holmen Book Cream*
liefert Holmen Paper, Hallstavik, Schweden.

Taschenbucherstausgabe 10/2012

Umschlaggestaltung | t.mutzenbach design, München
unter Verwendung von Fotos von © Christophe Madamour/
the food passionates/Corbis; shutterstock
Satz | Leingärtner, Nabburg
Druck und Bindung | GGP Media GmbH, Pößneck
Printed in Germany 2012
978-3-453-35654-2

www.diana-verlag.de

Für Marcello, Giovanni und Lucia,
die frischen Wind in mein Leben bringen.

Agathenküchlein

(für 8 Cassatelle)

Mürbeteig

600 g Mehl
120 g Schweineschmalz
150 g Puderzucker
Vanillearoma
2 Eier

Das Schmalz würfeln und zwischen den Fingern gründlich mit dem Mehl vermengen. Nacheinander den Puderzucker, die Eier und das Vanillearoma zufügen und rasch verkneten. Sobald der Teig weich und geschmeidig ist, wie ein sinnlicher Busen, mit einem Küchentuch bedecken und ruhen lassen.

Guss

350 g Puderzucker
2 El Zitronensaft
2 Eiweiß

Das Eiweiß mit einer Prise Salz nicht ganz steif schlagen. Zucker und Zitronensaft zufügen und weiterschlagen, bis eine leuchtend weiße, luftige Creme entsteht.

Füllung

500 g Schafsricotta
100 g kandierte Früchte (Kürbis, Zitronat, Orangeat)
100 g Bitterschokolade, geraspelt
80 g Zucker

Den Ricotta mit dem Zucker zu einer glatten, klümpchenfreien Creme verrühren. Die kandierten Früchte und die Schokolade zufügen. Eine Stunde im Kühlschrank ruhen lassen.

Um dem Gebäck die Form einer Brust zu geben, halbrunde Backförmchen buttern und mit Mehl ausstäuben. Den Mürbeteig dünn ausrollen. Die Förmchen damit auskleiden, die Creme einfüllen und mit Mürbeteigkreisen verschließen. Die Förmchen auf ein gefettetes, bemehltes Backblech stürzen. Bei 180 °C 25–35 Minuten im Ofen backen. Herausnehmen und auf einem Kuchengitter abkühlen lassen.
Die Küchlein vorsichtig aus den Förmchen lösen und zügig mit dem schnell härtenden Guss überziehen.
Damit sich die schmucklosen Cassatelle wie durch Zauberhand in verlockende Brüste verwandeln, die herrlich weißen, duftenden Küchlein mit je einer Belegkirsche verzieren.

Der Anfang
der Geschichte

1

Am Vorabend des Festes der heiligen Agatha holte mich meine Großmutter Agata, die ebenso herzensgut wie die Heilige war, von zu Hause ab. Herausgeputzt im Sonntagskleid, das Haar akkurat in der Mitte gescheitelt und straff von zwei rosa Schleifchen gehalten, stand ich ungeduldig wartend auf dem Balkon. Kaum sah ich sie, stürmte ich die Treppe hinunter, überglücklich, unserer Wohnung für ein paar Stunden entfliehen zu können, wo mir meine immer schlechtgelaunten Eltern die Luft zum Atmen raubten.

Ich war meiner Großmutter dankbar für die liebevolle Aufmerksamkeit, die fürsorglichen Gesten, kleinen Zärtlichkeiten, spontanen Ermutigungen und Komplimente, die ein Kind braucht, um behütet groß zu werden und Vertrauen zum Leben zu fassen. Papa und Mama hielten Zärtlichkeit und Liebe und dergleichen für unnötige Zeitverschwendung, und meine Großmutter bemühte sich nach Kräften, diesen Mangel wettzumachen.

Schweigend und Hand in Hand gingen wir nebeneinander her, meine kleinen Finger mit ihren arthritisch verkrümmten, von der Hausarbeit rauen verschränkt. Die Route des 15er-Busses führte schnurgerade durch Palermo, von der Piazza Vittorio Veneto bis zur Piazza Marina im Herzen der Altstadt. Zu klein, um aus dem Fenster zu schauen, saß ich mit geschlossenen Augen auf den Knien meiner Großmutter. Und doch erkannte ich die Straßen an den Gerüchen und Geräuschen, die, in den Tiefen meines Gedächtnisses abgelagert, zu meinen frühesten Erinnerungen zählen: der zarte, intensive Duft der Magnolien im Giardino Inglese, die Rufe der Straßenhändler, die *abbanniata* – die kehligen Lockrufe – der Fischverkäufer, der Singsang der Obsthändler, die den Passanten ihre Orangen, Zitronen und Limonen anpriesen, das gedehnte *Uiuiuuu* der Sirenen, die das Einlaufen der Schiffe in den Hafen verkündeten, der beißende Gestank des tranigen Wassers im Hafenbecken, der Geruch der *panelle*, der Kichererbsen-Ölkuchen, aus den Bratstuben auf dem Corso Vittorio, das stete, rhythmische Rumpeln der Kutschen über die marmornen Pflasterplatten.

Kurz vor der Endstation stiegen wir vorsichtig aus dem Bus, um mit unseren lederbesohlten Schuhen nicht auf dem feucht glänzenden grauen Marmor auszugleiten, und umrundeten die riesigen Großblättrigen Feigen, australische Bäume, die im restlichen Europa kaum gedeihen, in Palermo aber wie von selbst wachsen und ungewöhnlich groß werden. Die Luftwurzeln hingen wie Stalaktiten von den Ästen und verwuchsen mit denen des Bodens zu einem unentwirrbaren magischen Labyrinth, in dem wir Kinder unter Kreischen und Gelächter spielten und so taten, als würden wir uns verlaufen.

In der Ferne ragte der Palazzo Steri auf, dessen strenge, trutzige Fassade von einem ebenso schönen wie grausamen Sizilien zeugt. Meine Großmutter erzählte mir haarsträubende Geschichten darüber und sparte nicht mit den schauerlichsten Details: »Agatì, dort war das Inquisitionsgericht. In dem Gebäude haben Torquemadas Leute Nonnen, Priester, Briganten und sämtliche Frauen gefoltert, die sie zwischen die Finger kriegten. Was für widerliche Mistböcke! Allein schon mit denen im selben Raum zu sein war Entehrung genug.«

Der schroffe, düstere Bau war mir höchst unheimlich, und beim Anblick der Fenster, die die ebenmäßige Fassade durchbrachen, war ich versucht loszurennen, meinte ich doch tatsächlich, die Hexenschreie und Hilferufe daraus zu hören.

»›Mir ist heiß und kalt, in meinen Eingeweiden rumort es, und mir wird schwer ums Herz …‹, klagte Maricchia, eine arme Frau und Mutter, die der Hexerei bezichtigt worden war. Und schon näherte sich der Diener des Guten Todes ihrer Zelle und läutete sein Glöckchen, *ding ding ding*. Und weißt du, wer sie angeschwärzt hatte, Agatì?« Obwohl sie von mir keine Antwort erwarten konnte, machte meine Großmutter eine erwartungsvolle Pause. Ich dachte fieberhaft nach und blieb darüber fast stehen. Sanft zog sie mich weiter. »Ihr Mann natürlich! Der hatte eine Jüngere, und weil er nicht wusste, wie er seine Frau, die alt und verbraucht war, loswerden sollte … Aber das erklär ich dir, wenn du größer bist.« Damit beendete sie ihre Erzählung, und wir bogen kurz vor der Kirche La Gancia nach links in die Via Alloro ein, die einmal die Hauptstraße des Kalsa-Viertels gewesen war.

Meine Großmutter wohnte im ersten Stock eines alten, heruntergekommenen Hauses gegenüber dem Palazzo Abatellis, das dem Bombenhagel von 1943 standgehalten hatte. Das Gebäude war teilweise wiederaufgebaut worden, und dass es nicht in sich zusammenfiel, war ein Wunder oder, wie meine Großmutter zu sagen pflegte, der Liebe seiner Bewohner zu verdanken, die sonst kein Dach mehr über dem Kopf gehabt hätten. Der braune Anstrich des Eingangstors, den ab und zu jemand erneuerte, changierte in den Ecken ins Grünliche. Seit Jahren wurde es nicht mehr geöffnet, aus Angst, die verrosteten Scharniere könnten plötzlich entzweibrechen und der aus den Angeln geratene Torflügel einen Passanten erschlagen. Also hatte der Tischler ihn mit Nägeln fixiert und eine kleine Behelfstür in das dicke Holz gesägt, die sich leicht und gefahrlos öffnen ließ.

Ich war so klein, dass ich mühelos hindurchpasste, doch meine Großmutter musste sich bücken und den Kopf einziehen, um nicht anzustoßen. Der Innenhof war mit Fahrrädern, Arbeitsgerät und Schubkarren zugestellt. Wir stiegen die enge, steile Treppe aus dunklem Kalkstein hinauf, die sich zwischen abgebröckelten Mauern und hölzernen Tragbalken emporzog. Vom Treppenabsatz blickte man in den Lichthof des Nachbarhauses hinaus.

Die Bomben des letzten Krieges hatten ganze Häuser zum Einsturz gebracht, Trennmauern zerstört und zwischen angrenzenden Gebäuden eigenwillige Verbindungen geschaffen. Weil das Geld und die nötigen Baustoffe fehlten, war der Wiederaufbau in erfindungsreicher Planlosigkeit vonstattengegangen. Balken, Bretter und Eisenträger wurden je nach Bedarf und Möglichkeit zu Geländern, Treppenabsätzen, Decken oder tragenden Wänden zusammengefügt.

»Agatì, bleib dicht an der Mauer.« Meine Großmutter versäumte nie, mich zur Vorsicht zu mahnen; die Vorsicht war für sie mehr als ein Wesenszug, sie war die Tugend schlechthin.

Mit einer halben Drehung des Schlüssels öffnete sich die Tür, die nur aus einer doppelten Spanplatte bestand und eher als imaginäre Schranke für rechtschaffene Leute denn als wirkungsvolle Abschreckung gegen Einbrecher diente. Doch das Viertel war arm und wurde von Dieben für gewöhnlich verschont, da sich dort ohnehin nichts Interessantes oder Wertvolles finden ließ.

Der weiße Porzellanschalter neben der Tür schnalzte wie ein losgelassenes Gummiband, und die Schatten verschwanden. Durch die sommers wie winters geöffnete Balkontür drang der Straßenlärm herein. Eine zarte, weißleinene Stickgardine regte sich im Luftzug und dämpfte das Tageslicht.

Meine Großmutter, die ursprünglich aus Catania stammte und in dem Städtchen Belpasso aufgewachsen war, zog nach der Hochzeit mit meinem Großvater Sebastiano nach Palermo, wo ihre Kinder zur Welt kamen. Zu den wenigen Dingen, die sie mitgenommen hatte, gehörten der tiefe christliche Glaube, den sie sich im Herzen bewahrte, ihre innige Verehrung der heiligen Agatha und die Erinnerung an den Duft frischen Brotes und goldbraunen Gebäcks aus der elterlichen Backstube.

Die ersten Jahre waren nicht einfach gewesen. Es verlangte ihr eine Engelsgeduld, viel Umsicht und ein feines diplomatisches Geschick ab, sich an das Wesen ihres zwar rechtschaffenen, aber hochfahrenden und unleidlichen Mannes zu gewöhnen. Obendrein sorgte die Glaubensfrage für Reibereien und Zank. Als gebürtiger Palermer wollte Sebastiano seine Familie unter den Schutz der heiligen Rosalia stellen, doch seine Frau dachte gar nicht daran, der heiligen Agatha untreu zu werden, und wenn der Heiland höchstpersönlich sie darum gebeten hätte. Glaubenskriege sind bekanntlich die längsten und blutigsten Kriege, meine Großmutter indessen ließ sich nicht beirren: Es dauerte seine Zeit, aber am Ende setzte sie sich durch, denn Frömmigkeit ist Frauensache, und zumindest in dieser Hinsicht konnten die Sizilianierinnen damals frei bestimmen.

Und so war es der Heiligenverehrung meiner Großmutter zu verdanken, dass sich die Familie Badalamenti an jedem 5. Februar versammelte, um den Namenstag ihrer Agatas mit einem festlichen Mittagessen zu begehen. Und natürlich wurde es mit dem von ihr selbstgebackenen Weihegebäck beschlossen – den besagten Cassatelle, den Agathenküchlein, die wie Brüste geformt sind –, zum Dank für bereits erwiesene oder noch zu erweisende Gnade.

Meine Großmutter, nach der ich benannt wurde, hatte verfügt, dass ich ihr bei der diffizilen Zubereitung des Gebäcks zur Hand ging, und mich zur Hüterin und einzigen Erbin des Rezepts auserkoren.

Bei den Badalamentis richtete sich die Erbfolge nach dem Majorat: Der Besitz ging an den ältesten Sohn, der sich wiederum verpflichtete, ihn zu erhalten und zu bewahren und unversehrt an den eigenen Spross weiterzugeben. Obwohl das Ältestenrecht nach der Vereinigung Italiens abgeschafft worden war, blieb es in unserer Familie wie in ganz Süditalien Brauch, den ältesten Sohn als Haupterben einzusetzen und die Mädchen mit einer Geldsumme abzufinden, um jahrelangen Streitereien vorzubeugen. Meine Großmutter, die auf ihre Art eine Feministin war, hatte beschlossen, den wertvollsten Familienschatz, das Rezept für die Agathenküchlein, mir zu vermachen.

In der dämmrigen Küche vollzog sich das heilige Ritual der Backvorbereitungen. Die übrigen Familienmitglieder waren davon ausgeschlossen, hätten sie doch mit ihrer mangelnden Gottesfurcht die Inbrunst meiner Großmutter zunichtemachen und die *santuzza* – die heilige Agatha – womöglich derart verstimmen können, dass sie uns ihren gütigen Schutz verweigert hätte.

Mit der gleichen akribischen Sorgfalt, die ich Jahre später

im Krankenhaus vor dem Betreten des Kreißsaales aufwenden sollte, wusch ich mir die Hände. Dann machte ich mich am Marmortisch voller Ernst und Hingabe an dem Mürbeteig und der Ricottacreme zu schaffen. Währenddessen erzählte mir meine Großmutter ihre Version vom Leben der *santuzza,* teils, um mir die Zeit nicht lang werden zu lassen, teils, um mir etwas Nützliches beizubringen. Aber auch, um mich obendrein mit ihrer aufrichtigen, glühenden Frömmigkeit anzustecken.

2

»Agatì, *beddruzza mia*, fang schon mal an, das Mehl mit dem Schmalz zu verkneten, und hör mir gut zu, ich hab dir was Wichtiges zu erzählen. Du musst wissen, dass die heilige Agatha, ehe sie Wunder vollbrachte, genauso eine süße kleine *picciuttedda* war wie du, mit Haut, so weiß wie ein Feld blühender Mandelbäume, blauen Augen, die leuchteten wie der Frühlingshimmel, und schwarzen, langen, seidigen Zöpfen mit zwei rosa Schleifen. Eines Morgens saß sie wieder einmal am Fenster, kämmte sich das Haar und massierte Olivenöl hinein. Für die Haare gibt's nichts Besseres, mein Spatz: Jeden Tag ein bisschen auf die Spitzen, und sie wachsen und gedeihen. Eines Tages kam der römische Statthalter vorbei, ein gewisser Quintianus. Das Mädchen sang mit so lieblicher Stimme sein Gebet, dass es das Herz des Statthalters rührte, das wild in seiner Brust trommelte. Sogar das Pferd spürte, dass etwas vor sich ging, und fing an zu schnauben und unruhig mit den Hufen zu stampfen. Dieses süße, sanfte und gottesfürchtige Mädchen aus gutem Hause brachte ihn um seinen Seelenfrieden und raubte ihm den nächtlichen Schlaf. Kaum schloss er die Augen, sah er Agatha mit den langen Zöpfen und dem makellos weißen Teint vor sich. Er warf sich im Bett hin und her, doch dieses junge Fleisch, das ihm das Blut in Wallung brachte, wollte ihm einfach nicht aus dem Sinn. Schlaff wie zerkochte Pasta quälte er sich morgens wie gerädert aus dem Bett, während ihre Stimme ihm selbst bei geräuschvollen Audienzen noch in den Ohren klang. Manchmal holte er sich drei, vier Straßenhuren ins Bett, um ein bisschen Ruhe zu finden.

Sag bloß nicht deinem Vater, dass ich dir so was erzähle, Agatì. Wenn der spitzkriegt, dass ich dir von liederlichen Weibsbildern erzähle … Puh, ich mag gar nicht dran denken, was dann los ist. Seit er Richter geworden ist, tut er so, als hätte er das Recht gepachtet und wüsste alles besser; gar nicht daran zu denken, wenn er es erfährt … das beste Wort ist das, was man verschweigt.«

Während sie redete, knetete sie mit ihren geschickten Fingern den Teig zu einer geschmeidigen, weichen Kugel.

»Du brauchst mich gar nicht so groß anzusehen, Agatì, manche Sachen verstehst du Küken einfach noch nicht. Aber wenn du einmal groß bist, wirst du an meine Worte zurückdenken; pass also gut auf, je eher du Bescheid weißt, desto besser. Wenn man den Männern was erzählt, schmieren sie's einem früher oder später wieder aufs Butterbrot, und dein Vater ist schließlich ein Mann wie jeder andere; je weniger du ihm sagst, desto besser für dich. Und bring mir den Ricotta, dann zeig ich dir, wie man die Creme macht, während der Teig ruht.«

Ich starrte sie mit offenem Mund an. Auch wenn ich einiges bisweilen nicht verstand, vertraute ich ihr und merkte mir jedes Wort, denn irgendwann würden mir ihre Weisheiten gewiss einmal nützlich sein, das spürte ich. Tatsächlich wäre mir als Erwachsene so manches erspart geblieben, hätte ich mich nur rechtzeitig an ihre Ratschläge erinnert. Ich ging auf den Balkon, wo meine Großmutter die Weidenkörbchen mit den Ricottalaiben aufbewahrte, die wie weißer Wackelpudding anmuteten; sie waren ein Geschenk von Onkel Vincenzo, Großvaters Bruder, der Milchmann von Beruf war.

Die Molke troff aus den Körbchen und hinterließ eine klebrige Spur auf dem Fußboden.

»Agatì, gib mir deine Hand, und ich zeig dir, wie's geht. Hier, halt die Gabel ganz fest, und nun fang an zu rühren. Ruhig fester, keine Bange, der Ricotta muss ganz glatt und geschmeidig werden.

Also zurück zu unserem Statthalter – der hatte alle Fehler, die man nur haben kann: Er war ein Mann, er war mächtig, und er war ein Fremder. Und sein Herz verzehrte sich Tag und Nacht nach diesem Mädchen. Eines Tages, als sein Verlangen ihn quälte wie ein verdorbener Magen nach dem Weihnachtsschmaus, schickte er seine Soldaten in die Kirche und ließ Agatha unter dem Vorwand, der römische Kaiser habe das Beten zum Allmächtigen verboten, verhaften. Wieder mal typisch für diese Leute vom Festland mit ihren absonderlichen Vorstellungen, die haben uns gerade noch gefehlt! Dabei kannte Quintianus das Gesetz auswendig, genau wie dein Vater. Aber du siehst ja, was dabei herauskommt!

Als Agatha vor den Statthalter geführt wurde, hielt sie den Blick gesenkt und die Hände hinter dem Rücken verborgen. Reglos und abwartend stand sie da, wie ein Kind, das die Lehrerin an die Tafel gerufen hat. Sie hatte beschlossen, die Braut Christi zu werden, sich ganz und gar ihm zu weihen, und niemand würde sie davon abbringen. Doch mit ihrem schüchternen, jungfräulichen Gebaren reizte sie den Statthalter nur noch mehr. Auch du wirst irgendwann merken, dass hier in Sizilien, auf dieser Insel von Dickschädeln, die Wünsche der Frauen nichts wert sind. Das Einzige, was zählt, ist der Wille der Männer.

Je verschlossener und abweisender sie sich gab, desto heftiger geriet Quintianus' verderbtes Blut in Wallung. Hingeräkelt auf dem Sofa, mit einem Fuß auf dem roten Samt, packte er sie bei den Haaren, zerrte sie zu sich heran und schob ihr die Hand unters Kleid. Das Mädchen war vollkommen erstarrt, das Gesicht eine wächserne Maske, die Augen geschlossen, der Atem flach. Seine Zurückweisung traf Quintianus wie ein Messerstich. Er begann zu fluchen, als wäre der Leibhaftige in ihn gefahren. Schlimmer noch als dein Großvater, als ich bei Pater Reginella zur Beichte gegangen bin. Er spie Feuer, als hätte er in ein Stück trockene Nduja-Wurst gebissen. Denn wenn ein Mann eine Frau anfasst und sie findet's nicht schön, fühlt er sich als halber Kerl. Aber wehe, sie findet's schön, dann ist sie eine Hure.«

Angestrengt kniff ich die Lider zusammen und versuchte, den Sinn ihrer Worte zu erfassen, die sie mit kleinen Gesten untermalte; dazu runzelte sie die Brauen und verzog den Mund.

»Also, Agatina, auch wenn du's jetzt noch nicht verstehst, merk dir: Gleich, was du tust, den Männern kannst du's nie recht machen.« Grimmig begann sie den Guss, ein Gemisch aus Zucker und Zitronensaft, mit dem Schneebesen zu traktieren, so sehr ging ihr die Schmach, die ihre Lieblingsheilige zu erleiden gehabt hatte, gegen den Strich.

»Der Statthalter rief seinen Handlanger, einen Verbrecher, der bei uns früher hinter Gittern gelandet wäre, und sagte zu ihm: ›Bring sie zu Afrodisia. Sag ihr, sie soll sie mir gefügig machen, wie, ist mir egal!‹ Rate mal, womit Afrodisia ihr Geld verdiente.«

Während ich mein Kinderhirn marterte, zündete meine Großmutter rasch den Ofen an. In Gedanken zählte ich alle Frauenberufe auf, die ich kannte: Schneiderin, Lehrerin,

Mutter … Dann gab ich auf, zuckte mit den Schultern und schüttelte ratlos den Kopf.

»Ach, Agatina, nun stell dich doch nicht so an! Eine Hure natürlich! Ein liederliches Weib, von der Sorte, die längst ausgestorben ist.« Meine Großmutter hatte eine Schwäche für gewisse Kraftausdrücke, aber nur, wenn sie mit mir allein war. Während sie vor anderen Leuten nicht einmal so etwas Harmloses wie »Dummkopf« sagte, nahm sie bei mir kein Blatt vor den Mund, nachdem ich ihr versprochen hatte, nichts davon zu wiederholen.

»Fang schon mal an, die Schokolade zu reiben, und dann zeige ich dir, wie man die Förmchen füllt. Die arme Heilige dachte, sie müsse sterben, kaum hatten sie sie ins Freudenhaus gesteckt. Denn da passierten Dinge, die kann ich dir nicht erzählen; nicht, weil ich bang vor deinem Vater bin, bewahre!, sondern weil's der Anstand mir verbietet.«

»Keine Sorge, Großmutter, ich sag's auch keinem.« Und um meinen Worten Nachdruck zu verleihen, legte ich die rechte Hand aufs Herz. Auch wenn ich oft nicht verstand, worum es ging, spürte ich, dass sie mir etwas Wichtiges erzählte, etwas fürs Leben. Die Vesperglocken läuteten, und meine Großmutter ließ von den Küchlein ab, bekreuzigte sich, murmelte leise ihr Gebet, das sie mit dem üblichen »Jesus, Maria und Josef, Retter meiner Seele« beschloss, und nahm ihre Erzählung wieder auf.

»Die Kleine wollte davon überhaupt nichts wissen. Stur wie ein Esel weigerte sie sich, mit den Männern mitzugehen, die sie natürlich prompt aus der Weiberschar herauspickten. Kein Wunder, zart und anmutig, wie sie war, mit diesen gerade erst knospenden Brüsten. Ob Versprechungen, Drohungen, Erpressungen, Watschen – alles war umsonst: Die *santuzza* ließ sich nicht erweichen. Nach einem Monat, in dem sie nichts unversucht gelassen hatte, gab Afrodisia auf. Sie rief den obersten Wachmann, übergab ihm das Mädchen und sagte: ›Nichts zu machen! Die hat einen Schädel, der ist härter als die Lava des Ätna!‹ Der Wachmann packte sie, verdrehte ihr den Arm und bugsierte sie zum Palast zurück. Quintianus, der noch immer, ganz in Gold gewandet, auf seinem Sofa lag, mit kleinen, übernächtigten Augen, das Gesicht aufgedunsen vom Wein, das Haar von seinen Dämonen zerzaust, befahl voller Wut über diese Abfuhr: ›Werft sie in den dunkelsten Kerker und foltert sie!‹

Seine Liebe zu Agatha hatte sich in glühenden Hass verwandelt; so kommt es immer, wenn man nein zu einem Mann sagt – einen Korb zu kriegen ist schlimmer, als gehörnt zu werden.

›Wenn die Kratzbürste nicht nachgibt, kommen die anderen womöglich auch noch auf den Geschmack, und dann verweigert sich selbst das letzte Flittchen, um ja nicht hinten anzustehen‹, dachte Quintianus. Der elende Mistbock von Folterer indes konnte sein Glück kaum fassen – wann bekam er schon mal junges Fleisch zum Quälen? –, und händereibend ließ er im Geiste das ganze vom Vater erlernte Repertoire Revue passieren.

Um seinen Herrn zufriedenzustellen und zum eigenen Vergnügen stürzte er sich mit Feuereifer auf Agatha. Er streckte ihre Arme und Beine, zerfetzte ihr mit Zangen das Fleisch, drückte ihr glühende Brandeisen auf, doch sie schüttelte beharrlich den Kopf. Geschunden, besudelt und in Lumpen wurde sie wieder vor Quintianus geführt. Im Audienzsaal herrschte Totenstille, die Leute trauten sich kaum zu atmen.

›Wenn du frei und wohlgeboren bist, wieso kleidest du dich dann wie eine Sklavin?‹, höhnte der Statthalter hohläugig und mit nervös zuckenden Händen von seinem Thron herunter.

›Nicht die Kutte macht den Mönch. Ich bin wohlgeboren, weil ich Christus nahe bin, dem einzigen Herrn, den ich achte‹, antwortete sie mit einem Stimmchen, so zart wie eine Frühlingsbrise, jedoch fest und ohne das kleinste Zittern.

Blind vor Zorn und mit hervortretender Halsschlagader befahl er: ›Reißt ihr die Titten ab!‹«

Um ihrer Erzählung Nachdruck zu verleihen, ahmte meine Großmutter abwechselnd die dröhnende Stimme des Statthalters und die liebliche der Heiligen nach, gestikulierte, rollte die Augen, runzelte die Stirn und wirkte dabei eher komisch als dramatisch. Doch als sie sagte: »Reißt ihr die Titten ab!«, gab sie ihrer Stimme einen besonders düsteren Ton, und mit angstgeweiteten Augen starrte ich sie an, zog den Kopf zwischen die Schultern und griff mir an die Brust.

»Agatì, *beddruzza mia*, das ist doch nur eine Geschichte, du brauchst dich nicht zu fürchten. Sie ist zwar wirklich passiert, aber das ist lange her, und der liebe Gott stellt schließlich nicht irgendwen auf die Probe. Agatha konnte alles aushalten, sonst wäre sie ja keine Heilige. Dir kleinem Küken kann nichts Schlimmes passieren, und außerdem machen deine Mutter und dein Vater dir das Leben schon schwer genug, nicht wahr? Hol die kandierten Kirschen, damit wir die Cassatelle verzieren können.«

Die Hände auf meine noch nicht vorhandenen Brüste gepresst, rutschte ich vom Hocker, öffnete mit Mühe die Türen der Anrichte, spähte suchend auf die mit unterschiedlichen Tassen, Blechschachteln, Garnresten und Nudelpaketen vollgestopften Regalbretter, bis ich die Dose mit Belegkirschen entdeckte und mit ihr zum Tisch zurückrannte, um das Ende der Geschichte zu hören.

Das Verzieren war eine besonders heikle Angelegenheit, und ergriffen von der Bedeutsamkeit des Augenblicks, saß ich daneben und schaute zu. Die Cassatelle mussten wie echte Brüste aussehen, denn die Heilige war empfindlich und hätte uns sonst ihren Schutz versagen können. Meine Großmutter setzte sich die Brille auf, zog die Vorhänge zurück, platzierte eine Kirsche auf eines der Agathenküchlein und trat zurück, um zu sehen, ob sie auch wirklich in der Mitte saß. Dann kam sie wieder an den Tisch, setzte die nächste Kirsche auf eine Cassatella und immer so fort, bis all die herrlichen Küchlein verziert waren, während sie, ohne ihre Arbeit zu unterbrechen, weitererzählte.

»Kaum hatte der Statthalter gesprochen, senkte sich ein entsetzliches Schweigen auf den Saal herab. Man hörte förmlich das zornige Toben in seiner Brust, die knisternde Angst in den Herzen der Menschen, das Brodeln in den Köpfen der Henker. Ehe man sich's versah, lagen zwei weiße, kleine, runde Brüste neben einer schwarzen Zange auf einem Silbertablett. Die *santuzza* sank ohnmächtig vor Schmerz zu Boden, und den Anwesenden entfuhr ein Schrei. Obwohl sie der Anblick der schwarzen, blutenden Mulden in Agathas Brust vor Abscheu erschaudern ließ, mussten sich zwei Soldaten dem Befehl des Statthalters beugen, schleiften sie, ohne hinzusehen, an den Armen hinaus und warfen sie zusammen mit ihren Brüsten wie einen Sack Kehricht in den Kerker.«

Die Schilderung war gespickt mit lebhaften Einzelheiten,

sodass ich alles am eigenen Leib zu spüren meinte. Ich teilte den Schmerz der *santuzza,* spürte ihn in den Armen, der Brust, dem Kopf, während mir die Tränen ungehemmt über die Wangen strömten. Mit einem Küchentuchzipfel wischte meine Großmutter mir die Augen trocken. »Du brauchst nicht bang zu sein, Agatì, jetzt kommt das Schönste. Da lag die *santuzza* halb bewusstlos auf dem Boden, stöhnte und zitterte. Die Zelle war finster und kalt, und in der Ferne hörte man den Ätna grollen. Mehr tot als lebendig, spürte sie, wie ihr die Kälte an den Beinen emporkroch, und sie zog die Knie an die Brust wie ein Kind im Mutterleib; sie betete zur Muttergottes, flehte Gott an, sie sterben zu lassen, rief nach ihrer Mama und redete wirres Zeug.

Als eine wärmende Woge seinen Körper durchlief, dachte das Mädchen erleichtert, seine Stunde sei gekommen. ›Agatha, Agatha!‹, rief eine alte Stimme. Aus dem Nichts war plötzlich ein Greis aufgetaucht, mit einem winzigen Kerl daneben, der eine Laterne hielt. Es war niemand anders als der heilige Petrus. Die *santuzza* erkannte ihn sofort, vielleicht an seinem langen weißen Bart oder seinem engelhaften Aussehen oder den leuchtenden Augen. Sie versuchte aufzustehen, doch ihre Beine gehorchten ihr nicht. Der Alte hob segnend die Hand, und die Brüste kehrten fest und schön wie zuvor an ihren Platz zurück. Er küsste sie auf die Stirn, verschwand wieder und ließ sie völlig genesen zurück.

Am nächsten Morgen wartete der Statthalter darauf, dass man ihm den aufgebahrten Leichnam der kleinen Jungfer präsentierte. Du kannst dir vorstellen, wie der geguckt hat, als er den Audienzsaal betrat und sie kerngesund vor ihm stand, fest entschlossen, ihn abermals abblitzen zu lassen. Er fing an, herumzubrüllen und mit Sachen um sich zu schmeißen, packte den Henker und seinen Gehilfen beim Kragen, dann griff er mit wilder Fratze nach der Jungfrau und warf sie, während er wirres Zeug stammelte, auf die glühenden Kohlen: Selbst ist der Mann, muss er sich wohl gedacht haben. Dichter schwarzer Qualm und der Gestank nach versengtem Fleisch erfüllten den Saal, die Menschen husteten und brüllten vor Entsetzen. Plötzlich wurden die Schreie von einem finsteren, dumpfen Grollen übertönt. Der Ätna spie siedende Lava, und ein Erdstoß erschütterte den Palast. Die Marmorsäulen brachen zusammen, die Decke stürzte herab und begrub Quintianus' niederträchtige Handlanger, den Henker und seinen Gehilfen, unter einem Geröllhaufen. Unser Herrgott war stinksauer. Das ist wieder eins von den Wörtern, die du nie in den Mund nehmen darfst, schwör's mir, Agatina!«

»Ich schwör's dir, Großmutter«, sagte ich und legte die rechte Hand auf die Brust.

»Als der Statthalter, der wie alle Aufschneider eine richtige Memme war, erkannte, in welcher Gefahr er sich befand, ergriff er die Kleine und riss sie eigenhändig aus dem Feuer. Doch zu spät, sie war bereits tot.«

Als die Geschichte zu Ende war, hing ein merkwürdiger Duft nach Heiligkeit und Ricotta in der Luft. Auf dem Küchentisch reihten sich zahlreiche kleine, runde Cassatelle paarweise aneinander, gekrönt von roten Kirschen, die die aufreizenden Brustwarzen darstellten. In diesen Küchlein, deren rituelles Backen aus der Familientradition der Badalamentis nicht mehr wegzudenken war, offenbarten sich die Frömmigkeit und Hingabe meiner Großmutter zu der Heiligen.

Ehe ich ging, zählte ich sie mehrmals durch: eins, zwei, drei, zehn, zwanzig, zweiunddreißig – es war immer eine gerade Zahl, je zwei für jede Verwandte, die sich nun das ganze Jahr über des Beistands der heiligen Agatha gewiss sein konnte.

Die Geschichte

1

»Agata, hier ist jemand, hilf mir mal.«

»Ich komme schon.«

Das Mädchen legt den Stift beiseite, schlüpft hinter den Tresen und nimmt sich mit sanftem Lächeln der Kundschaft an.

Agata, die viele Jahre später meine Großmutter werden sollte, arbeitete nach der Schule in der väterlichen Bäckerei. Ihr Vater, mein Urgroßvater Gaetano, war ein redlicher Mann und ertrug die Widrigkeiten des Lebens mit ergebenem Christenglauben. Mit seinem sanften, friedfertigen Wesen war er unter den Malpassotti, wie die für ihre Grausamkeit und Brutalität berüchtigten Bürger von Malupassu genannt wurden, wahrlich eine Ausnahme. Der Ort, der sich heute Belpasso nennt, war eine Kleinstadt am Fuße des Ätna.

Gaetano hatte sich das Motto des Stadtwappens, MELIOR DE CINERE SURGO – »Blühender stehe ich aus der Asche wieder auf« –, zu eigen gemacht. Zwar war ihm der eigentliche Sinn dieser Worte nicht ganz klar, doch hatte er ihn sich erklären lassen und sich seinen Teil dazu gedacht, denn wie sonst soll man sich die Welt begreiflich machen. Gaetano war zu dem Schluss gekommen, er selbst sei der Phönix, der stets aufs Neue aus der Asche steigt, weshalb er sich in schweren Momenten niemals unterkriegen ließ. Einzig der Wetterwechsel machte ihm zu schaffen. An manchen Tagen stand er morgens mit kribbelnden Händen und Armen auf, und ehe er sich's versah, wurde er starr, verdrehte die Augen, schlug längs hin, und ein Speichelfaden troff ihm aus dem Mund. Wenig später erwachte er wie aus einem tiefen Schlaf, leicht benommen, aber guter Dinge, als kehrte er geradewegs aus dem Paradies zurück.

Seine Mutter, die gute Seele, behauptete immer, die Makaluben seien schuld daran, kleine, kegelförmige Schlammvulkane, die in der Gegend um das Dorf regelmäßig zum Ausbruch kamen und heilloses Chaos anrichteten. Jedes Mal, wenn sich *lu sangu di li sarracini*, das Blut der Sarazenen, aus den Makaluben ergoss, bekam Gaetano einen epileptischen Anfall und stürzte wie vom Blitz getroffen zu Boden, und die Erdstöße, die den Eruptionen unweigerlich folgten, brachten die Häuser zum Einsturz. Und tatsächlich: Fern der sandig roten Erdhügel rund um das Kloster San Nicolò l'Arena, wo sich die Makaluben befanden, passierte ihm das nie. Jedes Mal, wenn er wieder von Krämpfen geschüttelt wurde, bekreuzigte sich die Mutter und entzündete voller Angst, das Haus könnte ihr im nächsten Moment überm Kopf zusammenbrechen, eine Kerze für die heilige Agatha.

Der Arzt hatte ihm Wetterfühligkeit bescheinigt, doch die Leute im Viertel behaupteten, er besitze magische Kräfte. Und wenn es etwas Wichtiges zu entscheiden gab, fragten sie ihn um Rat und entlohnten ihn für seine Weissagungen mit Lebensmitteln, etwa Obst oder ein paar Eiern. Gaetanos Familie, die seit Generationen nichts als Elend und Hunger kannte, konnte es kaum fassen, dass es plötzlich etwas zu beißen gab, und bemühte sich eifrig, die Gerüchte um die geheimnisvollen Kräfte des Jungen zu nähren.

Die Mutter regelte den Pilgerverkehr, setzte die Zeiten

fest, in denen das Orakel befragt werden durfte, und hatte sogar eine Honorarliste aufgestellt. Von den Eiern, dem Mehl und dem Zucker, den die Leute dem Jungen mitbrachten, wurde nicht nur die ganze Familie satt, die Frauen konnten obendrein Kuchen, Brot, Pizza, Mustacci für Weihnachten, Torronicini, Cassatelle, Ricottaravioli und Mandelkekse daraus backen und auf dem Markt verkaufen. Kaum hatte sie ein wenig Geld beiseitegelegt, zog die Familie in ein anderes Viertel und eröffnete eine Bäckerei.

Als Gaetano größer wurde, verschwanden zusammen mit den Anfällen auch die übersinnlichen Kräfte. Dafür ging ihm das Bäckerhandwerk so gut von der Hand, dass er bald weithin bekannt war, denn sein Brot war das beste in der ganzen Gegend.

Seine Frau Luisa, meine Urgroßmutter – ein hübsches, zielstrebiges Mädchen aus einer armen, aber fortschrittlichen Familie von Schwefelminenarbeitern –, hatte er während eines Streiks der sizilianischen Arbeiterbünde auf der Straße kennengelernt. Luisa hatte sich mit Leib und Seele der Arbeiterbewegung verschrieben. Eines Tages hatte Gaetano geschäftlich in Catania zu tun und ging gerade die Via Etnea hinunter, als er jäh in eine schreiende, rennende, knüppelschwingende Menschenmenge geriet und wie angewurzelt stehen blieb. Als die Polizei eintraf, suchten die Demonstranten das Weite; nur er konnte sich nicht rühren und spürte, wie ihm das vertraute Kribbeln durch Beine und Bauch bis in die Arme kroch. Gleich, das spürte er, würde er längs hinschlagen wie zu Zeiten der Makaluben.

Steif wie ein Stockfisch stand er da, als ihm plötzlich Luisa über den Weg lief. Sie begriff sofort, dass mit dem Jungen etwas nicht in Ordnung war, dass er unter irgendeiner Störung litt, die ihn nicht von der Stelle kommen ließ. Sie packte ihn bei der Jacke und zerrte ihn hinter sich her, damit ihn der Pulk nicht platt walzte wie eine Weintraube.

Gaetano verliebte sich augenblicklich in sie: So ruhig und friedfertig er mit Männern war, so feurig und ungestüm war er mit Frauen. Zuerst wollte sie nichts von ihm wissen, er war ihr einfach zu rückständig – was waren denn das für überkommene Vorstellungen: Frau ist Frau, Mann ist Mann, Familie ist Familie, die Ehefrau bleibt zu Hause und kümmert sich um den Nachwuchs. Luisa, die gern und voller Stolz von sich behauptete: »Ich bin Sozialistin!«, hatte da ganz andere Ansichten.

Doch als ihr kleiner Bruder Giacomo beim Bauernaufstand von Caltavuturo ums Leben kam, Beppe Giuffrida zu lebenslanger Haft verurteilt wurde und Ministerpräsident Crispi wie ein Besessener auf die Arbeiterbünde eindrosch, sank ihr Mut: »Verdammichte Insel, elendes Land, das uns ein Leben lang schurigelt!« Luisa besann sich eines anderen und beschloss, den Malpassotto, besser bekannt unter dem Namen »der Meteorologe«, zu heiraten.

Sie selbst ergriff die Initiative, denn Gaetano hatte die Hoffnung längst aufgegeben. Bei einem Spaziergang küsste sie ihn auf den Mund und zwängte ihm die Zunge zwischen die Zähne, die er, vollkommen verdattert, noch fester zusammenbiss. Dann knöpfte sie die Bluse auf, entblößte ihre großen, weichen Brüste und sagte: »Jetzt, wo du mich entehrt hast, musst du mich heiraten.« Das ließ er sich nicht zweimal sagen.

Im Monat darauf fand die Trauung in der Kirche von Sant' Agata in Catania statt, und das Brautpaar wurde mit

Wein und Kichererbsen gefeiert. Und so erlernte auch Luisa das Brotbacken und ergab sich einem Leben, das frei von politischen Leidenschaften, jedoch reich an Erfüllungen ganz anderer Art war.

2

Mitten in der Nacht, wenn die anderen noch in ihrem warmen Bett schliefen, begann Gaetano mit seiner Arbeit. Er knetete den Brotteig, formte Focacce und schob Gebäck in den Ofen. Allein die Herstellung der Agathenküchlein, des traditionellen Weihegebäcks, überließ er seiner Frau, denn der Anblick dieser weißen, sinnlichen Törtchen war einfach zu viel für ihn. Ihm werde davon schwummrig, behauptete er.

Und so schlug meine Urgroßmutter jedes Jahr am 5. Februar die verschlafenen Augen auf und schlüpfte im Dunkeln hastig in die Kleider. Sie verließ das Bett nur ungern, denn das Haus hatte keine Heizung. Fröstelnd stieg sie die Treppe hinab und betrat mit dem schlummernden Töchterchen im Arm die Backstube. Meine Großmutter Agatha war noch ein kleines, rosiges Bündel, das in der Backstube, dem wärmsten Ort im ganzen Haus, friedlich weiterschlief.

»Guten Morgen, Tano.« Luisa schlang ihrem Mann die Arme um den Hals, reckte ihm die Lippen zum Kuss hin und schmiegte ihren weichen Körper an seinen. Gaetano ließ sich nie lange bitten, schnurstracks legte er ihr die Hände auf die Brüste und hätte sie am liebsten an Ort und Stelle genommen. Mühsam entwand sie sich ihm, sah ihn mit neckischem Augenaufschlag an und sagte vorwurfsvoll und ohne aufzuhören, ihn zu streicheln: »Lässt du mich wohl los, wir sind eh schon spät dran! Was soll'n die *santuzza* denken, wenn ich die Cassatelle nicht fertig krieg? Und wenn sie dann eingeschnappt ist und dafür sorgt, dass ich keine Milch mehr hab?« Erst nach mehreren Ehejahren, als Luisa schon nicht mehr glaubte, Mutter zu werden, war die Kleine geboren worden. Sie war ein Geschenk des Himmels, weshalb Luisa der Heiligen besondere Ehrfurcht entgegenbrachte: Nicht umsonst hatte sie dem Kind den Namen Agata gegeben. Tano wich nur äußerst ungern von Luisas Seite; vom ersten Tag an war er eifersüchtig auf seine Tochter, die jederzeit freien Zugriff auf Luisas Brüste hatte. Doch vor der Heiligen streckte er widerwillig die Waffen und fügte sich dem Willen seiner Frau. Im Grunde seines Herzens hatte auch er einen Heidenrespekt vor dieser typischen Mischung aus Mimosenhaftigkeit und Bosheit, wie sie dem Charakter der Sizilianer ebenso eigen ist wie dem ihrer Heiligen. Er mimte den Beleidigten und wendete sich ab, indem er sich den Schweiß von der Stirn wischte, ehe er mit der Axt auf das Brennholz einhieb, um sein Ungestüm zu bezähmen.

Zufrieden mit der Macht, die sie auf ihren Mann ausübte, bettete Luisa das wenige Monate alte Töchterchen in eine Holzkiste, rückte das Häubchen zurecht, das ihr langes schwarzes Haar zusammenhielt, band sich die gestärkte weiße Schürze um und verschwand im Nebenraum. Das Kind schlief bei solchen Liebesgeplänkeln seelenruhig weiter. Nur manchmal, wenn es stürmischer zuging, wimmerte es leise, dann hob die Mutter es augenblicklich an die Brust und sang zärtlich:

Dormi figghiuzza cu' l'ancili tò,
dormi figghiuzza e fa' la vò vò.
Oh, oh, oh, dormi figghiuzza e fa' la vò vò.

»Schlaf mit den Engeln, meine Kleine, / schlaf, meine Kleine, und mach heia. / Schlaf, meine Kleine, und mach heiapopeia.«

3

Luisa war beinahe glücklich, einzig der früh gestorbene Bruder lastete auf ihrem Gewissen, als wäre sie schuld an seinem Tod. Im Grunde wusste sie nicht mehr, wer wen angestachelt hatte: ob ihr Bruder sie in den Aufstand von Caltavuturo hineingezogen hatte oder ob nicht sie es gewesen war, die Erstgeborene einer politisch gesinnten Familie, die, intelligent und zupackend und von ihren Angehörigen deswegen bewundert, den leicht zu beeindruckenden Jüngeren beeinflusst hatte. Wenn Gaetano am Backofen stand, vergoss Luisa gern ein paar Tränen, doch sobald sie ihren Mann die Treppe heraufkommen hörte, wischte sie sich hastig die Augen trocken, denn sie war überzeugt, dass »Heulsusen den Männern auf den Sack gehen«.

Die politische Leidenschaft war der Liebe für Gaetano gewichen, der zwar ein halber Analphabet war, in der Liebeskunst jedoch geradezu die Geschicklichkeit eines Chirurgen bewies. Noch die verborgensten Winkel und Stellen des weiblichen Körpers waren ihm instinktiv vertraut. Bereits in der Hochzeitsnacht hatte Gaetano keinen Moment gezögert, seine Begabung sogleich unter Beweis zu stellen. Luisa war es peinlich gewesen, sich von seinen mehlweißen Händen bis ins kleinste Grübchen erkunden zu lassen. In dem Zimmer, das sie mit ihren Eltern teilten, wanderten seine geschickten Finger stundenlang über ihren Körper. Das junge Brautpaar hatte kein Geld, und so waren sie im Haus ihrer Eltern untergekommen, wo sie es sich bis auf weiteres in einem Eckchen bequem gemacht hatten. Ein schwerer

Stoffvorhang sorgte für das Mindestmaß an Ungestörtheit, das einem jungen, frischvermählten Paar zusteht.

Gaetano, den die Nähe der Schwiegereltern nicht hemmte und der fest entschlossen war, Versäumtes wettzumachen, nahm schließlich auch noch den Mund zu Hilfe. Seufzend und stöhnend ließ sie ihn gewähren, und als die Geräusche, die ihr ungewollt entwichen, an die Oberfläche ihres Bewusstseins und schließlich auch an ihre Ohren drangen, wurde sie noch röter bei der Vorstellung, ihre Eltern könnten sie hören und schlecht über sie denken. Sie hätte ihn freilich zurückhalten können, doch ihre Arme und Beine waren weich und nachgiebig wie Butter, und sie hatte das Gefühl zu schmelzen, sodass sie, statt ihn wegzustoßen, sich an ihn schmiegte. Gaetano war leidenschaftlich und einfühlsam zugleich, und mit jedem Tag, da seine Technik ausgefeilter wurde, reagierte Luisas Körper auf seine Zärtlichkeiten mit wachsender Lust.

Als sie nach einem Jahr in ein eigenes Haus zogen, liebten sie sich eine ganze Nacht und einen ganzen Tag lang, um das Ereignis zu feiern. Er wurde niemals müde, und das Begehren ihres Mannes verschaffte ihr tiefe Befriedigung. Zum ersten Mal genoss sie das Gefühl, dass ihr jemand ganz gehörte. Es genügte ein Blick, ein vielsagender Wimpernschlag, und Gaetano ließ alles stehen und widmete sich mit Leib und Seele seiner Frau, die ihn zum Abschluss jedes Mal mit einem kleinen Schrei belohnte.

Den Kopf auf Luisas großen, weißen Brüsten, schlief Gaetano tief und selig. Und war er wach, streichelte er sie so sanft und zärtlich, wie es diesen beiden Prachtexemplaren gebührte. Wenn er einmal, von der Lust übermannt, etwas Neues ausprobierte und sich anderen Körperstellen widmete, packte sie ihn beim Kopf und zog ihn an sich, bis er endlich gierig wie ein Neugeborenes an ihren Nippeln saugte.

Luisa hütete ihre Brüste wie einen Schatz und hegte und pflegte sie. Sie wusch sie, massierte sie mit Süßmandelöl, betrachtete sie lange im Spiegel und erfreute sich an ihrer strahlenden Schönheit, kaum waren sie aus dem steifen Panzer der Büstenhalter befreit, wie man sie damals trug. Vor lauter Massieren, Streicheln und Bewundern konnte es hie und da passieren, dass ihr ein Orgasmus entfuhr, der sie rot werden ließ und ihr ein schlechtes Gewissen bereitete, weil ihr Mann an diesem Genuss nicht hatte teilhaben dürfen.

Die Geburt ihrer Tochter Agata war das Sahnehäubchen auf ihrem Glück, und ganz besonders beglückend war die Stillzeit, denn das Mündchen der *picciridda* nuckelte so zärtlich an ihren Knospen, dass es ein reines Vergnügen war. In jener Zeit lag eine Zufriedenheit auf Luisas Gesicht, wie sie bei den Frauen von Belpasso nur schwerlich anzutreffen war.

4

Luisas Verehrung für die heilige Agatha erwachte in jener Nacht, in der Gaetano ihr zum ersten Mal die Bluse aufknöpfte und sich über ihren Busen hermachte. Schon damals empfand sie eine an Ekstase grenzende Lust. Das darauffolgende Wohlgefühl erschien ihr wie ein Werk Gottes und dessen Mittlerin, der *santuzza*, der Beschützerin der weiblichen Brust. Und so hatte sich Luisa der heiligen Agatha verschrieben und bat sie unermüdlich, ihre Brüste mögen ihr Leben lang gesund und schön bleiben. Ihr Mann, bei dem allein der Gedanke an ihren Busen eine Erektion auslöste, teilte die fromme Ehrfurcht seiner Frau.

Aus Dankbarkeit fing Luisa an, in der Backstube ihres Mannes die Küchlein für die *santuzza* zu backen. Es dauerte nicht lange, und diese Köstlichkeit war in der ganzen catanesischen Provinz in aller Munde, und jeden 5. Februar pilgerten die Leute aus den umliegenden Dörfern Riposto, Zarrerana, Etnea und Nicosia nach Belpasso, um die besten Agathenküchlein in ganz Ostsizilien zu kaufen.

Mit ihren drallen, flinken Fingern knetete Luisa den Teig, passierte den Ricotta durch ein Sieb, rührte die Creme und formte kleine, runde, duftende Cassatelle. Vanillegeruch entströmte dem Ofen und stach Gaetano in die Nase, der sofort wieder in Wallung geriet und einen weiteren Annäherungsversuch unternahm, doch seine Frau verwies ihn in die Schranken. Kaum waren die Cassatelle fertig gebacken, überzog sie sie mit weißem Guss und verzierte sie schließlich mit kleinen, roten Kirschen.

Die Heilige war zufriedengestellt, und ruhigen Gewissens, ihre Pflicht erfüllt zu haben, blies sich Luisa ein paar Haarsträhnen aus der Stirn und schickte sich mit klebrigen Händen, erhitzten Wangen und gesenkten Lidern an, wieder nach oben zu gehen. Doch ein verstohlener Blick genügte, um ihren leicht entflammbaren Mann zu erregen, der stets bereit war, sie bei jeder passenden oder unpassenden Gelegenheit zu nehmen.

Obgleich sie seine Leidenschaft teilte, schämte sie sich auch ein wenig, dass er nicht einmal in der Backstube davor zurückschreckte. Die Vorstellung, ein Kunde könnte plötzlich hereinkommen und sie beide so sehen, er schnaufend und mit heruntergelassenen Hosen und sie bäuchlings unter ihm, hinderte sie daran, ihren Instinkten freien Lauf zu lassen. Und doch schrieb sie jedes Mal alle Vorsicht in den Wind und ging erst nach oben, wenn seine Lust befriedigt war. »Besser blamiert als betrogen«, sagte sie sich, um ihr schlechtes Gewissen zu beruhigen.

5

Irgendwann an einem Maimorgen, als Luisa gerade eine Novene zur Muttergottes betete und sich dabei in Herzhöhe an die linke Brust fasste, bemerkte sie, dass irgendetwas nicht stimmte. Die Haut rings um die Brustwarze war hart und schrumpelig. Sie sah in den Spiegel. »Ach, du meine Güte!«, murmelte sie leise. Auf dem Warzenhof war eine runde, holzige, dunkelrote Erbse gewachsen, die wie eine zweite Brustwarze aussah. Hoffentlich merkt Gaetano nichts, dachte sie bestürzt. Sonst ekelt er sich vielleicht und fasst mich nicht mehr an.

Eine Woche später war das Knötchen noch immer da, wollte einfach nicht verschwinden. Unter der Decke machte Luisa die tollsten Verrenkungen, damit ihr Mann nichts bemerkte. Sie entblößte immer erst die gesunde Seite und hielt ihm rasch die gute Brust hin; sie hatte sogar dafür gesorgt, dass sie die Seiten im Bett tauschten, damit Gaetano Zugriff auf die richtige Brust hatte. Doch dann wurde aus der Erbse eine kleine Nuss und aus dieser einige Monate später eine ausgewachsene Nuss. Da ging Luisa zur Dorfhebamme.

»Zà Marì, Ihr müsst mir ein Mittel für meine Brust geben.«

»Was ist los, stillst du immer noch? Is die *picciridda* dafür nicht schon zu groß?«

»Nein, Zà Marì, aber ich hab da was entdeckt, was vorher nicht da war.«

»Eh, du bist aber pingelig! Was musst du auch immer deine Brüste anglotzen!«

»Redet nicht so einfältig daher, Zà Marì. Ich glaub, sie ist sogar ein bisschen größer geworden, und Gaetano ist doch ganz versessen auf meinen Busen. Er darf bloß nichts davon spitzkriegen, sonst ekelt er sich noch und geht zu den Nutten.«

»So, so, hast also Angst!«

»Nein, Zà Marì, um meine Brüste ist mir nicht bang, aber es is halt so, wenn Gaetano sie anfasst, krieg ich weiche Knie, und mir läuft's ganz heiß den Rücken rauf, und hinterher bin ich froh und zufrieden. Wenn Ihr also bitte dafür sorgen könntet, dass sie noch ein Weilchen gesund bleiben.«

»Hört, hört, die Frau vom Malpassotto lässt sich gern die Möpse anfassen.«

»Zà Marì, als Hebamme bewahrt Ihr doch Stillschweigen, Ihr wisst ja, Reden ist Silber, Schweigen ist Gold. Also, habt Ihr nicht irgendwas, um mir die Brüste zu kurieren?«

»Was denn, bist du jetzt eingeschnappt? Na, lassen wir's gut sein. Nimm morgens und abends einen Löffel Leinsamen. Bei Vollmond zerstampfst du Öl, Zimt, Safranblüten, Minzeblätter und eine scharfe Paprika. Das streichst du auf die kranke Brust und auf die gesunde auch, dann betest du drei ›Gegrüßet seist du, Maria‹, und in einem Monat ist deine Brust wie neu, und dein Mann macht dich wieder froh.«

Das heimliche Leinsamenschlucken und Brusteinreiben hielt Luisa ziemlich auf Trab, und ihr seltsames Verhalten machte Gaetano stutzig und misstrauisch.

Am Ende hat das Weib die Stillerei so genossen, dass sie von mir nix mehr wissen will, redete er sich ein. Und es fehlte nicht viel, und er hätte seinen verletzten Männerstolz an der kleinen Agata ausgelassen, die ihm von Geburt an als eine Art Nebenbuhlerin erschienen war.

Nach sechs Monaten des Mauschelns und der Heimlichtuerei platzte die Haut auf Luisas Brust auf, und hin und wieder trat ein Tropfen Blut aus, dann zwei und schließlich ein ständiges Rinnsal. So fest sie ihre Brust auch mit einem Verband umwickelte, ihre Bluse war immer fleckig. Am 5. Februar musste sie die Cassatelle, die sie fürs Agathafest gebacken hatte, wegwerfen. Platt und geschmacklos, der Guss pissgelb statt leuchtend weiß, waren sie ihr völlig missraten, und kaum fasste man sie an, zerfielen sie in klebrige Brösel. Statt fest in der Mitte zu sitzen, hingen die Kirschen schief zu einer Seite. Die Leute aus dem Städtchen und der Umgebung gingen leer aus, und das verhieß für Gaetano nichts Gutes.

Meine Urgroßmutter verdoppelte die Gebete und bemühte auch noch die heilige Luzia und die heilige Christina. Sie zündete Kerzen an, sprach jeden Abend den Rosenkranz und sogar ein kleines Gebet an die heilige Rita, die Fürsprecherin für aussichtslose Anliegen. Im Juni, ein Jahr nachdem die Erbse aufgetaucht war, begann die Kribbelei, ein unbändiger Juckreiz am ganzen Körper, der sie um den nächtlichen Schlaf brachte. Das muss an den Saubohnen liegen, dachte Luisa und kratzte sich blutig, sobald ihr Mann schlief oder aus dem Haus war.

Nach dem Sommer fing sie an zu husten und bekam Fieber. Auf der Seite der kranken Brust schwollen ihr der Hals, die Achsel und der Arm an. Luisa schaffte es nicht mehr aus eigener Kraft aus dem Bett. Der Bäcker mochte unbedarft sein, doch auch wenn seine hellseherischen Fähigkeiten, die er als Junge besessen hatte, ihn als Erwachsenen verließen, so spürte er seit Monaten schon, dass seiner Familie Unheil drohte. Er ahnte, dass etwas im Busch war, dass seine Frau ihm etwas verheimlichte, nur was? Auf seine Fragen hin schwieg sie beharrlich. Gaetano liebte die Frauen so sehr, dass er für gewöhnlich selbst ihre intimsten Geheimnisse erriet. Doch bei seiner Frau hatte er nicht den blassesten Schimmer, was sie vor ihm verbarg.

Eines Morgens hatte er diese Mauer des Schweigens derart satt, dass er drohte, sie zu verlassen. Er fühle sich wie ein Fremder im eigenen Haus, beklagte er sich. Da zeigte ihm Luisa weinend ihre Brust, und Gaetano begriff. Er nahm sie wie ein Kind in den Arm, streichelte sie, wusch sie behutsam, zog ihr das gute Kleid an und sagte, er werde sie zum besten Doktor der Gegend bringen, zu Durante Francesco nach Letojanni.

Mit letzten Kräften protestierte Luisa: »Was? Zum Durante? Niemals, eher sterb ich!«

»Aber warum denn nicht? Der ist doch der Beste, oder nicht?«

»Ein Unmensch, das is er! Er ist ein Busenfreund von Francesco Crispi, und der hat die Unruhen von Caltavuturo blutig niedergeschlagen und ist schuld, dass mein Bruder Giacomo umgebracht wurde. Soll er mich etwa auch noch umbringen?«

»Aber was redest du da!« Gaetano versuchte sie zur Vernunft zu bringen. »Das ist der beste Doktor von ganz Sizilien, vielleicht sogar vom ganzen Kontinent!«

»Möchte nicht wissen, wie viel Geld der einem aus der Tasche zieht …«

Doch diesmal ließ sich Gaetano nicht erweichen. Die Brüste seiner Frau waren heilig, und er hätte sogar Rost und Rahmen seines Ehebetts hergegeben, und die Matratzen noch obendrauf, um sie bloß gesund zu machen.

Weinend betraten sie die Praxis und kamen am Boden zerstört wieder heraus. Der Arzt, sadistisch, wie Chirurgen sein können, nahm kein Blatt vor den Mund; er ersparte den beiden Ärmsten nicht das kleinste Detail und nahm ihnen jegliche Hoffnung. Luisa sei dem Tod geweiht, die Krankheit kenne keine Gnade und entlasse einen nur »... mit den Füßen voran. Wir müssen operieren, die Brust, die Muskeln und vielleicht sogar den Arm entfernen, das böse Gewebe abtöten und ausmerzen ... Aber ich kann für nichts garantieren.«

Kaum waren Luisa und Gaetano zutiefst erschüttert nach Hause zurückgekehrt, beteten sie zur Heiligen und legten Versprechen und Gelübde ab.

Meine Urgroßmutter verschied zu Beginn des neuen Jahres und ließ im Haus einen unerträglichen Gestank nach Kohl und Brokkoli zurück, die sie auf Anraten Zà Marias morgens, mittags und abends gegessen hatte, um der Krankheit den Garaus zu machen. Die Eheleute hatten sich brav gefügt, denn alles erschien besser, als diesen wertvollen Schatz zu verlieren, der sie so innig, fest und unlöslich miteinander verbunden hatte.

Doch alles war vergeblich. Am Ende starb Luisa an einer mysteriösen Krankheit, die an einer Brust ausgebrochen war und sich in kürzester Zeit den restlichen Körper, ihre ganze Energie und den geheimen Quell ihres Lebens einverleibt hatte. Gaetano meinte in einem Meer aus Verzweiflung ertrinken zu müssen, doch schon bald lernte er schwimmen, denn seine Tochter Agata brauchte ihn und seine Arbeitskraft, um Grundschullehrerin werden zu können ... Und überhaupt: *Lass die Toten für die Toten und die Lebenden für die Lebenden sorgen.*

6

Meine Urgroßeltern lebten an der Schwelle vom 19. zum 20. Jahrhundert in dem kleinen Flecken Belpasso, vor den Toren der reichen Stadt Catania, in der sich alles um die Schwefelraffinerie drehte.

Wie eine lange Schlange wand sich die Hauptstraße zwischen Fabrikhallen und roten Ziegelschloten dahin. Der dichte Qualm, der häufig die Sonne verschleierte, war ein beredtes Zeichen für das unternehmerische Bürgertum jener Zeit, das für Wohlstand sorgte, Hoffnung auf ein besseres Leben machte und den Traum vom sozialen Aufstieg nährte. Der raffinierte Schwefel wurde am Hafenkai auf Schiffe verfrachtet, die dann schwer beladen in See stachen. Der Handel explodierte regelrecht. Selbst das Ausland investierte in die örtliche Industrie, und die Banco di Sicilia eröffnete ihre erste Filiale.

Gaetano war wohl der einzige Mann weit und breit, der sich nicht vom allgemeinen Taumel anstecken ließ. Luisas Verlust hatte seinen angeborenen Optimismus zunichtegemacht, die Erinnerung an seine Frau quälte ihn, die Einsamkeit verbitterte ihn, der Schmerz fraß ihn auf. Unterdessen war aus der *picciridda* ein hübsches, braves Kind geworden. Eine sehr viel ältere Schwester des Vaters, eine verhärmte, kinderlose *signorina*, hatte sich ihrer Erziehung angenommen. Ihrer Nichte gegenüber legte die Tante einen barschen Ton an den Tag, doch in Gegenwart des Bruders, vor dem sie einen Heidenrespekt hatte, wurde sie ganz zahm und kleinlaut. Von ihrer Mutter hatte Agata die Gemütsruhe geerbt, die ihrem Gesicht einen sanften, engelsgleichen Ausdruck verlieh. Während Gaetano das Schicksal verfluchte und unter seinem Witwerdasein litt, empfand sie sich nicht als besonders bedauernswert. Sie war einfach nur mutterlos. Ihre pragmatische Lebenseinstellung sollte Agata in den schweren Zeiten, die das Schicksal für sie bereithielt, noch zugutekommen.

Catania blühte, Gaetano litt, Agata wuchs heran, doch ob gute oder schlechte Zeiten, nichts dauert ewig: Plötzlich nahm das Leben eine andere Wendung, und wie immer kam die Neuigkeit aus Amerika. Die gute Nachricht war, dass ein gewisser Herr Frasch in den Vereinigten Staaten ein einfacheres und weniger aufwendigeres Verfahren zur Schwefelgewinnung erfunden hatte. Die schlechte Nachricht war, dass die catanesische Industrie in null Komma nichts den internationalen Anschluss verlor. Mehr als fünfhundert Arbeiter standen von einem Tag zum anderen auf der Straße.

Dann brach der Krieg aus, und der Hafenverkehr kam zum Erliegen. Der sizilianische Traum vom sozialen Aufstieg und wirtschaftlichen Fortschritt zerplatzte. Das Leben zeigte sich plötzlich von seiner harten Seite. Die Männer wurden an die Front berufen. Als Witwer mit einer kleinen Tochter konnte Gaetano der Einberufung entgehen, doch zahlreiche Sizilianer desertierten, tauchten unter und lebten von Raub und Dieberei.

Sizilien versank mal wieder in finsteren Zeiten. Ein Menschenleben war nicht viel wert, und da die Bürger von Staats wegen keine Rechte hatten, blieb ihnen nichts anderes übrig, als sich dem Einfluss derer zu unterwerfen, die gerade das Ruder in der Hand hatten. Um sein Gewissen zu beruhigen, gab Gaetano einen Teil seines Brotes an die, die keines hatten, und ein weiterer Teil landete täglich auf dem Tisch des Mafiabosses, an den er sich im Bedarfsfall wenden konnte. Auf diese Weise konnte sich der Bäcker Begünstigungen und Privilegien sichern, die anderen verwehrt blieben. Seine Bäckerei war eine der wenigen der Provinz, in denen noch gebacken wurde, und er arbeitete wie ein Besessener, um sich Scherereien und trübe Gedanken vom Leib zu halten.

Mit dem Ende des Krieges wurde alles noch schlimmer. Die Regierung löste ihre Versprechen, vor allem bezüglich einer Bodenreform, nicht ein. In ihren Erwartungen enttäuscht, schlossen sich die jungen Heimkehrer dem Brigantenwesen an, um sich über Wasser zu halten. Die kleinen Landbesitzer wiederum wandten sich zur Verteidigung ihres Besitzes an die Mafia, die an Reichtum und Einfluss gewann. Die Geschäfte des Bäckers indes liefen nach wie vor gut.

Inzwischen war Agata zur Frau geworden. Ihr schmaler Körper hatte sich um die Hüften anmutig gerundet, schwarzes Haar umspielte den langen, weißen Hals, das ovale Gesicht und die zarten Schultern, und vor dem aufrechten Brustkorb wölbte sich ein fester, einladender Busen.

Die Veränderung war wie über Nacht gekommen, und Gaetano, voller Sorge, die Brüste der Tochter könnten ihn schmerzlich an die seiner Frau erinnern, vermied es, sie anzusehen, und blickte in ihrer Gegenwart starr zu Boden. Das Mädchen, das entsetzlich darunter litt und glaubte, ihr Vater liebe sie nicht, suchte stattdessen die Nähe zu ihrer alten Tante Filomena, der einzigen weiblichen Person im Haus, die den rauen Umgang in der versehrten Familie trotz ihrer Unbedarftheit so manches Mal zu lindern wusste.

Von ihrer Mutter hatte Agata nicht nur das aufrechte Naturell, sondern auch das Rezept für die berühmten Agathenküchlein geerbt. Ihr Vater, den diese Sinnbilder der weiblichen Brüste einst so verrückt gemacht hatten, ertrug nach Luisas Tod nicht einmal mehr deren Geruch. Doch Agata war entschlossen, das Werk der Mutter fortzusetzen. Sie hatte einen eisernen Willen, war verschwiegen und beherzt, eine echte *femmina di panza* – das weibliche Gegenstück zu einem Mann, der die Gesetze der Omertà befolgt. Entschlossen und ohne viele Flausen im Kopf schuftete sie in der Backstube und beklagte sich nie. Nur selten gab sie sich einem Moment der Schwermut hin, meist abends vor dem Zubettgehen, wenn sie ihren Erinnerungen nachhing und ihrem jungen Herzen all die Sanftheit entströmen ließ, die sie tagsüber darin verschloss. Im Gebet fand sie Trost, in den leise gewisperten Worten Halt und Gewissheit.

7

Komt in die Frühmesse am Sontag um sechs Uhr, ich stehe in der letzten Reihe vor der Figur der heiligen Luzia, weil am Altar der heiligen Agatha imer so viele Leute sind. Eine Absage lasse ich nicht zu.

Gezeichnet
Sebastiano Badalamenti

Agata hatte das zusammengerollte Zettelchen zwischen den Münzen für ein halbes Kilo Hartweizengrießbrot gefunden. Was will denn dieser Stelzbock?, dachte sie. Möchte nicht wissen, hinter wie vielen Weibern der her ist. Außerdem soll er erst mal Rechtschreibung üben, bevor er mit dem Briefeschreiben anfängt. Auch ging ihr der Befehlston gehörig gegen den Strich.

Der Junge starrte sie glutäugig an. Ein Sturm tobte in seinem mageren, nervösen Körper, der jedoch keinerlei Gefühlsregungen preisgab. Nur die Winkel seiner vollen, sinnlichen Lippen zuckten. Das war das Einzige, worin sich sein versteinertes Gesicht von dem einer Salzsäule unterschied.

Was ist denn das für ein Schwerenöter?, dachte Agata, ohne den Blick zu senken. Aber er braucht sich gar keine Hoffnungen zu machen, von dem lass ich mich bestimmt nicht erweichen. Und sie legte ihm das Wechselgeld in die Hand, nicht ohne ihm mit einem Finger über die Handfläche zu streichen. Der lebhafte Blickwechsel wurde vom Eintreten des Bäckers unterbrochen, und mit einer Verbeugung und einem ehrerbietigen »*Voscenza benedica*« verließ der Junge hastig den Laden.

Trotz ihrer inneren Einwände hatte der Brief ins Schwarze getroffen, und trotz ihrer Standfestigkeit ließ die Sache Agata nicht kalt. Sie verbrachte eine schlaflose Nacht, in der sie versuchte, eine Antwort zu verfassen, und erst nach zahlreichen zerrissenen Blättern fand sie die richtigen Worte, um die kategorische Aufforderung abzulehnen. Sie konnte doch nicht gleich beim ersten Mal *ja* sagen, was würde Sebastiano da von ihr denken? Ablehnen, ohne vor den Kopf zu stoßen, das war ihre Strategie. Im Grunde gefiel ihr dieser zielstrebige junge Kerl, und sie wollte ihm ein Türchen offen lassen. Wie immer beim Liebeswerben galt es, eine heikle Balance zwischen Zugeständnis und Verwehrung zu finden, welche die Geliebte noch begehrenswerter, die Beziehung noch kostbarer erscheinen lässt. Ist man zu vertraulich, vergessen die Männer ihre Manieren, ist man zu unnahbar, laufen sie weg. Agata suchte nach dem richtigen Weg, um *jein* zu sagen. Im Morgengrauen kamen die Worte von allein.

Sonntags gehe ich immer in die 6-Uhr-Messe, doch ich setze mich vor die heilige Agatha. Ein anderer Platz kommt für mich wegen eines Versprechens, das ich am Grab meiner Mutter abgelegt habe, nicht in Frage. Sie werden es mir deshalb gewiss nicht übelnehmen, dass ich Ihre Einladung zu einem Treffen vor der heiligen Luzia nicht annehmen kann. Nur der Bischof kann mich von dem Gelübde entbinden, und ich sehe bislang keinen Grund, Seine Exzellenz zu belästigen, um den Erstbesten, der die Bäckerei betritt, zufriedenzustellen. Und wenn Ihnen unser Brot nicht schmeckt, bitte ich Sie höflichst, dies meinem Vater mitzuteilen. Er kann Ihnen bestimmt weiterhelfen.

Der in einem Zug geschriebene Brief blieb ein paar Tage in der Schublade liegen, ehe sich Agata zur Übergabe entschloss. Derweil kam Sebastiano jeden Morgen, um Brot zu kaufen, spähte in das braune Einwickelpapier und verließ enttäuscht den Laden. Am vierten Tag befand Agata, es sei eine Antwort fällig, sollte er sie nicht für unhöflich halten. Sebastiano fand den zusammengerollten, duftenden Zettel zwischen zwei in Wachspapier eingewickelten Anisplätzchen.

Atemlos las der Junge die brüsken Zeilen, die ihm nicht mehr aus dem Kopf gingen. Tags darauf kehrte er mit einer Miene, als wäre er der Turiddu aus der *Cavalleria Rusticana*, in die Bäckerei zurück und steckte Agata ein neues Zettelchen zu.

Hochvererte Signorina Agata,

höchst erfreut, Ihnen auf Ihren späten und ungeduldig erwarteten Brief zu antworten, will ich mich nicht beschwehren. Zuerst möchte ich Ihnen sagen, das Sie sehr gewitzt sind, doch Sie haben es mit einer Person zu tun, die sehr schnell von Begriff ist. Ihr Brot schmeckt mir auserordentlich gut, und mit Ihrem Vater werde ich nur dann sprechen müssen, wenn Sie am Sontag zur Frühmesse kommen.

Trotz der zahlreichen Rechtschreibfehler eroberte der herrische, unnachgiebige Ton Agatas Herz, die wie die meisten Frauen Überheblichkeit mit Stärke und Dreistigkeit mit Selbstvertrauen verwechselte. Am Sonntag ging sie in die Frühmesse und setzte sich vor die heilige Luzia.

So begann die Liebesgeschichte meiner Großeltern, mit einem Zettelchen pro Tag. Sebastiano steckte sein Briefchen zwischen das Geld und sie ihres in die Brottüte zwischen die noch warmen Mafaldine.

Hochvererte Signorina Agata,

Sie brauchen keine Erkundungen einziehen, ich kläre Sie auf. Als Erstes möchte ich sagen, das ich, wie Sie wissen, bei der Bahn arbeite und seit elf Jahren im Dienst bin. Ferner informiere ich Sie, das ich ein wenig Besitz habe, der 400 Lire monatlich abwirft. Bei dieser Gelegenheit informiere ich Sie ebenfalls, dass ich am 13. März 1910 geboren bin. Außerdem möchte ich Ihnen sagen, das ich ernsthafte Absichten gegen Sie hege und Sie hoffentlich gegen mich. Dieser Tage hatte ich am Bahnhof von Sant'Erasmo Dienst, nächste Woche muss ich vielleicht nach Messina und meine Schwester und ihren Mann besuchen, die dort wonhaft sind, wie auch mein Bruder, der Soldat ist. In der Hoffnung auf eine schnelle Antwort hätte ich gern die Versicherung, das ich Ihnen genauso viel bedeute wie versichertermaßen und ganz ohne Zweifel Sie mir. Mit den aufrichtigsten und herzlichsten Grüßen schüttele ich Ihnen die Hand und bin Ihr

Sebastiano Badalamenti

Die Antwort ließ nicht auf sich warten und erreichte ihn mit einem halben Kilo Hartweizengrießbrot mit Sesam und Mohn:

Sehr geehrter Signor Sebastiano,

wie Sie wissen, bin ich Grundschullehrerin. Ihr Brief hat mich sehr gefreut, doch möchte ich Ihnen bei dieser Gelegenheit sagen, dass meine Absichten so ernst sind, dass ich Ihnen, wenn Sie mögen und es mir nicht übelnehmen, korrektes Italienisch beibringen kann. Denn nach dem, was ich lese, haben Sie davon nicht viel Ahnung. Im Übrigen wäre es besser, wenn Sie bei Bedarf mit meiner Tante redeten, denn meine Mutter ist tot und mein Vater häufig ein wenig reizbar. Nächste Woche können wir uns nach dem Abendbacken an der Uhr der heiligen Luzia treffen.

Zwischen Sebastianos hoffnungsvollen Briefen und Agatas ausweichenden Antworten ging die Korrespondenz über mehrere Monate hin und her.

Tante Filomena hatte bereits mitbekommen, dass etwas im Busch war: an den sprunghaft wechselnden Launen der sonst so ausgeglichenen Nichte, dem verträumten Gesichtsausdruck, doch vor allem an ihrem ständig ausweichenden Blick. Sie beschloss, ihr auf den Zahn zu fühlen.

»Agata, hast du die Ofentür zugemacht?«

»Ach, Zà Filomè, ich hab's schon wieder vergessen!« Es folgte ein langer Seufzer des Bedauerns.

»Agatì, was ist los mit dir?«

»Nichts, Zà Filomena, aber bei dem Sonnenschein da

draußen fühl ich mich hier drin wie eingesperrt.« Agata lehnte sich in die Haustür und sang vor sich hin: »*Si maritau Rosa, Saridda e Pippinedda, e io ca sugnu bedda mi vogghiu marità* …« – »Rosa, Saridda und Pippinedda haben geheiratet, und ich Hübsche will auch heiraten.«

»Wenn der Vogel im Käfig zwitschert, dann aus Liebe oder aus Zorn! Du erzählst mir nicht die Wahrheit, Agata.«

»Zà Filomena, könnt Ihr ein Geheimnis bewahren?«

»Kommt drauf an.«

»Zà Filomena, Ihr müsst mir helfen.«

»Also doch! Ich hab's geahnt.«

»Zà Filomena …« Agata holte tief Luft und haspelte dann hervor: »Ich will mich mit Sebastiano Badalamenti verloben und Ihr müsst's meinem Vater sagen.«

»Heilige Mutter! Wie soll ich das bloß Gaetano beibringen!«

»Weiß nicht.«

Tante Filomena bekam fast einen Herzinfarkt. So eifersüchtig, wie der über seine Tochter wacht …, dachte sie, doch Agata brauchte Hilfe, und vor ihrer Pflicht als Ersatzmutter würde sie sich gewiss nicht drücken.

»Agata, sag deinem Verehrer, er soll mir einen Brief schreiben und seine Absichten erklären.«

»Danke, Zà Filomena, Gott vergelt's, und die Jungfrau sei mit Euch!«

Hochverehrte Signorina,

hiermit mache ich Euch das verständlich, was Ihr nicht verstanden habt. Wenn nichts dagegen spricht, bitte ich um die Hand, und wenn es Euch nichts ausmacht, seit so höflich, statt das Ihr stumm bliebt, mir zu antworten. Nach Ihrer Entscheidung werde ich für die Erklärung sorgen. Falls Ihr neugierig auf meine Bedingungen seit, schreibt mir gnädigst, und ich werde sehen, Euch aufs genaueste zu informieren. Ich erwarte Antwort, schicke unendliche Grüße und bin Euer

Sebastiano Badalamenti

Der Brief, der, abgesehen von Rechtschreibfehlern, mit gewagten Zeitenfolgen, fehlerhaft konjugierten Verben und falsch deklinierten Pronomen gespickt war, kam einem Befehl gleich, und so beeilte sich die vom unerbittlichen Ton des Schreibens beeindruckte alte Signorina, dem feurigen Verehrer ihrer Nichte zu antworten und ihn maßvoll und besonnen, wie es ihrem Stil und dem der Familie entsprach, zur Frühmesse in die Kirche zu bestellen. Ohne mit der Wimper zu zucken, sah sie ihm fest in die Augen und zischte: »Reden Sie mit meinem Bruder«, was so viel hieß wie: Unsere Familie hat nichts dagegen.

»Wie Ihr befehlt«, entgegnete der junge Mann knapp, aber erleichtert.

Für Sebastiano folgten Tage bangen Wartens, denn für die *Aufbietung*, wie er es nannte, brauchte er seinen Vater, der ausgerechnet jetzt ins Krankenhaus eingeliefert worden war; Agata durchlebte Momente der Angst, sie fürchtete sich vor der Reaktion ihres Vaters. Tatsächlich hütete der sonst so friedfertige Gaetano seine Tochter eifersüchtig, glich sie doch mit jedem Tag mehr ihrer Mutter, der einzigen Frau, die er je vergöttert hatte. Außerdem fühlte sich Agata einsam und verwirrt, denn sie hatte niemanden, der sie in diesem heiklen Moment an die Hand nahm.

Doch wie heißt es so schön: *Ehen werden im Himmel geschlossen.*

8

Auch heute noch bringt ein Heiratsantrag eine sizilianische Familie aus dem Lot. Die männliche Herrschaft, die auf der Kontrolle über Leib und Leben der Frauen fußt, wird durch eine Vermählung auf eine harte Probe gestellt, kommt diese doch von den Vorbereitungen bis zur Trauungszeremonie einer regelrechten Besitzübergabe gleich. Das Glück des Brautpaars hängt von zahlreichen Umständen ab, allen voran von der Mitgift der Frau, dem Startkapital.

Pigghia a una ca fa cent'unzi e no ca ti li porta – »Eine Braut, die weiß, wie man Geld verdient, ist besser als jede Mitgift« – ist eine alte Volksweisheit neben zahlreichen anderen und somit eine Möglichkeit, die Sache anzugehen.

Da weder Agata noch Sebastiano etwas auf der hohen Kante hatten, erübrigte sich die Vermögensfrage. Das eigentliche Problem war die irrwitzige Eifersucht meines Urgroßvaters, der als waschechter Sizilianer die Vorstellung, ein Fremder vergreife sich an seinem Eigentum, einfach nicht ertrug. Überdies waren die damaligen Väter geradezu besessen von der Furcht, eine vorzeitige Entjungferung könnte das Frühobst in faulen Ausschuss verwandeln, sodass sie unzählige Verbote und Restriktionen gegen die Töchter verhängten, die wiederum ihren Freiern mit argwöhnischer Verschlossenheit begegneten.

Daher wusste Agata ganz einfach nicht, wie sie sich verhalten sollte. Sie liebte Sebastiano und empfand für ihn ein süßes Gefühl, das ihr das Herz, den Kopf und manchmal auch den Leib erfüllte. Sie wollte ihn streicheln, von ihm geküsst werden, sich an seinen starken, muskulösen Körper schmiegen. Doch sie fürchtete sich davor, der Vater könne sie erwischen, und davor, was die Dorfleute oder gar ihr Verlobter sagen würde, der sie womöglich für ein Flittchen hielte.

Die Abwesenheit der Mutter erschwerte die Sache, und auch ihre Tante Filomena konnte ihrer Nichte keine rechte Hilfe sein, wenngleich sich diese verständnisvoll zeigte – sie spürte wohl, dass man dem Herzen nicht befiehlt.

»Gaetano, Agata wird ja nun allmählich erwachsen ...« Die bejahrte Signorina wollte mit ihrem Bruder über die bevorstehende Verlobung reden, und um nicht mit der Tür ins Haus zu fallen, holte sie weit aus. Mit einem leichten, schwarzen Schal auf dem Kopf stand sie vor der Ladentheke und versuchte, Gaetano auf das heikle Thema Mitgift zu bringen. Es war nicht einfach, ihn auf seine Vaterpflichten festzunageln. Auf diesem Ohr war er einfach taub und wand sich zwischen seinen Mehlsäcken wie ein Aal vor dem brodelnden Kochtopf.

»Wohl wahr.« Gaetano hatte noch nicht einmal von dem Strohsieb aufgesehen, durch das er das Mehl schüttete. »Es kommt mir wie gestern vor, dass sie als kleines rosa Binggerl zwischen Luisas Brüsten lag ...«, und allein das Wort *Brüste* trieb der alten Jungfer die Schamesröte ins Gesicht.

»Gaetano, red nicht so zotig daher, die Kleine könnte dich hören.«

Mit klopfendem Herzen horchte Agata hinter der Tür, steckte hin und wieder den Kopf durch den Spalt und bat die Tante mit flehenden Blicken, weiterzureden.

»... Laken und Überwurf müssen wir ihr schon mitgeben ... in der Truhe sind noch die von der Aussteuer deiner Frau, die sind unbenutzt … Aber was ist mit den Matratzen?«

»*'A figghia na fascia, 'a robba na cascia*«, entgegnete Gaetano, was so viel heißen sollte wie: »Die Aussteuer lag schon fertig in der Truhe, da steckte Agata noch in den Windeln, mehr gibt's nicht.« Und damit war die Unterhaltung beendet. Beim Gedanken an die Hochzeit der Tochter überkam Gaetano ein verzweifeltes Gefühl der Einsamkeit, das ihn ruppig und aufbrausend machte.

Eine Ehefrau weiß genau, was ihren Mann im Schlaf umtreibt, und versteht es, ihn in vertraulichen Momenten zu beschwichtigen oder umzustimmen, seinen Starrsinn zu durchbrechen, den Schmerz mit einem Kuss, einer Liebkosung, einem »Weißt du noch?« zu lindern. Zwischen einem Seufzer und dem nächsten ringt sie ihm das Versprechen ab, alles noch einmal in Ruhe zu bedenken, und zieht die Fäden, indem sie bei dieser Gelegenheit die machtvolle Kunst der Verführung zu neuen Ehren kommen lässt. Nur eine Mutter ist in der Lage, die vorehelichen Verhandlungen mit Umsicht zu führen. Und wer keine hat? Der vertraut auf die Muttergottes, bittet den Pfarrer um Hilfe oder entschließt sich, in den Brautraub einzuwilligen und so die Familie vor vollendete Tatsachen zu stellen.

Zum ersten Mal in Agatas Leben lastete der Umstand, Waise zu sein, schwer auf ihrer Seele, und sie fühlte sich schrecklich allein. Die Mutter hatte ihr neben dem Rezept für die Agathenküchlein ein heiteres Gemüt, aufrichtige Frömmigkeit und die eiserne Gewissheit vermacht, es auch allein zu schaffen. Doch nun hing alles in der Schwebe, und das Warten auf den richtigen Augenblick, den Vater dazu zu bringen, sich seiner Verantwortung zu stellen, verzehrte sie schier.

9

Liebe Agata,

ich danke Ihnen und Ihrer Tante für die Erlaubnis, mit Ihrem Vater sprechen zu dürfen. Ich danke Ihnen auch, dass Sie mich auf die Schwerheit des Charakters Ihres Vaters hinweisen, doch für zwei Herzen, die sich lieben, heißt Schwerheit Leichtigkeit. Ich setze Sie in Kenntnis, dass es mir zurzeit nicht möglich ist, mit Vater (Ihrem) zu reden, da Vater (meiner) noch auf dem Weg der Genesung ist. Ich möchte warten, bis er wieder ganz gesund ist, da er dann selbst zu Ihren Eltern kommen und sich für die Heirat aufbieten könnte.

Unglaublich, Sebastiano hatte den Konjunktiv richtig benutzt. Agatas Italienischlektionen zeigten Wirkung.

... sonst sagt Vater (Ihrer) noch: »Wenn-Sie wissen, dass es mit Ihrem Vater so ist und er nicht kommen kann, warum kommen Sie dann?« Dennoch erlaube ich mir die Ehre, Dich mit Du anzureden. Danke für den angenomenen Antrag, mit den aufrichtigsten und herzlichsten Grüsen an Dich schüttelt Dir die Hand

Dein Sebastiano, der ich jede Nacht von Dir träume

Wirkung schon, allerdings keine überragende.

Unterdessen vergingen die Tage, und die Verlobung war noch immer nicht abgesegnet. Sebastiano indes war forscher geworden, während Agata Mühe hatte, ihr eigenes Verlangen zu unterdrücken und ihn im Zaum zu halten. Bei jedem Treffen musste sie all ihre Kräfte aufbieten, um das Ungestüm des jungen Mannes zu bremsen, der darauf brannte, vorzeitig seine Rechte geltend zu machen. Das Mädchen wiederum wusste nur zu gut, dass ihr im Falle der Entehrung womöglich blühte, in der Bäckerei des Vaters dahinzuwelken. Sie hatte einfach keine Ahnung, wie sie auf Sebastianos Annäherungsversuche reagieren sollte.

Die alte Tante Filomena wäre womöglich vor Scham gestorben, hätte sie auch nur eine Ahnung dessen gehabt, was ihre Nichte sich an intimen Vertraulichkeiten gefallen ließ; die Mutter im Himmel beantwortete Agatas Fragen mit Schweigen; den Freundinnen, wenn man ihre ehemaligen Schulkameradinnen denn so nennen mochte, vertraute man gewisse Dinge besser nicht an. Blieb nur ihre Patin, doch mit der war sie nicht eng, und so waren Agatas Nächte mit Gebeten, Seufzern und Litaneien erfüllt: »Erhöre mich, wenn ich dich rufe, du gerechter Gott, der du mich tröstest in der Angst; sei mir gnädig und erhöre mein Gebet … In Frieden leg ich mich schlafen, denn allein du, Herr, hilfst mir, dass ich sicher ruhe.«

Auch diesmal ließ Gott mit seiner Antwort auf sich warten, und Agata musste sich wieder einmal allein weiterhelfen. Also verfasste sie ein paar frostige Briefe, die Sebastianos Überschwang drosseln und ihre Ehre schützen sollten. Doch die Taktik erwies sich als Fehler, denn der Junge glaubte, seine Verlobte wolle ihm abermals unter die Nase reiben, sie sei etwas Besseres, und reagierte verschnupft.

Dann entschuldigst Du Dich, dass Du so viel geschrieben hast, aber warum entschuldigst Du Dich? Ich lese Deine Briefe gern, auch wenn Du mich beleidigen willst, was einer ehrbaren Person wie Dir aber nicht gelingt. Wenn Du Zeit und Lust hast, mir zu schreiben, freue ich mich. Ich halte mich kurz, um Dich nicht zu langweilen, wahrscheinlich fahre ich morgen früh weg, wohin, weiß ich nicht, und auch nicht, wie lange, nur damit Du Dir keine Sorgen machst, falls Du mich nicht siehst. Auf Wiedersehen.

Sebastiano ließ sich nicht gegen den Strich bürsten, und hatte er sich einmal festgelegt, war es nicht seine Art, wieder umzuschwenken oder einen Rückzieher zu machen.

Wenn der Töpfer einen Topf macht, setzt er den Henkel dran, wo's ihm gefällt, und das Gleiche wolltest Du wohl mit mir tun. Aber da bin ich nicht der Richtige, denn ich halte es genauso, sooft ich kann, werde ich den Henkel dahin setzen, wo's mir gefällt, will heißen, wenn ich die Gelegenheit bekomme.

Nur um klarzustellen, wer das Sagen hatte.

Doch obwohl er tief gekränkt war und sich reserviert gab, unterbrach er den Briefwechsel nicht und ließ ihr mit gewisser Regelmäßigkeit eine Nachricht zukommen.

Dass ich ungehörig gewesen bin, liegt an früher; ich bin bekannt und bei den jungen Damen angesehen, und selbst die Eltern waren hinter mir her, doch wollte ich nie darauf eingehen, aber mit Dir und Deiner Familie fällt mir das schwer … Doch ich sehe ein, dass es falsch war, Dir von jedem kleinsten Seufzer, den ich getan habe, zu berichten.

Als die Wut verflogen war, versuchte Sebastiano, die alte Nähe zu seiner Liebsten wiederherzustellen. Die Gelegenheit dazu ergab sich am Tag des Agathafests, als das Mädchen eins der berühmten Agathenküchlein mit in die Brottüte steckte, die sie am frühen Morgen mit besonderer Hingabe gebacken hatte. Als Sebastiano hineinbiss, hatte er neben der samtigen, nach Vanille duftenden Creme ein winziges, augenzwinkerndes Zettelchen im Mund:

Ist Dir eigentlich klar, was Du verpasst?

Am Abend wartete er an der Uhr der heiligen Luzia auf Agata, und unter Entschuldigungen, Erklärungen, Beteuerungen und neuerlichem Zögern ihrerseits und Erpressungen, Drohungen, finsteren, aber feurigen Blicken seinerseits machten sie Frieden. Sie umschlangen sich fest, Sebastiano erregt durch Agatas unerhoffte Nachgiebigkeit, sie verwirrt und neugierig durch dieses neue und unbekannte Etwas, das durch den dünnen Kleiderstoff mit Macht gegen ihren Bauch drückte.

Im Grunde hätte es ihr von Anfang an klar sein müssen: Das Eheleben würde kein Spaziergang werden. Sebastiano hatte ein empfindliches, reizbares Wesen mit Ecken und Kanten wie ihre grobgezimmerte Wäschekommode. Doch obwohl ihr der schwierige, um nicht zu sagen heikle Charakter ihres Verlobten nicht verborgen geblieben war und trotz der Schikanen des Vaters, der sie nicht fortlassen wollte, waren die beiden zu Weihnachten endlich Mann und Frau und frei, sich im Haus in der Via Alloro 10 gegenüber der Gancia-Kirche im Herzen Palermos zu lieben, wo Sebastianos Arbeit als Eisenbahner sie hinverschlagen hatte.

Signuri, vi ringrazio che sugnu maritata,
prima ero davanti alla porta,
ora sugnu 'n mezzo alla strata! –

»Herr, ich danke dir, dass ich verheiratet bin,
vorher stand ich vor der Tür,
jetzt stehe ich auf der Straße!«

10

In Palermo wurde Agata Tertiarin im Franziskanerorden. Sie betete ständig, ihr ganzes Leben war ein einziges Gebet; frühmorgens, wenn noch alle schliefen, ging sie zur Messe, bei Sonnenuntergang zur Abendandacht, dazu kamen der Rosenkranz und dazwischen kleine, gewisperte Litaneien.

»Vom Aufgang der Sonne bis zu ihrem Niedergang sei gelobet der Name des Herrn … Gnädig und barmherzig ist der Herr, geduldig und von großer Güte …« Eine betörende Heiterkeit lag auf ihrem Gesicht, und die Energie, die von ihr ausging, hatte etwas Beruhigendes. Die Liturgie spendete ihr Trost und wappnete sie gegen Ungemach, sie nährte ihren Optimismus und hielt ihr Vertrauen ins Leben aufrecht.

Nach dem Tod der Mutter war Agata mit der Erziehung ihres Herzens allein geblieben. Der Vater hatte nicht wieder geheiratet, der Schmerz um den Verlust Luisas hatte seine leidenschaftliche Natur erstickt. Tante Filomena, die im Leben ihrer Nichte Luisas Platz hätte einnehmen sollen, war eine Jungfer mit geringen Aussichten auf Änderung dieses Zustands. Agata hatte mit heiligen Texten, Heiligenleben und Beichten vorliebnehmen müssen und deshalb nicht die leiseste Ahnung, was sie in der Hochzeitsnacht erwartete. Am Ende hatte sie sich mit der pragmatischen Erklärung abgefunden, dass man »diese Sache« eben machen müsse, um Kinder zu bekommen.

Sebastiano dagegen war weniger feurig denn ungehalten.

Er ahnte, dass er die Frauen nicht verstand und vielleicht gar nicht wirklich liebte, aber auch nicht ohne sie sein konnte. Als er gleich nach der Hochzeit binnen weniger Minuten den Beweis für die Tugendhaftigkeit seiner Frau erhalten hatte, musste er sich verstört eingestehen, dass Frauen nichts für ihn waren und er, hätte er die Wahl gehabt, lieber mit einem Freund zusammengelebt hätte als mit Agata. Doch er drückte sich nicht vor seinen ehelichen Pflichten, damit ja niemand behaupten konnte, er sei »'ne Schwuchtel«.

Die Ehe wurde im Zug von Catania nach Palermo vollzogen. Der Waggon war alt, hatte keinen Mittelkorridor und direkten Zugang auf die Gleise. Dank seiner Stellung als gelernter Eisenbahner hatte Sebastiano das letzte Abteil reserviert, wo er sich sicher sein konnte, dass sie ungestört sein würden, und die Tür von innen verriegelt. Er ließ seiner Manneskraft freien Lauf und ging gleich vier Mal zu Werke.

Agata wusste nicht, wie ihr geschah: Für sie war das Leben eine harte Angelegenheit, sie war es gewohnt, gleich und ohne großes Drumherum zum Kern der Dinge zu kommen. Aber dass ihr Mann es bei »dieser Sache« so eilig haben könnte, hätte sie nicht für möglich gehalten. Sie mochte es sich kaum eingestehen, doch sie hatte von Liebkosungen, Küssen, ins Haar gemurmelten Zärtlichkeiten geträumt … Sebastiano nahm sie auf der Sitzbank, er kam noch nicht einmal auf die Idee, sie auszuziehen und diesen fantastischen Busen zu bewundern, den seine Frau von ihrer Mutter geerbt hatte und dessen erotisches Potenzial ihn kalt ließ. Agata bereitete der Akt keine besondere Mühe, sie war nur ein wenig erstaunt, dass der Herr die »fleischliche Vereinigung« derart kompliziert gestaltet und das Geheimnis der Freude und des

Unglücks der Welt in einen so verborgenen Winkel des Körpers verbannt hatte.

Das heftige Schwanken des Zuges machte den Verlust der Jungfräulichkeit leichter und nicht ganz so unangenehm, obwohl die Patin ihn am Hochzeitsmorgen beim Anlegen des Brautkleids noch als höllisch demütigend und schmerzhaft, als Sühne des Weibes für den Sündenfall beschrieben hatte. Agata schien es sogar, als durchzuckte sie ein paar winzige Sekunden lang eine flüchtige Wonne, eine leichte Hitze, die ihr jäh vom Bauch in die Wangen schoss.

Es sollte das einzige Mal in ihrer gesamten Ehe bleiben, dass ihr dies zugleich mit ihrem Mann geschah. Die weichen, weißen, birnenförmigen Brüste unter dem zarten Spitzenleibchen blieben an ihrem Platz, noch nicht einmal durch den Stoff mochte Sebastiano sie berühren, und Agata kam zu dem Schluss, dass sie offenbar nur dem Stillen dienten. Vollends überzeugt war sie zwar nicht, doch sie fand sich damit ab, denn für ihren Mann schien das zumindest zu gelten. Allerdings verstand sie nicht, weshalb sie die Blicke der Männer ausgerechnet dort verspürt hatte, wenn sie mit der Tante durch Belpasso spaziert war.

Auch nachdem sie in Palermo angekommen waren und das Leben zu zweit sich eingespielt hatte, wurde die Sache keineswegs besser, im Gegenteil, die Gewohnheit ließ Sebastiano noch hastiger werden: Abends im Bett schob er ihr das lange Nachthemd hoch und war im Handumdrehen fertig, sodass Agata ihn manchmal kaum spürte; sie spreizte nur kurz die Beine und schlief weiter.

Was ihr allerdings zu schaffen machte, war Sebastianos besitzergreifendes Wesen. Tagsüber schnürte sie den Busen mit Baumwollbinden ein, um Sebastianos Eifersucht nicht zu entflammen, dem der winzigste Anlass genügte, um in die Luft zu gehen. Durch das ständige Schnüren und Plattdrücken wurden ihre Brüste mit der Zeit so schlaff, dass sie quasi mit dem Unterleib verschmolzen; so wie sie, in die Länge gezogen, auf dem dicken, behäbigen Bauch ruhten, schienen sie den ganzen Körper zu stützen.

Sebastiano war nicht gerade ein schlechter Mensch, doch unwissend und eifersüchtig wie der letzte Bourbone: Er ließ keine Gelegenheit aus, laut zu werden oder die Hand gegen sie zu erheben, selbst die Morgenmesse war Anlass für Argwohn und Zank: »Agata, wo bist du gewesen? Du warst nicht im Bett, wo warst du?« Diese Frage war häufig Auftakt zu einem endlosen Streit, der jedes Mal mit ein paar Backpfeifen endete.

Agata konnte und wollte nicht auf ihr religiöses Leben verzichten, und so ließ sie sich, den Einwänden ihres Mannes zum Trotz, nicht davon abbringen, zur Kirche zu gehen. Einen schwarzen Spitzenschleier auf dem Kopf, in der dunklen, unter den Arm geklemmten Tasche das unverzichtbare, ledergebundene Messbuch mit den goldgeprägten Initialen, einen Rosenkranz mit Korallenperlen um die dunkel behandschuhten, auf dem Rücken verschränkten Hände geschlungen, verließ sie mit gesenktem Blick und unter den Verwünschungen ihres Mannes das Haus. Unbeirrt ging sie ihrer Wege, ohne auf Sebastiano und seine Beschimpfungen zu achten, der mittlerweile sogar ein Techtelmechtel mit dem alten, zuckerkranken und maulwurfblinden Pfarrer argwöhnte.

Einmal jedoch trieb Sebastiano es zu weit, und meine Großmutter musste ihren Vater zu Hilfe holen. Es geschah zu Beginn der Ehe, mitten im Winter, als die beiden noch keine Kinder hatten, um die sie sich hätten kümmern müssen. Sebastiano hatte die Nase voll und sperrte sie ins Schlafzimmer. Agata, die sich mehr um ihre Seele als um ihre Freiheit sorgte, schaffte es unter dem Beistand einer Nachbarin, ihre Familie zu benachrichtigen. Der Vater rückte mit seinen vier Brüdern an, angeführt von Tante Filomena, die in der Angelegenheit eine triftige Erklärung verlangte. Der gutmütige Gaetano, der gar nicht vorhatte, handgreiflich zu werden – er war überzeugt, es müsse sich um ein Missverständnis handeln, eine kleine Reiberei zwischen Mann und Frau –, hatte sich trotzdem von seinen Brüdern überreden lassen, das Jagdgewehr mitzubringen, als Staffage sozusagen. Vorsorgen ist besser als Nachsorgen, hatte er sich wohl gesagt und die Doppelflinte unter den Mantel geschoben.

»Sebastiano, was ist los?« Nachdem das übliche Begrüßungsritual vollzogen war, suchte der Bäcker, mit dem Verwandtschaftstross im Schlepptau, nach den richtigen Worten, um den empfindlichen Schwiegersohn, der nun einmal Agatas Mann war und damit über sie verfügte, nicht vor den Kopf zu stoßen.

»*Nzù*«, antwortete Sebastiano einsilbig und machte eine knappe Nickbewegung. Und mit dieser merkwürdigen sizilianischen Art, nein zu sagen, die überall sonst auf der Welt ja bedeutet, stritt er alles ab.

»Ist Agata denn nicht da?« Gaetano blickte sich um, und seine Schwester knuffte ihn in die Seite, als wollte sie sagen: Na los doch. Worauf wartest du?

»*Nzù.*« Sebastiano verneinte abermals und nickte dazu; ein drittes Nein gab es nicht, denn Sebastiano war nicht der heilige Petrus und Gaetano nur ein einfacher, wiewohl ob der langen, beschwerlichen Reise ziemlich gereizter Bäcker. Er riss all seine Schroffheit, zu der er mit seinem sanften und zweifellos um das Wohl seiner Tochter besorgten Gemüt fähig war, zusammen, runzelte die Augenbrauen und richtete den Zeigefinger auf den Schwiegersohn: »Du hast sie geheiratet, aber das heißt nicht, dass du Agatinas Seele unter Verschluss halten kannst!« Der dunkelgraue Doppellauf der Flinte blitzte unter dem Mantelsaum hervor.

Agata wurde befreit, und Sebastiano versuchte fortan nie wieder, seine Frau am Beten zu hindern. Er schluckte die Kröte, doch jedes Mal, wenn sie in die Kirche ging, fluchte er leise in sich hinein. Diese zwischen zusammengebissenen Zähnen ausgestoßenen Verwünschungen bekümmerten Agata, und sie schalt ihren Mann insgeheim eine Memme, weil er seine Wut am Herrgott ausließ.

So zornig er war, so friedlich war sie. Egal was geschah, ob es etwas Bitterernstes oder gänzlich Unerhebliches war, Agata nahm alles mit heiterem Langmut und unerschütterlicher Zuversicht. Schon nach kurzer Zeit war beiden klar, wie unterschiedlich sie waren; ein tiefer, unüberwindlicher Graben trennte sie, der verhinderte, dass sich auch nur der Hauch eines Zusammengehörigkeitsgefühls zwischen ihnen einstellte.

Einmal brachen Diebe bei ihnen ein – zweifellos Dilettanten, die tatsächlich glaubten, in einem Haus in der Via Alloro ließe sich etwas Wertvolles finden – und stahlen Bettwäsche, Decken, die falschen Perlen, die es zur Hochzeit gegeben hatte, und das magere Gehalt Sebastianos, der in händeringender, dem Schaden völlig unangemessener Verzweiflung in den durchwühlten Zimmern umherschlich.

»Beruhige dich, Sebastiano ...« Agata versuchte, dem

Strom der Verwünschungen, der sich aus dem Mund ihres Mannes ergoss und sie unsagbar beschämte, Einhalt zu gebieten. »Ich ertrage diese Beschimpfungen einfach nicht. Menschen, die so böse Worte in den Mund nehmen, sind mir ein Graus. Erst recht, wenn sie mir nahestehen …«

»Aber wer will denn schon vier Bettlaken und zwei lumpige Lire haben?«, fragte sich Sebastiano und verwünschte das Schicksal, den Allmächtigen und sämtliche Heiligen, die ihm in den Sinn kamen.

»Offenbar brauchten sie es dringender als wir, der Herr wird uns dafür belohnen«, schloss Agata seelenruhig.

Ihr Fatalismus ließ ihren Mann endgültig an die Decke gehen, und der wüste Schwall wortgewaltiger Flüche kannte kein Halten mehr. Tags darauf rief meine Großmutter den Priester herbei, um das Haus, die Familie, die Balkone, den Hof und die Nachbarn segnen zu lassen.

Meine Großmutter war gut, sanft, still und besonnen; gleich zu Beginn der Ehe hatte sie sich angewöhnt, niemals ihrem Mann zu widersprechen oder auf sein Gefluche einzugehen.

Selbst bei Familientreffen folgte sie treu der Tradition der gehorsamen Frau, die nichts wusste, sich nicht in den Vordergrund drängte und sich nicht in die Gespräche einmischte. Stattdessen stand sie in der Küche, kochte, wusch ab und machte einen großen Bogen um jede Unterhaltung, die von einem Moment zum nächsten in eine Diskussion oder gar einen Streit ausarten konnte. Durch die rund ums Jahr stets weitgeöffneten Fenster wehte frische Luft durch die Wohnung und trug die Verwünschungen und schlechten Gedanken, die sich nicht mit Agatas Frömmigkeit vertrugen, mit sich fort. Trotz ihrer Verschlossenheit ließ die Verwandtschaft ihres Mannes sie nicht in Ruhe, es gab immer jemanden, der ihr ein »Agata, hamse dich kalt heißgemacht, hm?« nachrief – ein völlig sinnfreies Oxymoron, der erstbeste Spruch, der diesem Haufen unerzogener Trottel in den Sinn kam, weil sie es einfach nicht verwinden konnten, dass Nonna Agata unerbittlich über sämtliche menschlichen Schwächen erhaben war.

Meine Großmutter war ständig auf den Beinen, Stühle dienten für sie eher als Zierde. In ihrer Küche frittierte sie panierte Artischocken und knusprig leichte Karden; ihr Frittiertes galt als das beste in der ganzen Via Alloro, und mit dieser Ausrede verbannte die Mittagsgesellschaft sie an den Herd und ließ sich von vorn bis hinten bedienen.

Mit den Jahren verlor Sebastiano jegliches Interesse an Agata, nicht die kleinste zärtliche Geste hatte er mehr für sie übrig. Selbst seine quälende Eifersucht war kein Ausdruck von Liebe, sondern des Besitzanspruchs: Seine Frau gehörte zum Hausrat. Dennoch – vielleicht lag es an der Hitze oder an der unfreiwilligen Enthaltsamkeit, zu der seine Frau ihn gelegentlich zwang, um ihn für seine Unmäßigkeit zu strafen – schnitt er jedes Jahr an Ferragosto eine Wassermelone auf, säbelte hastig ein Herz daraus und überreichte es seiner Frau mit liebevoller Geste, als wäre es ein Rosenstrauß.

Pünktlich im Mai darauf brachte sie wieder ein Kind zur Welt. Ob sie nun gern mit ihm schlief oder nicht, der Mann brauchte bloß zu pfeifen, und sie stand an der Bettkante bei Fuß. Was sich Agata wünschte, was sie enttäuschte, verbitterte oder ob sie sich nach Liebe sehnte, niemand wusste es, denn sie hütete sich, ihre geheimsten Gedanken preiszugeben; hin und wieder jedoch seufzte sie, blickte in die Ferne, zog die Schultern hoch und hob die Hände wie zu einer schüchternen Umarmung.

Es mochte der Grausamkeit einer natürlichen Auslese oder der Gnade einer gütigen Heiligen geschuldet sein, dass von den dreizehn Kindern zehn gleich nach der Geburt starben. Wie hätten sie die auch alle durchbringen sollen? Mit Gottes Hilfe überlebten nur drei: Baldassare, der mein Vater werden sollte. Ein starker, zielstrebiger Junge, der für meine Großmutter eine schwere Prüfung war. Er scherte sich weder um Ratschläge noch Prügel, ging von klein auf seinen Weg und folgte seinem Schicksal. Bartolo, der zweite Junge, war ein sensibles, schüchternes Muttersöhnchen. Seine Verschlossenheit machte meinen Großvater rasend, der sich einen echten Kerl wünschte. Benedetto, genannt Nittuzzo, sehr viel jünger als seine Brüder, war ein echter Lump, der auf die Schule pfiff. Er trieb sich mit üblem Gesindel herum und war meinem Vater, einem unverbesserlichen Moralisten, lange Zeit ein Dorn im Auge.

Aufgrund eines merkwürdigen Zufalls oder aus einer Laune meines Großvaters heraus wurden auch die Namen der früh verstorbenen Kinder, die allesamt mit B begannen, ins Einwohnerregister eingetragen: Bernardo, Benito, Biagio, Beata, Benedetta, Benuccia, Bruno, Beato, Battistina, Bonaventura.

Binnen weniger Jahre veränderte sich Agatas graziler, geschmeidiger Körper. Die einst straffen Schultern beugten sich nach vorn, der schlaffe, runde Bauch verschmolz übergangslos mit den hängenden Brüsten; die immer noch schlanken Beine verhüllte sie mit weiten Röcken, und silbriges Haar umglänzte das sanfte Gesicht. Mit fünfzig sah sie bereits aus wie eine alte Frau.

11

»Agatì, hol das Öl und schau zu, was ich mache; setz dich schön hierher, denn gleich musst du mir helfen, ganz viele Brüstchen zu backen; na los, tummle dich, sonst können wir morgen nicht zum Fest gehen.«

Mit Engelsgeduld hat Großmutter Agata mir Kochen beigebracht. Noch heute habe ich ihre Stimme im Ohr: »Agatì, *bedruzza mia,* steh nicht da wie der Ochs an der Krippe. Holst du mir jetzt diese Flasche, oder muss ich's dir schriftlich geben?«

Flink rutsche ich vom Schemel, gehe aber ohne Eile, sondern ganz vorsichtig, Schrittchen für Schrittchen, mit steif angewinkelten Armen und angespannter Miene zu ihr hinüber, dass mir nur ja die Ölflasche nicht aus der Hand rutscht, denn dann könnte man gar nicht genug beten, um das dräuende Unheil abzuwenden. Ich bin ein eifriges kleines Mädchen in hellblauem Hängerchen, weißem Pulli und mit einem Küchentuch im Gürtel, damit mein gutes Kleid keine Spritzer und Flecken bekommt.

Elegant und kraftvoll kneten die Hände meiner Großmutter Mehl, Eier und Schmalz zu einem geschmeidigen Teig. Nichts erinnert mehr an das hübsche Mädchen von damals, als sich Sebastiano in sie verliebte. Auf dem Hochzeitsfoto trägt sie ein kurzes Spitzenkleid, die lange Kette aus falschen Perlen hängt über ihre runden Brüste herab, das schwarze, lockige Haar reicht bis knapp unter die kleinen, wohlgeformten Ohren. Der lange, weiße Hals ist vorgereckt, die großen, dunklen Augen blicken erstaunt, als wollte sie sagen: »Dass mir das passieren musste.« Womöglich sieht sie auf dem Foto schöner aus, als sie war, mit dieser gottergebenen Haltung, die ihr eine dezente Anmut und ihrem Gesicht einen antiken Liebreiz verlieh. Eine vollkommen andere Person, wenn ich an ihren grimmigen Gesichtsausdruck denke, den sie über die Jahre angenommen hatte. Sie hat sich zur Wehr setzen müssen, deshalb wirkte sie hart, doch sie machte niemandem etwas vor.

Hin und wieder, vor allem, wenn sie mit den Enkeln zusammen war, brach sich ihre geballte Zärtlichkeit Bahn, und ihr Gesicht verjüngte sich schlagartig. Wenn mein Vater herumbrüllte, mich ausschimpfte oder mir meinen Übermut austreiben wollte, warf mir meine Großmutter einen verständnisvollen Blick zu, ihre Mundwinkel bogen sich nach oben, ihre Lippen öffneten sich zu einem Lächeln, das ihre schiefen, vergilbten Zähne zeigte, und sie flüsterte mir ein so zuckersüßes *»babbasunazza«* – »du Dummerchen!« – zu, dass kein Zweifel bestand: Sie liebte mich. Im Gegensatz zu meinen ob meiner Geburt enttäuschten Eltern – eine Tochter ist vertane Liebesmüh – war ich für sie eine Gnade Gottes.

Ich folgte ihr wie ein Schatten; mit bis zu den Ellenbogen aufgekrempelten Ärmeln half ich ihr bei der Hausarbeit, lauschte gebannt ihren Erzählungen und stürzte mich pflichteifrig in die mir zugedachten Aufgaben. Sie war die Einzige, die mir Vertrauen schenkte, die mich so nahm, wie ich war; nie war ich in ihren Augen für dies zu klein oder für das zu groß. Ihre Stimme war ein Wispern in dem Luftzug, der durch die Wohnung ging und die Türen zuschlug, dass die Scheiben klirrten.

»Agatì, *beddruzza mia*, nimm dir den Stuhl, sonst

kommst du nicht ans Spülbecken!« Dann ergriff sie mich unter den Achseln, hob mich hoch, und während die Sippschaft meines Großvaters im Esszimmer Familienklatsch austauschte, wuschen wir gemeinsam die Teller.

Durch das Badezimmerfenster, das nach Süden hinausging, strahlte die Sonne herein und durchflutete die Wohnung. Die Tür stand stets offen, damit das Licht ungehindert ins Esszimmer und durch den Flur bis ins Wohnzimmer dringen konnte. Sowohl Wohnung als auch Einrichtung waren dürftig, und der einzige Luxus bestand in den beiden prächtigen Jugendstilglastüren des Esszimmers und Wohnzimmers. Standen beide zur Diele hin auf, bildete sich da ein kleines, schummriges Eckchen, das mir als Schlupfwinkel diente. Dort fühlte ich mich sicher und hatte weder Angst vor den Schemen der Heiligenfiguren, die die davor flackernden Lämpchen als unheimliches Schattentheater an die Wand warfen, noch vor den vielstimmigen Geräuschen, die aus den anderen Wohnungen durch die Mauern drangen, als wäre das Haus eine eigene Welt, in der Menschen und Geister dicht an dicht zusammenlebten.

Dort, zwischen den beiden Glastüren, verbrachte ich viel Zeit mit Puppen, Garnknäueln oder Stoffresten, die ich zusammennähte. Der Duft von Brot und süßem Gebäck kroch an der Hausfassade empor, drang ungefragt durch die Fenster und erfüllte jeden Winkel. An der Straßenecke unter dem Wohnzimmerbalkon befand sich der beste Bäcker des Viertels. Die despotischen Besitzerinnen, drei Schwestern namens Zummo, hatten nie geheiratet. Klein und dick, das schüttere, schwarze Haar hoch auf dem Kopf zu einem Dutt geschlungen, hatten sie den einzigen Bruder unterjocht, der zugunsten der Schwestern der Liebe hatte entsagen müssen und dafür Tag und Nacht wie ein Ochse in der Backstube schuftete.

Bereits zu Lebzeiten schuldlos zur Hölle verdammt, buk der unglückselige Bäcker in einem finsteren, sommers wie winters glutheißen Loch Brot. Er machte Plätzchen und Hefezöpfe, zarte Brioches, die er mit der Präzision eines Friseurs Stück für Stück formte und mit weißem Zucker bestreute, derweil die Schwestern die Nachbarn ausspionierten, miteinander tuschelten, Klatsch zusammentrugen und Missgunst verbreiteten.

Großmutter Agata liebte die Via Alloro, die luftdurchwehte Wohnung und vor allem den Duft nach Gebäck, Hefe und Mehl, der sie in ihre Jugend zurückversetzte, als das Leben noch goldgelb wie warme Mafaldine und zart wie die von ihr gebackenen Cassatelle war, nach Anisplätzchen roch und glänzte wie der Guss, den sie mit ihren regen Fingern auf das Gebäck auftrug.

Wenn ich bei ihr übernachtete, überschüttete sie mich mit Aufmerksamkeiten. Morgens weckte sie mich mit einer sanften Berührung, nahm mich bei der Hand und führte mich in die Küche, wo auf dem Tisch schon warme Milch, Plätzchen, Sahne und sogar Kakao auf mich warteten. Dann ließ sie den Weidenkorb vom Balkon herunter, in den eine der drei *signorine* – so hießen die alten Jungfern bei uns – Alfio Zummos berühmte kleine, frischgebackene Hefezöpfe legte. Ich konnte gar nicht genug davon kriegen – noch heute habe ich ihr unvergleichliches Aroma auf der Zunge und suche in jeder Bäckerei der Gegend vergeblich danach.

12

Als Großvater Sebastiano starb, wurde eine Art Familienrat abgehalten. Das Erbe wurde ohne Zwist unter den Söhnen aufgeteilt: Die Eisenbahneruhr ging an meinen Vater, der Füllfederhalter und ein paar Manschettenknöpfe an meine beiden Onkel. Blieb die heikle Frage: Wer von ihnen würde Großmutter Agata abkriegen? Da Bartolo noch nicht verheiratet war und Nittuzzo ein Lotterleben mit einem liederlichen Frauenzimmer und zwielichtigen Kumpanen führte, beschloss mein Vater, dessen Autorität und Gerechtigkeitssinn außer Frage standen, dass meine Großmutter bei uns leben sollte.

An einem Juniabend lud man sie zu uns ein, oder genauer gesagt, zitierte sie herbei. Mit ernstem Gesicht und pochender Ader an der rechten Schläfe saß mein Vater hinter seinem Schreibtisch und suchte andächtig nach den richtigen Worten, um ihr mitzuteilen, was der Familienrat beschlossen hatte. Papa redete nicht, er befand. Er stellte nicht fest, er entschied. Und selbstverständlich waren seine Worte Gesetz. Allem Anschein nach zum Trotz hatte er einen Heidenrespekt vor der Mutter, der ihm durch die zahllosen Schläge in seiner Kindheit (damals diskutierte man noch nicht mit seinen Kindern) und die endlose Beterei, zu der ihn meine Großmutter gezwungen hatte, um ihm seine Sturheit und seine Bockigkeit auszutreiben, eingebläut worden war.

»Mama, da du ja nun mal schlecht allein bleiben kannst …«, begann mein Vater mit milder Stimme und entzündete die x-te Zigarette. Bedächtig rieb er die Hände aneinander, als fröre er. Eine Geste, die man häufig an ihm sah, wenn er sich konzentrieren musste oder versuchte, seine Wut im Zaum zu halten. Die Worte hingen wie geronnenes Blei im Raum, und die Luft knisterte geradezu vor Groll und Argwohn; in den wohlgesetzten Pausen starrten sich mein Vater und meine Großmutter an, und ihren Blicken war zu entnehmen, wie sehr ihnen beiden die Unterhaltung zuwider war.

»Wieso, was soll mir schon passieren?« Wie immer ganz in Schwarz saß meine Großmutter auf unserem Wohnzimmersofa, während ihre Finger mit dem Rocksaum spielten, ihn aufrollten und wieder glatt zogen.

»Mama, bitte, so reg dich nicht gleich auf … Ich will dir nicht zu nahe treten, aber in deinem Alter kann man sich schon mal schlecht fühlen.« Das war der Auftakt einer subtilen Strategie: durch Schüren von Angst und Sorge seine Sohnesliebe unter Beweis zu stellen.

»Und wie willst du mir da als Richter helfen? Wenn überhaupt, bräuchte ich einen Doktor.« Die Worte meiner Großmutter waren hart wie Stein.

»Na ja, was weiß ich, wenn du abends ganz allein bist … Vielleicht wirst du schwermütig, und bei uns sind die Kinder … die leisten dir Gesellschaft.«

Es heißt, Enkel seien die Geiseln der Götter, mit denen sie die Menschen erpressen und gefügig machen. Und so benutzte mein Vater uns für seine Zwecke, in der Gewissheit, dass meine Großmutter aus tiefer Liebe vor allem zu mir einwilligen und ihm sogar dankbar sein würde. Doch nach dreizehn Kindern, von denen ihr zehn kurz nach der Geburt gestorben waren, hatte Großmutter Agata als Schutz gegen den wiederholten Schmerz fast eine Art Abneigung gegen

Kinder entwickelt, und allein deren Geruch war ihr zuwider. Eine ihrer Lieblingsgeschichten aus der Bibel war der Kindermord in Bethlehem. Ihr mit den Enkeln zu kommen war also nicht nur sinnlos, sondern kontraproduktiv.

»Allein bin ich schon mal nicht, denn schließlich ist unser Herrgott bei mir, an den du übrigens auch ab und zu einen Gedanken verschwenden solltest. Dass du Richter bist, rettet dir nicht die Seele. Du magst ein Mann des Gesetzes sein, aber mit Gerechtigkeit hat das noch lange nichts zu tun.« Mein Vater hatte nicht im Traum damit gerechnet, dass sein großmütiges Angebot rundweg ausgeschlagen werden könnte. Ich kann mir unschwer vorstellen, was ihm im Kopf herumging: Was erlaubt die sich, sie ist meine Mutter, aber immer noch eine Frau! Froh sollte sie sein, dass ich mich um sie kümmere! Eine Frechheit, einem Richter so zu kommen. Wie wahr: *Tue Gutes und vergiss es.*

Nachdem die Trauerzeit vorüber war und sich auch das Nachtrauern erschöpft hatte, war meine Großmutter wie die meisten Witwen auf den Geschmack der Freiheit gekommen und wild entschlossen, sie mit Klauen und Zähnen zu verteidigen. »Außerdem ist es Sache deiner Frau, die Kinder großzuziehen, genauso wie ich euch großgezogen habe.« Die Ärmste, da war sie für die ganze Familie die Dienstmagd gewesen. Fehlte nur noch, dass jetzt die Schwiegertochter aus ihr Köchin, Kinderfrau und Mädchen für alles machte, und zwar Vollzeit, unentgeltlich und mit der Verpflichtung, dafür auch noch dankbar zu sein. »Und sollte ich mich doch einmal einsam fühlen, komme ich eben Agatina besuchen, denn die scheint mir hier, mit Verlaub gesagt, die Einzige mit dem Herzen am rechten Fleck zu sein. Also, lassen wir es damit gut sein.«

»Aber, Mama, was redest du da? Ich mache mir doch nur Sorgen …« Das leise Zittern seiner Stimme und seiner Hände verriet die aufsteigende Wut.

»Ich sag's dir zum letzten Mal, kümmere dich um dein eigenes Seelenheil und lass mich in Ruhe meinen Erinnerungen und Gedanken nachhängen.« Damit erhob sich Großmutter Agata und ging in die Küche – auch in unserer Wohnung der Ort, an dem sie sich am liebsten aufhielt. Die Diskussion war somit ein für alle Mal beendet und wurde nie wieder aufgenommen.

13

Nach Großvater Sebastianos Tod versammelte sich die Familie noch einige Jahre lang jeden 5. Februar im Haus meiner Großmutter. Man ehrte die heilige Agatha mit dem Besuch der Messe und den Cassatelle und beging den Namenstag sämtlicher Agatas der Familie mit Brokkoli-Pasta, Neonata-Pfannküchlein, panierten Artischocken und Walderdbeeren mit Sahne. Am Vorabend bereitete meine Großmutter die Pastasauce vor, säuberte die *neonate* – winzige, frisch geschlüpfte Fische – von den Algen, die der Fischverkäufer übersehen hatte, und panierte die Artischocken.

Früh am Festtagsmorgen ging es dann in die Kirche. Den unvermeidlichen Schleier auf dem längst schon weißen Haar, gedachte meine Großmutter mit gefalteten Händen ihrer Toten, betete für uns Lebende und endete stets mit einem »Agatina, ich vertraue mich dir an«. Nachdem sie eine Kerze entzündet hatte, kehrte sie bestärkt nach Hause zurück, wo ihr Sohn Bartolo, der einzige, der, obschon seit Ewigkeiten verlobt, noch nicht verheiratet war, den Schlaf des Gerechten schlief. Sie weckte ihn mit einer Tasse Kaffee und einem Lächeln.

Unter endlosem Ächzen reckte und streckte sich Bartolo in seinem gestreiften Flanellschlafanzug. Ein gebildeter Mann, war er jedoch dermaßen zerstreut, dass er mit seinem geistesabwesenden Gesichtsausdruck und den runden Augen, die er wegen starker Kurzsichtigkeit zu schwarzen Punkten zusammenkniff, ein wenig einfältig wirkte. Er hing so sehr an seiner Mutter, dass er ihr Verse widmete, die er zu jeder passenden oder unpassenden Gelegenheit laut hersagte. Es war seine Art, sich für die Aufmerksamkeiten erkenntlich zu zeigen, an denen es meine Großmutter nie mangeln ließ. Seine Verlobte hingegen regte sie dermaßen auf, dass sie sich nach der Heirat gründlich dafür rächen und sich dabei als außerordentlich nachtragend und erfindungsreich erweisen sollte. Bartolo war der Augapfel meiner Großmutter. Sie liebte die Verse, die der Sohn für sie verfasste, und hing, gebannt von so viel Weisheit, an seinen Lippen. Für sie waren die beiden Akademikersöhne ein Wunder der heiligen Agatha. Nittuzzo indes, der Kleinste, hatte fürs Studium nichts übriggehabt, doch das nahm sie gelassen: »Man darf den Herrn nicht zu viel bitten, Agatì, sonst ärgert er sich und nimmt einem weg, was er geschenkt hat.«

Großvater Sebastiano, der sich mit dem Lesen und Schreiben schwergetan hatte und für Kultur nicht sonderlich empfänglich gewesen war, war der Sinn für Dichtung und Literatur völlig abgegangen. Bei jeder Gelegenheit zog er über die beiden Söhne her, die vom jahrelangen Studium über den Büchern eine schlechte Haltung angenommen und nie Geld hatten, weil man mit Kultur eben nichts auf den Teller bekam. »Was glaubt ihr eigentlich?«, schimpfte er gegenüber Bartolo und Baldassare. »Von wegen Richter, von wegen Professor! Wollen mal sehen, ob wir für euch nicht ein Pöstchen bei der Bezirksverwaltung finden.« Als mein Vater dann Amtsrichter wurde, platzte mein Großvater plötzlich vor Stolz. Doch zu spät: Wenige Monate danach starb er, ohne im Leben seiner Söhne oder im Gedächtnis seiner Enkel die geringste Spur zu hinterlassen.

Selbst an ihrem Namenstag ließ meine Großmutter nicht vom Hausputz ab. Ehe sie sich das feine, schüttere Haar kämmte, das Festtagskleid anzog und erhobenen Hauptes die Küche betrat, machte sie die Betten und ging rasch mit dem Besen durch die Wohnung.

»Und jetzt stört mich nicht.« Die Küche war ihr Reich und der einzige Ort, an dem sie Befehle erteilen durfte. Leichtfüßig bewegte sie sich vor dem Herd hin und her, hantierte gekonnt mit dem Geschirr und tänzelte über den von Sprüngen und Rissen durchzogenen Marmorboden. Im Spülstein stapelten sich die schmutzigen Töpfe, und aus dem stets aufgedrehten Hahn tröpfelte das Wasser, in dem sich das Sonnenlicht brach.

14

Zu meinem Namenstag bekam ich von meinen Eltern ein neues Kleid geschenkt. Als ich morgens aufwachte, lag es am Fußende meines Bettes. Sofort schlüpfte ich hinein: Klein, aber schon sehr eitel, liebte ich es, mir etwas Neues anzuziehen. Dann wartete ich darauf, dass meine Eltern mit mir und meinem Bruder zu meiner Großmutter führen, wo wir den Rest der Familie treffen würden. Ich war aufgeregt und neugierig auf das Geschenk, das ich tags zuvor im Esszimmer erspäht hatte, voller Vorfreude auf den Festtag und mit mir selbst im Reinen, weil die Cassatelle schon fertig waren und ich meine Pflicht mit Ernst und Hingabe erfüllt hatte; auch die *santuzza* konnte zufrieden sein.

In unserem Fiat 600 folgten wir der Strecke des 15er-Busses. In die Ecke gekauert, drückte ich die Nase an die Scheibe und sah die Kräne und Baugerüste vorbeiziehen, mit denen im Lauf der kommenden Jahre Bauunternehmen wie Vassallo, Moncada oder Cassina ihr Glück machen sollten.

Verwandtenbesuche und Jahrestage waren für mich die einzige Gelegenheit, andere Kinder zu treffen. Denn aus Furcht, wir könnten uns mit den Sprösslingen irgendeines Mafioso anfreunden, schirmte unser Vater uns fast vollständig von der Außenwelt ab. Doch trotz aller Vorsicht konnte er nicht verhindern, dass mein liebster Schulkamerad Enrico, ein mondgesichtiges Kind mit sanften Augen und Segelohren, einen Nachnamen trug, der zu trauriger Berühmtheit gelangt war. Er war der Sohn eines Bosses, der Ende der sechziger Jahre ermordet wurde. An einem ungewöhnlich warmen Schirokkonachmittag kurz vor Weihnachten war ein dreiköpfiges, als Finanz- und Zollpolizisten verkleidetes Kommando in das Büro eines bekannten Bauunternehmers eingedrungen, in dem man gerade die stadtplanerische Zukunft Palermos besprach. Nachdem sich der Vater meines Schulkameraden zunächst totgestellt hatte, zückte er plötzlich die Pistole, doch die hatte eine Ladehemmung. Wie das Schicksal so spielt. Das Foto des kleinen Enrico, Hand in Hand mit seinem Vater, wurde mit großem Pathos von allen Zeitungen gedruckt. Zu dieser Gelegenheit erwies sich, wie nutzlos der Sperrgürtel, den mein Vater so akribisch um seine Familie errichtet hatte, im Grunde war.

Wir bewohnten eine große Wohnung in einem zehnstöckigen Mietshaus, das wenige Jahre zuvor von einem kleinen Mafioso hochgezogen worden war, der die Barchenthose und genagelten Schuhe des *campiere* – des Landaufsehers – gegen den halbseidenen Unternehmeranzug getauscht und in die Rolle des Baulöwen geschlüpft war.

Mein sonnendurchflutetes Zimmer ging auf den Garten eines Jugendstilhauses hinaus, das einer reichen, mächtigen und allseits beneideten palermischen Familie gehörte. Blumenduft, gemischt mit dem Geruch des Meeres, strömte zu den Fenstern herein, kitzelte mich in der Nase und erfüllte mich mit Sehnsucht. Morgens hallten die Rufe der Fuhrleute durch die Straße.

Von einem Tag zum anderen waren die Villa, der Garten und mit ihm die Ratten, die in den Magnolien herumgeklettert waren, verschwunden. Eine dicke, orangerote Mauer hatte das Meer, die Blumen und den Himmel verschluckt.

Wenn ich mich über die Balkonbrüstung beugte, konnte ich sie berühren. Der raue Putz zerkratzte mir die Fingerkuppen und ließ eine ungesunde gelbe Farbe darauf zurück.

Schlagartig hatte sich mein Zimmer in eine Gefängniszelle verwandelt. Mir war, als hätte man mir persönlich einen bösen Streich gespielt, doch in Wirklichkeit war ein viel dramatischeres Phänomen im Gange: die Plünderung Palermos. Unter Beihilfe der Stadtverwaltung bekam die Stadt in nur zehn Jahren ein vollkommen anderes Gesicht, derweil sich die Mafia unbehelligt in den Strukturen einer ehrlichen, wiewohl stillschweigend billigenden Gesellschaft bewegte. Die Conca d'Oro – die Goldene Muschel, wie die Ebene, in der Palermo liegt, genannt wird – versank vor meinen Augen in Zement.

Der Mafiaboss, der fast sämtliche Villen der Stadt dem Erdboden gleichmachte und Betonburgen hochzog, hieß Don Ciccio Abella. Die Betonburgen versperrten nicht nur den Meerblick, sondern hielten auch die sanfte Brise ab, die zuvor die Gluthitze des Sommers gelindert hatte. Noch gar nicht so lange her, da war Ciccio als Fuhrmann mit seinem mit bunten Bändern geschmückten Esel umhergefahren und hatte unter den Fenstern der Herrschaften seine Ware angepriesen: »*Kauft Salz, das Kilo zu zehn Lire!*« Dann hatte er nach einer kurzen Episode des Brautraubs Teresa »die Busenlose« geheiratet, war ins Geschäft seiner Schwäger eingestiegen und hatte seinem Leben eine gänzlich neue Wendung gegeben.

Die Familie seiner Frau hatte während des Krieges ihr Geld mit Schwarzhandel gemacht. Ciccio, der sich mühelos in sein neues Umfeld integriert hatte, war in kürzester Zeit zum Geschäftsführer aufgestiegen. Dass Teresa ihn geheiratet hatte, war auf eine fatale Sinnestäuschung zurückzuführen, die sie zunächst glauben machte, das Herzklopfen, das sie in seiner Nähe empfand, müsse Liebe sein. Seither ging Teresa das ganze Jahr über mit langen Ärmeln und dunklen Strümpfen umher, um die blauen Flecken zu verbergen, die ihr Mann des Nachts ihrem Körper beibrachte: Ciccio hatte große, klobige Hände, an deren kleinen Fingern er sich lange, spitze Nägel wachsen ließ. Er hasste Teresa, weil sie keine Brüste hatte – ihm war, als schliefe er mit einem Kerl. Doch auch wenn ihn diese plankenflache Brust nervös machte – »Teresa, du siehst aus wie ein Vierzehnjähriger« –, beruhigte sie ihn andererseits. »Bei diesen Weibern, die nur Arsch, Wampe und Titten sind«, wurde ihm richtig schwummrig. Nachdem er ihr zum Preis blauer Flecken fünf Kinder gemacht hatte, rührte er sie nicht mehr an. Doch noch immer begann Teresas Herz heftig zu klopfen, sobald sie seine schweren Schritte auf der Treppe hörte, allerdings – das war ihr inzwischen klar – nicht aus Liebe, sondern aus Furcht. Ciccio war zum Boss aufgestiegen, und seine Hände waren gefährlicher denn je.

Nach dem Schwarzmarkt war die Genossenschaft dran, beim zweiten Kind kamen die Aufträge für die Kanalisation hinzu, beim dritten zogen sie um. Das neue, einem erfolgreichen Geschäftsmann angemessenere Haus war gerade bezogen, als Nanni, der Bauleiter von Borgo, ganz außer Atem hereinstürmte. »Don Ciccio, kommt schnell, Ihr werdet gebraucht.« Ciccio aß stumm und ungerührt weiter. Teresa warf ihm einen Blick zu, während ihr Herz *tatam tatam tatam* machte, doch er zuckte nicht mit der Wimper.

»Don Ciccio, es scheint dringend zu sein.« Nanni war

noch nicht ganz trocken hinter den Ohren und heimlich in die Brustlose verliebt.

»Was is los? Was dringend is, bestimme ich, damit es klar is!« Teresa saß mit gefalteten Händen da und betete still in sich hinein; das Wort an ihren Mann zu richten, wagte sie nicht.

»Don Ciccio, wollt Ihr Euch nich beeilen? Es geht um Eure Familie.« Mehr wagte Nanni nicht zu sagen. In dem Moment wurde die vage Furcht, die Teresa seit Monaten umtrieb und zu Medikamenten greifen ließ, zur verhängnisvollen Gewissheit. Endlich traute sie sich, den Mund aufzumachen. »Was ist, Nanni, ist was Schlimmes passiert? Ist meinen Brüdern etwas zugestoßen?«, schrie sie und suchte den Blick ihres Mannes. Ihr Herz schlug wild, und sie presste schützend die Hand gegen den flachen Brustkorb, aus Angst, es könnte auf den Tisch springen und ihrem Mann das Mittagessen verderben.

Ihre Brüder waren umgebracht worden, alle beide. Ihr Gatte höchstpersönlich hatte den Auftrag erteilt und war nun alleiniger Boss. Teresa brauchte keine Erklärung, um vollends zu begreifen, was sie seit der Hochzeitsnacht ahnte, als ihr Mann sie ausgezogen hatte, ihr mit der flachen Hand über die Brust gefahren war und mit Daumen und Zeigefinger eine Geste gemacht hatte, die so viel bedeutete wie: Nix! Und du willst 'n Weibsbild sein! Dann hatte er sie angewidert mit dem Gesicht zur Wand gedreht, sie bei den Haaren gepackt und war im Stehen ein, zwei, drei Mal in sie eingedrungen. Ihr Leben lag in den Pranken eines wilden Tieres, und nun war sie vollends allein.

Sie legte Trauerkleidung an, weinte lautlos und zwang sich schließlich, weiterzuleben, denn das nächste Kind war bereits unterwegs. Vielleicht lag es am Rausch der Macht, am Adrenalin des Blutvergießens oder daran, dass er dem Schicksal die Stirn geboten hatte, jedenfalls hatte Don Ciccio nach dem Mord an den Schwägern wieder angefangen, mit ihr zu schlafen.

Zur selben Zeit war er mit Politikern und Bankiers ins Geschäft gekommen. Seither schauten diese regelmäßig bei ihnen vorbei, um Anweisungen entgegenzunehmen, Dokumente vorbeizubringen und Geld zu zählen. Abend für Abend musste Teresa jetzt kochen und den Tisch mit dem Tafelsilber eindecken, für die wichtigen Gäste, den Bürgermeister eingeschlossen, die sich mit ihrem Mann die Nächte um die Ohren schlugen.

Nach der Conca d'Oro nahm sich Don Ciccio die Via Libertà vor, die eleganteste Straße Palermos, um auch sie zuzubetonieren. Eine nach der anderen wichen die zahllosen Jugendstilvillen riesigen, gesichtslosen Betonklötzen.

Während mein Vater schnaufend hinterm Lenkrad saß, schaute ich aus dem Autofenster und ließ die in unterschiedlichen Farbtönen gestrichenen Fassaden und schmucklosen Balkone vorüberziehen. Ich habe mich immer gefragt, wieso unsere Eltern uns bekommen haben, so genervt und belästigt sie sich vom Kinderlärm und überhaupt von unserer Existenz fühlten. Doch wahrscheinlich hatten auch sie keine Wahl gehabt. Die damalige Gesellschaft verlangte es so: Keinen Nachwuchs zu haben war ein Zeichen von Krankheit oder Impotenz, und in dieser Hinsicht wollten meine Eltern so normal wie möglich sein.

15

Die schrille Stimme meiner Großmutter hallte durch das dunkle Zimmer: »Agatì, *beddruzza mia*, du siehst aber hübsch aus in deinem Kleidchen, komm her, ich hab eine Überraschung für dich.« Jedes Jahr lag auf der Anrichte ein Geschenk für mich. Aufgeregt fieberte ich dieser Überraschung entgegen, einer der Liebe entsprungenen, freudigen Geste. Für die übrige Verwandtschaft, meine Mutter mit eingeschlossen, war das Fest der Heiligen nichts als eine Pflichtveranstaltung, doch meine Großmutter dachte stets voller Wonne an mich und hätte mich nie im Stich gelassen.

Mit flatterndem Herzen und überwältigt von so viel Aufmerksamkeit, drehte ich das Päckchen zwischen den Händen.

»Na los, mach es auf, willst du denn nicht wissen, was drin ist?« Ich hatte es nicht eilig, der Inhalt interessierte mich nicht. Es genügte mir, dass meine Großmutter auch dieses Jahr an mich gedacht hatte. Und so ließ ich mich lange bitten, ehe ich mich beklommen ans Auswickeln machte. Das Papier war dünn, und ich bemühte mich, es nicht zu zerreißen. Auch das gehörte zum Geschenk, und bis zu meinem Umzug aufs Festland hortete ich es jahrelang mit geradezu fetischistischer Akribie, zusammen mit Geschenkbändern, Briefen, Zettelchen, Büroklammern und allem, was womöglich zu einer Erinnerung werden konnte.

»Agatì, jetzt, wo du größer bist, musst du mit einem Schleier in die Kirche gehen … deshalb das Taschentuch, es ist für die Messe, und dann brauchst du eine Tasche für das Messbuch und den Rosenkranz. Gefällt's dir?«

Derweil haute mein Vater bei den Verwandten auf den Putz, meine Mutter hielt ihm die Stange, und niemand schien mich mehr zu bemerken.

Ich versteckte das Geschenk in meinem Schlupfwinkel und folgte der Großmutter in die Küche. »Komm her, ich binde dir ein Tuch um, sonst machst du dir noch das Kleid schmutzig, und was wird dann deine Mutter sagen?« Meine Großmutter frittierte die Artischocken in siedendem Öl, ließ sie abtropfen, und ich salzte sie und legte sie auf eine große Platte, die meine Mutter zum Tisch trug. Jedem von uns war je nach Schwierigkeitsgrad und Geschick eine Aufgabe zugedacht: die heikelste für Großmutter Agata, die harmloseste für mich und die befriedigendste für meine Mutter. Das weiße Tischtuch, die Porzellanteller, die guten Gläser und die Kristallkaraffen voller Wein bildeten den festlichen Rahmen.

Meine Großmutter war unermüdlich. Sie kochte für alle, und das war so selbstverständlich, dass keine der Frauen der Familie ihr Hilfe anbot. Die zarten Neonata-Pfannküchlein, die wie durch Zauberhand gleich nach den Artischocken auf dem Tisch landeten, gaben einen Vorgeschmack auf das Meer und waren, ehe man sich's versah, verschwunden. Erst als die Pasta fertig war, setzte sich meine Großmutter zu uns, aß hastig das Erstbeste, was ihr auf den Teller kam, und eilte in die Küche zurück, um die Sahne zu schlagen.

Die Sahne brachte Onkel Vincenzo mit, der Bruder meines Großvaters, der Milchmann von Beruf war. Mit einer geschmeidigen, rhythmischen Bewegung aus dem Handgelenk schlug Großmutter Agata sie steif, und ihr zuzusehen war, als wohnte man einem heiligen Ritus bei. Die Erdbeeren, die den nahenden Frühling verhießen, färbten mir die Lippen blassrot, und ihr zarter, durchdringender, an ein frischgebadetes Neugeborenes erinnernder Duft verschmolz mit der Süße der Hefezöpfchen der Zummo-Schwestern, deren Bruder nicht an Zucker und Rosinen gespart hatte.

Zum krönenden Abschluss kamen mit dem Kaffee und von Beifall begleitet die Cassatelle auf den Tisch. Auf dem großen Tablett drängten sich paarweise die kleinen, weißen, verlockenden Hügel, die man zuerst berühren wollte, ehe man den Guss ableckte und behutsam hineinbiss, um ihnen nicht wehzutun. Sofort ergoss sich die schokoladige Ricottacreme in den Mund und umschmeichelte den Gaumen. Ich schloss die Augen, der Genuss durchströmte meinen kindlichen Körper und mischte sich mit einem Gefühl tröstlicher Geborgenheit, denn meine Großmutter hatte mir gesagt, die Cassatelle würden mich vor Krankheiten schützen und schlimmstenfalls davon heilen. Die Brüste der heiligen Agatha waren meine Gesundheitsversicherung, der süße Talisman, der mich durch mein Leben als Frau begleiten sollte.

16

Dank der heiligen Agatha erfreuten sich die Brüste meiner Großmutter, von deren Schönheit niemand, und schon gar nicht ihr Ehemann, etwas geahnt hatte, ihr ganzes Leben lang bester Gesundheit. Dafür hatte sie es mit anderen Problemen und Krankheiten zu tun, gegen die es weder Talismane noch Gegenmittel oder Schutzheilige gab.

Seit dem frühen Verlust der Mutter hatte meine Großmutter ihre ganze Frömmigkeit auf die heilige Agatha gerichtet und sie angefleht, sie vor der schrecklichen Krankheit zu bewahren, die ihr die Mutter genommen hatte, noch ehe sie sie hatte kennenlernen und lieben dürfen.

Als sie noch eine junge Frau gewesen war, befreite Agata jeden Morgen, wenn sie allein zu Hause war, ihre plattgedrückten, drangegebenen Brüste von den Binden, betrachtete sie lange im Spiegel und freute sich an der Schönheit, die von ihnen ausging. Sie fühlte ihre Zartheit, bestaunte ihr ebenmäßiges Äußeres, wusch sie behutsam, fuhr die Konturen der Brustwarzen mit dem Finger nach und massierte sie abschließend mit Süßmandelöl, genau wie ihre selige Mutter, obgleich sie das nicht wissen konnte.

Manchmal lösten diese harmlosen Berührungen, die allein der Körperpflege dienten, eine sanfte Wärme aus, die ihr Gesicht leicht erröten ließ, und ein Gefühl wie heißes Quecksilber lief vom Bauchnabel abwärts bis in die Beine, dann zurück zum Bauch, wie eine Welle, ein genussvolles Wogen, dessen Ursprung ihr verborgen blieb; dann schloss sie die Augen, legte den Kopf zurück und genoss den Eindruck, ihr Körper zerfließe. Befriedigt ob dieses flüchtigen Genusses, den ihr Mann ihr nie hatte bereiten können, umschnürte sie ihre Brüste wieder fest mit den Leinenbinden, um ihren wertvollen Schatz zu schützen.

Sie waren die einzigen Körperteile, denen meine Großmutter Pflege und Aufmerksamkeit zukommen ließ. Was die übrigen Organe betraf, wusste sie noch nicht einmal, dass sie sie besaß. Vom Herzen zum Beispiel glaubte sie, sie hätte es in ihrem Heimatdorf gelassen, als sie jung verheiratet nach Palermo gezogen war; dass sie einen Kopf und ein Gedächtnis hatte, deren Schutzheilige sie nicht kannte, war ihr gar nicht bewusst, und auch nicht, dass beides allmählich nachließ.

Die Krankheit, die sie nach und nach in einen farblosen Geist verwandelte, hatte einen vertrackten Namen: Alzheimer. Hemmschwellen und Gefühle blieben bis zum Schluss intakt, während sich die logischen Funktionen und das Gedächtnis verabschiedeten, nicht zuletzt wegen eines völlig verfehlten Umzugs, der der ohnehin schon angeschlagenen Identität meiner Großmutter den Garaus machte. Wenige Jahre vor ihrem Tod tauschte meine Großmutter die alte Wohnung in der Via Alloro mit einer neuen im achten Stock eines modernen Mietshauses mit doppeltem Aufzug. Es war eines jener grauenhaften Ungetüme, die in den Neubaugebieten längs des Autobahnrings in die Höhe geschossen waren, verbrochen von Don Ciccio Abella, mit dem sich die Badalamentis inzwischen verschwägert hatten.

Nittuzzo, der jüngste Bruder meines Vaters, hatte Cettina, eine Tochter des Bosses, geheiratet und damit Betretenheit unter den Verwandten ausgelöst, die zwar nicht reich waren, aber dafür ruhig schliefen und friedlich in ihren Betten starben.

17

Cettina Badalamenti, geborene Abella, war eine kleine, rothaarige, wie ihre Mutter brustlose Frau von ordinärem Wesen und mit aufreizendem Gang. Trotz des Drängens meiner Mutter und der verlockenden Aussicht auf eine phantastische Honig-*Pignoccata*, nach der er verrückt war, weigerte sich mein Vater standhaft, an der Verlobungsfeier teilzunehmen.

»Baldassare, es ist dein Bruder ...«

Schweigen.

»Wir können's uns doch nicht mit allen verscherzen ...«

Noch immer beharrliches Schweigen.

»Schau mal, ich hab auch ein Geschenk besorgt ... ein besticktes Laken.«

Nicht einmal ein Seitenblick.

»Was soll ich machen, soll ich mit der Kleinen hingehen?«

Anders als in der öffentlichen Verwaltung galt im Haus meiner Eltern die Regel des stillschweigenden Neins. Ließ mein Vater kein klares, deutliches Ja verlauten, das seine uneingeschränkte Zustimmung bekundete, konnte man die Sache vergessen und sie abhaken. Und so musste meine Mutter tatenlos zusehen, wie sie es sich mit dem Schwager verscherzten und der Kreis der Bekannten und Verwandten, mit denen sie verkehren durfte, weiter schrumpfte.

Allen Befürchtungen zum Trotz zeigte Onkel Nittuzzo großen Respekt für die heikle gesellschaftliche Stellung des

Bruders. Er kam uns weiterhin jedes Jahr besuchen, ließ jedoch seine Frau stets zu Hause. Um wenigstens ein Hintertürchen offen zu lassen, wurde mir erlaubt, mit Großmutter Agata an der Verlobungsfeier teilzunehmen. Zwar hatte auch diese für die zukünftige Schwiegertochter und deren Sippe nichts als Verachtung übrig, aber schließlich würde sie als Familienoberhaupt die Vermählung *gebieten*. Und ich sollte der symbolische Ölzweig zwischen den verfeindeten Lagern sein.

Bei unserem Eintreffen saß die Familie Abella zusammen mit Verwandten, Freunden und Freundesfreunden aufgereiht entlang der Wand im größten Raum des Hauses. In einer Ecke war das Büfett aufgebaut, und ringsum baumelte an einer mit Nägeln befestigten Schnur die Aussteuer der Braut samt Unterhosen und Dessous.

Angesichts der Tatsache, dass die weiblichen Mitglieder der Familie Abella allesamt flachbrüstig waren, erschien die zur Schau gestellte Zahl an Büstenhaltern vermessen und fehl am Platz. Sie diente einzig dazu, die Macht des Clans zu demonstrieren. Onkel Nittuzzo war die brettflache Brust seiner Verlobten völlig schnuppe, denn dafür hatte Cettina einen drallen, reschen Hintern, mit dem sie bei jeder Gelegenheit wackelte. »Beim lieben Gott geht niemand leer aus«, war Großmutter Agatas trockener Kommentar, als sie sah, wie die Hände meines Onkels verstohlen zum Gesäß seiner Verlobten glitten.

Zweifellos waren diese Pobacken der heimliche Kitt, der diese auf Treibsand errichtete Ehe zusammenhielt. Nittuzzo konnte an nichts anderes denken, als sich dieses runden, festen, muskulösen Hinterns zu bemächtigen, den die beiden Verlobten unter sich nur *cuddureddu*, Brötchen, nannten. Noch ehe die beiden vor den Altar traten, ließ Cettina ihn ran.

Und der Kitt sollte sich als beständig erweisen: Jedenfalls blieb seine Liebe für sie all die Jahre ungebrochen.

18

Die ersten Anzeichen der Krankheit meiner Großmutter machten sich nach Großvater Sebastianos Tod bemerkbar. Es begann damit, dass sie ständig den Hausschlüssel verlegte, Sätze jäh abbrach und manchmal vergeblich nach Worten rang. Keiner von uns dachte sich etwas dabei, wir glaubten, die Einsamkeit hätte sie ein bisschen schusselig gemacht. Es fehlte ihr an Elan, und ihr eiserner Wille hatte nachgelassen. Der Umzug war die letzte Entscheidung, an der sie einigermaßen bewusst teilhatte. Wenige Tage danach hörte sie auf, einen vernünftigen Gedanken zu fassen, sie zog sich in sich selbst zurück und verlor jeglichen Bezug zur Gegenwart. Ihre Erinnerungen wurden brüchig und verschwommen, das Gedächtnis kramte uralte Bilder aus einer Vergangenheit hervor, die ihr allein gehörte und an der wir keinen Anteil hatten.

Als meine Großmutter ihre alte Wohnung in der Via Alloro aufgab, musste sie all die Dinge zurücklassen, die sich im Lauf der Jahre angesammelt hatten und von ihrer Schwiegertochter Cettina, deren vulgäres Wesen sich gern in Respektlosigkeit gegenüber den Bedürfnissen anderer äußerte, für überflüssig gehalten wurden. Großmutter Agatas Bewusstsein zerbrach, als wären die vermeintlich nutzlosen und leichtfertig weggeworfenen Garnreste der unersetzliche Faden gewesen, der ihre Erinnerungen zusammenhielt. Die wenigen Wertgegenstände, darunter die falschen Perlen, die Großvater Sebastiano ihr in einer seltenen Anwandlung liebevoller Aufmerksamkeit nach dem Einbruch gekauft hatte, riss sich die habgierige und rücksichtslose Schwiegertochter unter den Nagel, und mit ihnen machte sich der letzte Funke Identität aus dem Staub.

In dem neuen Viertel, das aus vollkommen identischen Betonburgen bestand, ohne die Bäckerei der Zummo-Schwestern, das Glockengeläut der Gancia-Kirche, die Mauer des Palazzo Abatellis, auf die sie von ihrem Schlafzimmerfenster aus geschaut hatte, verlor Großmutter Agata die Orientierung. Sie ging nicht mehr aus dem Haus, und ihre Selbständigkeit, die sie seit dem Tod ihres Mannes mit Klauen und Zähnen verteidigt hatte, war in wenigen Monaten dahin. Doch eher noch als der Alzheimerkrankheit fiel meine all ihrer Bezugspunkte beraubte Großmutter der Familie Abella zum Opfer, die ihr das einzige wirklich Wertvolle nahm, was sie besaß: ihre Identität. Das war wohl der Grund, weshalb sie mich, ihre geliebte Agatina, sich selbst und schließlich das Leben vergaß.

Zusammen mit dem Rezept für die Agathenküchlein erbte ich von ihr einen zerknitterten Zettel, auf dem sämtliche Hochzeits-, Geburts- und Todestage vermerkt waren, eine Art rudimentären Familienstammbaum, und dazu ein tief empfundenes Gefühl der Unbehaustheit in meiner Familie. Vielleicht bin ich deshalb bis heute auf der Suche nach jemandem, der zu mir gehört und dem ich angehören kann.

Die Geschichte
in der Geschichte

1

»Agatì, mit der *Calabresa* ziehst du mir nicht herum!« Großmutter Margherita droht mir mit dem Zeigefinger. Sie ist eine zähe, große, hagere Frau mit runden, kurzsichtigen Augen und einer Adlernase.

»Wieso, was ist denn mit der *Calabresa?*«, entgegne ich mit in die Hüften gestemmten Händen und trotzig hochgerecktem Kinn.

»Nichts. Aber wenn ich dich noch einmal mit ihr sehe, lass ich dich nicht mehr aus dem Haus, und die langen Strümpfe kannst du vergessen!«

Ihr Ton lässt keine Widerrede zu, und die langen Strümpfe sind mir verflixt wichtig; dass nur ja meine Großmutter ihre Drohung nicht wahr macht … Die Abmachung lautet: Wenn ich hübsch brav bleibe, werde ich zum Fest der heiligen Luzia lange Strümpfe bekommen, auch wenn es nicht mein Fest ist. Sich jetzt daran zu halten wird ziemlich schwer, denn die *Calabresa* – ihre Familie stammt aus Kalabrien – gefällt mir verdammt gut. Sie ist dick, stopft alles in sich rein, was ihr zwischen die Finger kommt, streunt furchtlos durch die Gegend, wäscht sich nie, weiß, was Erwachsene tun, und hat mir versprochen, mir die Kühe ihres Vaters zu zeigen. Diesmal kann ich meiner Großmutter einfach nicht gehorchen, und bis zum 13. Dezember ist es sowieso noch lange hin.

Meine Großeltern mütterlicherseits leben in Malavacata zwischen Palermo und Agrigent, im Herzen Siziliens. Die Landstraße führt längs durchs Dorf, links und rechts davon gibt es zwei Bars, eine Kirche, einen Kriegsveteranenverein, eine Grundschule, das Rathaus, die Arztpraxis meines Großvaters Alfonso, einige heruntergekommene kleine Bauernhäuser und ein paar Neubauten, der Stolz jener armen Leute, die der Hunger nach Deutschland getrieben hatte und die nun glauben, die trostlose Vergangenheit unter einem Haufen Zement begraben zu können.

Mehr hat das Dorf nicht zu bieten, ringsum nichts als weites Land. Die umliegenden, sanft gewellten Hügel schützen es wie eine mütterliche Umarmung. Auch die jedes Jahr getreulich wiederkehrenden Farben haben etwas Beruhigendes. Ich sehe sie genau vor mir: das Braun der frischgepflügten Felder, das Weiß des Schnees, das Smaragdgrün der Ackerbohnen und des frischen Korns im Frühling, das Gelb der Stoppeln im Sommer.

2

Mein Großvater, der Arzt Alfonso Guazzalora Santadriano, hatte Palermo und einer glänzenden Hochschulkarriere den Rücken gekehrt, um sich für den Rest seines Lebens in das Dorf mit dem düsteren, unheilverheißenden Namen Malavacata zurückzuziehen.

Er war ein seltsamer Kerl »mit langen Händen und kurzen Beinen«, wie sein jüngerer Bruder ihn einmal beschrieb, indem er auf die Backpfeifen anspielte, die er sich von ihm eingefangen hatte, sowie auf dessen angeborenen Hang zu schwindeln. Alfonso stammte von Montiduro, einem ausgedehnten ehemaligen Lehensgut, dessen Ländereien zu Beginn des Jahrhunderts unter drei Familien aufgeteilt worden waren, zu denen auch die seine zählte. Die Guazzaloras, die seit Generationen ein Gut außerhalb des Dorfes besaßen, waren fortschrittliche, kommunistisch gesinnte und für ihre Zeit wunderliche Leute. Obgleich sie kaum gläubig, wenn nicht gar atheistisch waren und als Pfaffenverächter und Gotteslästerer galten, zollte man ihnen als Herren der Gegend Respekt.

Assunta Guazzalora Santadriano, meine Urgroßmutter, hatte das Wesen und die körperliche Konstitution eines Briganten: Sie war groß und kräftig, nicht sonderlich schön, nicht zimperlich und äußerst willensstark. Jeden Morgen ging sie früh mit den Bauern aufs Feld, um sie zu überwachen und ihnen Dampf zu machen, aber auch, um mit anzupacken, wo es nötig war. Keine Arbeit war ihr zu schwer, sie fing morgens als Erste an und hörte abends als Letzte auf.

In den Sommernächten schlief sie sogar auf dem Feld. Sie trug das Haar in einem langen Zopf, den sie sich um den Kopf wand und mit aus Knochen geschnitzten Haarnadeln feststeckte. Ihre Wangen waren stets gerötet, ihre vollen Lippen, deren obere leicht kraus war, wurden von einem dünnen, schwarzen Flaum gekrönt, und sie hatte dunkle, von der Feldarbeit sonnengegerbte Haut und schwielige, kräftige Hände. Trotz ihrer massigen Statur war sie geschmeidig wie eine Katze, denn sie war es gewohnt, von Stein zu Stein zu springen, bis zu den Knien im Schlamm zu versinken und sich mühelos wieder daraus zu befreien.

Der Bequemlichkeit halber raffte sie ihre Röcke hoch und fixierte sie mit ihrem Gürtel. Beim Anblick ihrer großen, weißen, unverblümt zur Schau getragenen Unterhose mussten die Leute grinsen. Die klobigen, knöchelhohen Schnürschuhe standen in krassem Gegensatz zu der zarten, weißen Spitzenbluse; ein Medaillon baumelte an einem Samtband zwischen ihren mächtigen, in ein dunkles Mieder geschnürten Brüsten, das kurzerhand gelockert wurde, sobald die körperliche Anstrengung das Atmen mühsam machte.

Die Bauern ihrer Ländereien senkten angesichts so viel schamlos gezeigter Blöße den Blick und enthielten sich jeden Kommentars; nicht nur, weil sie die Tochter des Gutsherrn war, sondern auch, weil sich Assunta ihren Respekt schwer erarbeitet hatte. Wenn es einen Graben auszuheben galt, führte sie den Spaten wie einer von ihnen. Sie molk die Schafe und hatte sogar eine eigene Entbindungstechnik entwickelt, die bei Frauen und Tieren gleichermaßen zum Einsatz kam. War sie in der Nähe, verzichtete man darauf, nach dem Tierarzt oder der Hebamme zu rufen.

Wenn das Kalb herausdrängte und die Kuh im Wehenschmerz hin und her stampfte, stellte sie sich ganz dicht an den Kopf des Tieres und murmelte ihm leise und monoton ins Ohr, bis es wie hypnotisiert war. Sie redete ihm zu, je schneller es das Kalb auf die Welt bringe, desto besser. Willig ließ sich die Kuh überzeugen, hörte auf zu klagen, gebar und leckte ihr dankbar die Hände. Die Tiere kannten Donna Assuntas energischen Schritt, und kaum näherte sie sich, hielten sie beim Wiederkäuen inne, hoben den Kopf, verdrehten den Hals und begrüßten sie mit einem langen Muhen.

Die Symbiose mit den Tieren und der schonungslose Einsatz, mit dem sie das Land bestellte, hatten sie zu einer raubeinigen Eigenbrötlerin gemacht. Wortkarg, zupackend und furchtlos hatte sie mit den Frauen ihrer Zeit nicht viel gemein. Selbst nachts wanderte sie mit einer Flinte unterm Rock über die Felder, genau wie *Zonna* Peppina Salvo, die berüchtigte »Königin von Gangi«: Nach dem Tod ihres Mannes hatte sich Peppina, die selbst aus einer Verbrecherfamilie stammte, an die Spitze des Clans gesetzt, in den sie eingeheiratet hatte. Sie war die Letzte, die vor dem Präfekten Mori die Waffen streckte, und bei ihrer Festnahme hielt sie Geld und Gold, die Ausbeute jahrelanger Raubzüge, unter ihrem Rock versteckt – wie alle Frauen der Welt verwahrte *Zonna* Peppina ihren Schatz in ihrer voluminösen Unterhose.

Ihren Mann, meinen Urgroßvater, hatte Donna Assunta zur Zeit der Kornernte kennengelernt. Er war ein vagabundierender Bandit, der durchs Land zog, indem er belebte Straßen und Dorfplätze mied. Sie waren sich in einer Augustnacht bei der Tenne begegnet, zu jener Stunde kurz vor dem Morgengrauen, in der die Träume in der reglosen Luft zu Begehrlichkeiten kondensieren. Der Himmel war ein schwarzes, zwischen den Sternen aufgespanntes Stück Stoff, die durch das löchrige Gewebe glitzerten. Erschöpft, hitzematt und weinduselig legte man sich draußen im Freien zum Schlafen. Selbst die Hunde hatten sich der lähmenden und unwirklichen Stille jener Nacht ergeben. Es schien, als hätte der oberste Puppenspieler die Fäden seiner Marionetten sinken lassen, das Theaterlicht gelöscht, die Augen zugemacht und die eigene Schöpfung seines belebenden Odems beraubt.

Assunta durchwanderte diese Ödnis wie eine Überlebende, und das Mondlicht ließ die nackte Haut unter ihren wie stets bis zum Knie gerafften Röcken in der Dunkelheit schimmern. Um die Hitze des Tages loszuwerden, hatte sie die Bändsel ihrer Bluse gelockert, und ihr praller Busen hob und senkte sich unter den kurzen, schnellen Atemzügen: Das war das einzige Zeichen der Unruhe und des Verlangens, die junge Mädchen umtreiben, die sich, ohne es zu ahnen, nach einem Mann verzehren.

Wie aus dem Boden gewachsen stand plötzlich Gaspare vor ihr. Er wäre besser in seinem Versteck geblieben, immerhin war er ein Brigant und riskierte Leib und Leben. Doch unwiderstehlich angezogen von Assuntas schimmernder Haut, hatte er jegliche Vorsicht in den Wind geschlagen. Seit Tagen schon hatte er keine Frau mehr gehabt, zu lange für einen Kerl, der bei den Kumpaninnen der Briganten für seine Manneskraft berühmt und begehrt war.

Das Schwarz ihrer Augen ließ sein Begehren auflodern wie einen Stoppelbrand. Es brauchte weder große Worte noch Liebesgeflüster oder Gelöbnisse. Er näherte sich, sie trat auf ihn zu, und sie vereinigten sich so selbstverständlich und unbefangen, wie es der Moment gebot. Auch in dieser Hinsicht hatte meine Urgroßmutter klare Vorstellungen, und vielleicht rührten ihre einfachen, pragmatischen Gesten vom jahrelangen Umgang mit den Tieren her.

Gaspare, jung, stark und gesund, hatte es satt, ständig auf der Flucht zu sein und gegen einen Staat aufzubegehren, der zu nichts anderem als Unterdrückung und Gewalt fähig war. Assunta und ihre Familie nahmen den Kommunisten auf, ohne Fragen zu stellen, gaben ihm zu essen, kleideten ihn ein und verhalfen ihm zu einer neuen Identität. Wenige Wochen später heirateten die beiden. Sie zeugten acht Kinder und schliefen jede gemeinsame Nacht miteinander. Erfüllt von der Liebe und bezähmt von der Feldarbeit, die sie stark und robust wie einen hundertjährigen Olivenbaum machte, verlor Assunta ihre Ruhelosigkeit. Sie gebar wie ihre Kühe mit beherzter Ergebenheit. Gaspare arbeitete nie und half auch nicht auf den Feldern. Er aß, schlief, grübelte und sammelte Energie, die er Nacht für Nacht an seine Frau weitergab. Sie nahm sie dankbar an, und ihr strammer Körper, der unentwegt in Bewegung war, vom Feld in den Stall, von der Küche ins Bett, unter den Ehemann und auf ihn drauf, sog alles in sich auf und schöpfte daraus die nötige Kraft.

Selbst Gaspares vorzeitiger Malariatod war für sie keine Tragödie, hatte sie doch während ihres kurzen Ehelebens die Wonnen der Liebe in vollen Zügen genossen. Das Großziehen der Kinder – sieben Jungen und ein Mädchen – hielt sie auf Trab und bewahrte sie vor dem Gift jäher Trübsal, nach dessen täglicher Dosis viele Frauen süchtig sind.

Mit der Zeit stellten sich finanzielle Sorgen ein. Der Boden gab immer weniger her, die Zöllner trieben ihre Forderungen in die Höhe und verlangten saftige Schutzgelder. Doch Assuntas Kraft hatte antike Wurzeln, sie entsprang dem urinnersten Kern des Selbst, jenem geheimnisvollen

Ort, über den nur Frauen verfügen und auf dessen Ressourcen sie zurückgreifen, um sich gegen Widrigkeiten zu wappnen. Aus ihm bezog Penelope die Kraft, den Lockungen ihrer Freier zu widerstehen, zu ihm flüchtete sich Andromache, um Hektor die Freiheit zu schenken, seinem tödlichen Schicksal entgegenzutreten. Er liegt im Grunde des Herzens, jenseits des Geistes, des Körpers, der Konvention und Äußerlichkeiten. Dort, wo sich jeglicher Zweifel auflöst und die Stärke zu einem pulsierenden Klumpen gerinnt. Dort fand Assunta wie all die anderen vor und nach ihr Kraft, Mut und Ausdauer. Mit der Zeit wuchs ihr Charisma, die Bauern ehrten und achteten sie, sie schlichtete Streitereien, stiftete Ehen, gab den Jungen Rat und half ihnen, ihren Weg zu finden.

Im Lauf der Jahre veränderte sich ihr Körper kaum, allerdings ging von ihrer strammen Statur nunmehr eine unbezähmbare erotische Anziehungskraft und Sinnlichkeit aus. Man munkelte, ihre Energie sitze zwischen den Beinen, in einem Höcker, den ihre Liebhaber – die jungen Burschen, deren Ehen sie einfädelte und die sie in ihrem Bett auf die Probe stellte – so lange streicheln mussten, bis Assuntas Verlangen gestillt war und sie sie endlich gehen ließ. Das Geheimnis der straffen, faltenlosen Haut ihres strahlenden Gesichts lag dort in ihrem Schlafzimmer, in dem sie des Nachts die Grünschnäbel unterwies, die Schüchternen erweckte und die bereits Versierten in die Erschöpfung trieb. Ein Privileg, über das sich niemand beschweren konnte, und nicht zuletzt mochte es auch Donna Assunta Guazzalora Santadriano zu verdanken sein, dass etlichen Mädchen des Lehens ein erfülltes Eheleben beschieden war.

Unermüdlich wie in allem zog Assunta allein ihre Kinder

groß, während sie sich tags der Arbeit und nachts der Liebe widmete. Da keines von ihnen für die Feldarbeit geschaffen war, schickte sie sie allesamt auf die Universität: Zwei wurden Anwalt, einer wurde Ingenieur, einer Senator, einer Pianist, einer Präfekt, mein Großvater Alfonso Arzt, und die Tochter heiratete einen reichen Großgrundbesitzer.

Assunta starb mit sechzig Jahren in den Armen des letzten schüchternen Burschen, der sie gebeten hatte, ihm eine Frau zu finden. Der Leichnam, der mit der gewohnten weißen Bluse und dem gewohnten schwarzen Rock angetan war, wurde im Wohnzimmer aufgebahrt, und sämtliche Männer des Gutes erwiesen ihm die letzte Ehre. Auf Donna Assuntas Antlitz lag ein ekstatischer Ausdruck, und über ihren lächelnden Lippen stand ein dichter grauer Schnurrbart, Frucht der Hormone, mit der sie die Natur reich gesegnet hatte und die Grund sowohl für ihr stolzes, freies Wesen als auch für ihr ungebundenes Leben gewesen waren.

3

Mit sieben Jahren verließ mein Großvater Alfonso das Dorf Montiduro und ging nach Palermo. Er wohnte in einem gemieteten Zimmer und gestaltete, abgesehen vom Schulgang, sein Leben nach eigenem Gutdünken: Er sorgte selbst für sein Mittagessen und Abendbrot und haushaltete mit dem Geld, das seine Mutter ihm monatlich zum Leben schickte. Mit acht Jahren fing er an zu rauchen und hörte nie mehr damit auf, nicht einmal nach einem Herzinfarkt, aufgrund dessen er sich mit kaum vierzig Jahren auf der Intensivstation wiederfand. Doch obwohl er dies nicht zum Anlass nahm, seine Gewohnheiten zu ändern, zeigten sich ansonsten keine weiteren Auswirkungen auf seine Gesundheit. Er war noch ein Junge, als er zum ersten Mal Bekanntschaft mit einer Frau machte, einer Hure um die dreißig, die ihn ins Herz geschlossen hatte und ihn nach der Arbeit bei sich empfing und zwischen ihren Beinen schlafen ließ. Frauen und Zigaretten bildeten den Mittelpunkt seines Lebens, das Gleichgewicht im Ungleichgewicht, das Ziel jeglichen Handelns, die treibende Kraft, den Rückzug, den Trost.

Ich weiß nicht, ob er schön war, doch Tatsache ist, dass die Frauen ihm nicht widerstehen konnten. Kaum hatte er die Universität beendet, heiratete er meine Großmutter Margherita. Er lernte sie in Modica unter mysteriösen Umständen kennen, und außer dass ihr Vater Journalist war, jung starb und sie damit mit sechs Jahren zur Waise machte, liegt ihre Vergangenheit im Dunkeln. Womöglich diente das Rätsel ihrer Herkunft allein dazu, ein schmerzliches und schändliches Geheimnis zu verschleiern, aber niemand in der Familie weiß etwas darüber.

Nach dem Examen wurde mein Großvater Assistent am Lehrstuhl für Augenheilkunde an der Universität von Palermo. Er forschte an Augäpfeln, die er sich nachts von noch nicht beerdigten Leichnamen auf den städtischen Friedhöfen besorgte. Bei Sonnenuntergang hüllte er sich in seinen Mantel und verließ ohne ein Wort das Haus, und seine Frau stellte keine Fragen.

Um eine Privatdozentur zu erlangen, musste er zahlreiche Experimentalberichte vorweisen, die einer Menge Blut – dem der Leichen – und Schweiß – dem seinigen – entsprangen, denn nicht selten sah er sich gezwungen, den Spaten in die Hand zu nehmen und Gräber zu schänden, um an das nötige Forschungsmaterial zu gelangen. Zum Jahresende gab er dann die Arbeiten im Sekretariat ab, nachdem er zuvor seinen Professor aufgesucht hatte, damit der seine Unterschrift daruntersetzte.

»Professore, darf ich?«

»Was gibt's, Guazzalora? Sind Sie mit der Visite durch?«

Mein Großvater knöpfte den weißen Kittel auf, verschränkte die Hände auf dem Rücken und betrat hoffnungsbang das Sprechzimmer des Professors. Er wusste, was er wert war: Das wohlhabende Bürgertum Palermos schätzte ihn als Arzt, und seine eigenwilligen Forschungen hoben ihn aus dem farblosen Kreis der Kollegen hervor.

»Professore, auf der Station ist alles in Ordnung, ich habe meine Runde gemacht und die Oberschwester auf den neuesten Stand gebracht. Die erste OP ist morgen früh um sieben.«

»Danke, Guazzalora, also dann bis morgen.«

»Nein, Professore, Verzeihung … Ich wollte Sie fragen, ob Sie schon Zeit gefunden haben, einen Blick in meine Berichte zu werfen, die ich Ihnen letzte Woche gegeben hatte. Sie wissen ja, in zwei Tagen ist Annahmeschluss für die Bewerbung …«

»Ja, ich habe sie gelesen … erstklassig, eine hervorragende Arbeit, wirklich sehr gut!«

Mein Großvater löste die Hände hinter dem Rücken, ließ die Arme baumeln und spürte, wie die Spannung langsam nachließ und sein Hals wieder beweglich wurde.

»Was ist, Guazzalora, schlafen Sie? Sie können gehen.«

Alfonso war verwirrt, das Verhalten seines Vorgesetzten machte ihn ratlos. Er hatte geglaubt, er bekäme die unterschriebenen Unterlagen zurück, doch stattdessen … Der Professor half ihm aus der Verlegenheit: »Ach, Guazzalora, ich wollte Ihnen ja noch etwas sagen, setzen Sie sich bitte, dann reden wir darüber.« Alfonso kam seiner Aufforderung nach, und der Professor fuhr fort: »Wissen Sie, ein Mediziner ist erst dann wirklich gut, wenn er gute Gruppenarbeit leistet. Vor Ihnen sind drei ältere Kollegen an der Reihe, für die Sie in den kommenden drei Jahren arbeiten werden, dann sind Sie dran. Auf Wiedersehen, Guazzalora, wir sehen uns morgen bei der OP.«

Mein Großvater schluckte die Kröte; damals hatte man keine Rechte, sondern nur Pflichten, und der Professor entschied über Leben und Tod seiner Assistenzärzte. Zähneknirschend beugte sich Nonno Alfonso dem ungeschriebenen Gesetz, arbeitete drei Jahre lang für seine Kollegen und verließ weiterhin Abend für Abend das Haus, um seine Forschungen fortzuführen. »Der Graf Dracula vom Sant'Orsola-Friedhof« wurde er von den Totengräbern genannt, die ihm gegen ein geringes Entgelt zu den frischen, noch nicht beigesetzten Leichen führten.

Nach Abschluss seines dritten Fachjahrs hatte Dr. Alfonso Guazzalora Santadriano, der von seinem Chefarzt nur mit Nachnamen angeredet wurde, um ihn nicht wichtiger zu machen, als er war, fünf Arbeiten über das Trachom verfasst, eine bakterielle Augeninfektion, die bei den sizilianischen Bauern aufgrund der mangelnden Hygiene und der ärmlichen Lebensverhältnisse zu dauerhaften Schäden führte und bereits zehnjährige Kinder erblinden ließ.

An jenem Tag betrat mein Großvater mit erwartungsfrohem Herzen das Büro von Professor Angelo Paternò. Er hatte sich gefügt und seine Gruppenarbeit getan, und jetzt sollte die Reihe wie versprochen an ihm sein.

Es war ein heißer Juli, der Schirokko blies durch Palermos Straßen und peitschte die Gemüter der Menschen auf, die sich – damals gab es noch keine Klimaanlagen – ungewöhnlich reizbar zeigten und beim kleinsten Anlass aneinandergerieten. Meinen Großvater, der ohnehin leicht in die Luft ging, ließ der Gedanke an die Privatdozentur, die sich beim letzten Mal so plötzlich in Wohlgefallen aufgelöst hatte, schier verrückt werden, und der Schirokko machte die Sache nicht besser.

»Guten Tag, Professore, darf ich hereinkommen?«, fragte er mit gepresster Stimme.

»Bitte, Guazzalora. Was gibt's? Schwierigkeiten auf der Station? Hast du die Katarakt des Herrn Abgeordneten Cucco kontrolliert?«

Inzwischen hatte sich der Professor herausgenommen,

vom Sie zum vertraulichen Du überzugehen, und legte meinem Großvater gegenüber eine irritierende Jovialität an den Tag.

»Jawohl, Professore, der Zustand des Herrn Abgeordneten ist gut, auf der Station ist alles in Ordnung, aber eigentlich wollte ich über meine Arbeiten sprechen. Sie wissen ja, morgen läuft die Bewerbungsfrist ab …«

»Wovon redest du, Guazzalora?«

»Aber, Professore, von der Privatdozentur.«

»Bist du verheiratet, Guazzalora?«

»Was hat das damit zu tun, Professore?«

»Antworte, Guazzalora. Die Fragen stelle ich.«

»Ja, Professore, ich bin verheiratet.«

»Und hast du Kinder?«

»Professore, ich verstehe wirklich nicht …«

»Guazzalora, ich hab doch gesagt, die Fragen stelle ich!«

»Ja, Professore, drei.«

»Und hast du finanzielle Probleme?«

»Nein, Professore, meine Familie hat genug zu essen und anzuziehen.«

»Und wie verdienst du dein Geld?«

Mein Großvater war kurz davor, an die Decke zu gehen. Doch da seine Karriere nun einmal von diesem armseligen Schwätzer abhing, der gerade dabei war, sein Versprechen zu brechen, versuchte er, seine Wut im Zaum zu halten.

»Aber, Professore«, sagte er mit säuselnder Stimme, »ich bekomme das Gehalt eines Universitätsassistenten, nachmittags arbeite ich in der Ambulanz, dazu kommt der Nachtdienst, und das Ganze ergibt ein Monatsgehalt, von dem sich das Leben bestreiten lässt.«

»Na also, Guazzalora, dann brauchst du diesen Posten

doch gar nicht. Du hast ja bereits ein Haus, eine Frau und drei Kinder, und ihr alle habt genug zum Leben. Dieses Jahr geht der Posten an den Verlobten meiner Tochter, weil die beiden sonst nicht heiraten können.«

»Aber, Professore, was soll das heißen? Sie hatten mir Ihr Wort gegeben … Was man versprochen hat, muss man auch halten«, wandte mein Großvater ein, noch immer um einen höflichen Austausch auf Augenhöhe bemüht.

»Guazzalora, ich hatte doch schon gesagt, ein guter Mediziner muss zur Gruppenarbeit fähig sein, das ist das A und O der modernen Medizin. Auch wenn in der Gruppe manchmal nur einer arbeitet. Und genau das wirst du tun, Guazzalora: Ärmel hochkrempeln und ranklotzen! Und außerdem: Kannst du dir vorstellen, dass die Tochter des Professors Angelo Paternò einen kleinen, namenlosen Doktor heiratet, der noch nicht einmal eine Privatdozentur hat? Das würde meinem Ruf schaden, und damit auch deinem, denn schließlich bin ich Chefarzt und dein Vorgesetzter!« Seine Lippen verzogen sich zu einem herablassenden Grinsen, das fortan jedoch niemand mehr zu Gesicht bekommen sollte.

Die Stuhlkante traf seine Schneidezähne, die klirrend auf die metallene Schreibtischplatte fielen, und der klaffende Riss in der Oberlippe samt ausgerenktem Kiefer verlieh ihm einen Ausdruck tiefster Reue, der ihn für den Rest seiner Tage wie einen Totengräber aussehen ließ. Die Leute fingen an, in ihm einen Unglücksbringer zu sehen, und sein Stern als Arzt verlosch zusammen mit der Hoffnung seines Assistenten Doktor Alfonso Guazzalora Santadriano auf eine Privatdozentur.

Der einzige Grund, weshalb mein Großvater um eine Strafanzeige herumkam, war, dass der angesehene und weithin bekannte Universitätsprofessor Angelo Paternò weder die erlittene Schmach noch die Ursache dafür öffentlich eingestehen konnte. Obwohl allenthalben gang und gäbe, galt Vetternwirtschaft als etwas Anrüchiges; man tat es, redete aber nicht darüber.

Und so fand sich mein Großvater von einem Tag auf den anderen als Gemeindearzt in Malavacata wieder. Großmutter Margherita, die in jenen Jahren in Palermo ein recht annehmliches, geachtetes und nahezu mondänes Leben geführt hatte, einschließlich Theaterbesuchen und Literaturzirkeln, sah sich aus der hell erleuchteten Stadt in die finsterste Provinz verbannt. Doch von den Kümmernissen und Schwierigkeiten, die dieser jähe Umzug zweifellos mit sich brachte, ist so gut wie nichts bekannt: Als echte *femmina di panza* hat sie nie darüber geredet.

4

Das schwierige Wesen meines Großvaters steigerte sich ins Unerträgliche. Er war launisch wie eine Frau in den Wechseljahren, und seine Stimmung kippte von einem Moment auf den anderen ohne ersichtlichen Grund. Er war klein und hatte das stolze, selbstsichere Auftreten eines Menschen, der sich seiner Qualitäten bewusst ist. Alles in allem konnte man ihn wohl als faszinierenden Mann bezeichnen, von dem sich die Frauen unwiderstehlich angezogen fühlten. Er hatte große, graue, leidenschaftliche Augen und bereits in jungen Jahren schlohweißes Haar. Sommers wie winters trug er einen weißen Anzug und eine farblich auf die Schuhe abgestimmte *coppola,* die unvermeidliche Tweedmütze der Sizilianer. In gewissen Abständen verliebte er sich und feierte einmal im Jahr Verlobung unterm eigenen Dach – seine Familie war für ihn kein Hinderungsgrund. War gerade keine geeignete Kandidatin verfügbar, stieg er den Dienstmädchen nach, die meine Großmutter, um ihn zu ärgern, von einem Tag auf den anderen vor die Tür setzte.

Während des Faschismus hatte man ihn gegen seinen Willen in die Uniform eines faschistischen Verbandsführers gesteckt, denn schließlich war er die hochgestellteste und angesehenste Person im Dorf. Doch da er sich wenig ideologisch zeigte und sich mit der Disziplin und dem Gehorsam, die das Regime von seinen Bürgern und erst recht von seinen Repräsentanten verlangte, nicht anfreunden wollte, flog er alsbald wieder aus der Partei, worüber ihm per Schmähbrief Mitteilung gemacht wurde, den Großmutter

Margherita als Beweis für die Untauglichkeit ihres Mannes aufhob.

Im Juli 43 kam ein Bataillon amerikanischer Soldaten nach Malavacata. Flankiert von fassungslos dreinblickenden Bauern mit der *coppola* in der Hand, die nicht wussten, ob sie lachen oder weinen sollten, zogen sie ins Dorf ein. Eindringlinge waren die neuen Besucher allemal, und so standen die armen Dorfbewohner auf der Straße und fügten sich glotzend in ihr Schicksal, während sie sich innerlich auf eine Art passiven Widerstand vorbereiteten, frei nach dem Motto: »Bieg dich, Binse, das Hochwasser kommt.« Die Grundbesitzer, die in Windeseile auf die Siegerseite gewechselt waren, hatten Begrüßungskomitees auf die Beine gestellt, Willkommensmittagessen und Galadiners organisiert. Wer der vorhergehenden Verwaltung allzu schöngetan hatte, zog sich auf irgendein abgelegenes Gehöft in die Berge zurück und wartete, bis die Begeisterung über das Neue die Erinnerungen an frühere Missetaten getilgt hatte.

Malavacata war ein rückständiges und vom Rest der Welt abgeschnittenes Dorf, das man nur über staubige Triften erreichte, die sich durch Felder und Hügel schlängelten. Zum nächsten, rund fünf Kilometer entfernten Bahnhof gelangte man nur zu Fuß oder auf dem Eselsrücken.

Für die Dörfler, die noch nie jemandem von auswärts begegnet waren, bedeuteten die amerikanischen Soldaten den ersten Kontakt mit Ausländern. Den verdreckten Gesichtern nach hatten diese Männer eine verdammt lange Strecke hinter sich, und trotzdem lächelten sie freundlich und zeigten ihre weißen, geraden Zähne, die mit den eigenen, durch Malaria und Unterernährung faulig schwarzen nichts gemein hatten.

»*Bedda matri,* heilige Muttergottes, die sind aber schwarz! Was sind diese Englesen schmutzig!« Für die Bürger von Malavacata, meinen Großvater eingeschlossen, war jeder, der von außerhalb kam, und sei es nur aus der nächsten Stadt, ein *Englese*, ein Engländer.

»Wasser braucht's da … Die sollten sich besser waschen, so dreckig, wie die sind … Wasser, aber fix!« Randvolle Krüge und Kannen, Seife und Asche wurden herbeigeschleppt. Doch je länger sich diese Kerle wuschen, desto mehr strahlte ihre Haut in einem Ton zwischen Dunkelbraun und Ebenholzschwarz. In Malavacata hatte man noch nie einen Schwarzen gesehen, und so war man überzeugt, dass nur mangelnde Hygiene und Schmutz der Grund für den dunklen Teint sein konnten. Arglos warteten die Dorfleute darauf, dass Wasser und Seife diesen Gesichtern mit den gespenstisch weißen Zähnen zu ihrer ursprünglichen Hautfarbe verhelfen würden. Als klar war, dass das Schwarze kein Schmutz war und niemals abgehen würde, flüchteten die Malavacatesi unter Schreien, Flüchen und Stoßgebeten in ihre Häuser.

»*Bedda matri!* Der Leibhaftige!«

»Heilige Muttergottes, steh uns bei!«

Der Pfarrer wurde gebeten, eine öffentliche Teufelsaustreibung durchzuführen, und die *ma'are* – die Dorfhexen, die Liebestränke brauten, den bösen Blick abwendeten und bei Bedarf auch Krankheiten heilten, allerdings heimlich, damit sie dem Pfarrer und dem Doktor nicht ins Handwerk pfuschten – wurden ausnahmsweise bei helllichtem Tag zurate gezogen.

Es brauchte mehrere Tage, etliche Stangen Zigaretten und kiloweise *ciunchi* – »chewing gum« –, ehe sich die Dörfler überzeugen ließen, dass die Schwarzen auch nur Menschen waren, keinen Deut anders als sie selbst und manchmal sogar besser. Binnen kurzer Zeit herrschte zwischen Besetzten und Besatzern Eintracht, und das vor allem dank den Frauen, die für die Schokoladenseiten Letzterer ein Auge hatten und deren Qualitäten zu schätzen wussten. Die Verwaltung des Dorfes indes wurde dem Anwalt und Obermafioso Avvocato Schininà übertragen.

Das Verhältnis zwischen Schininà und Großvater Alfonso war denkbar schlecht, allerdings nicht, wie man hätte vermuten können, aus politischen Gründen. Seit längerem schon war der Anwalt eifersüchtig auf den Doktor, um den die Weiber herumscharwenzelten, und so machte er sich seinen unverhofften Einfluss zunutze und verpfiff den Widersacher in Liebesdingen beim Kriegsgericht als Faschist. Das Militär führte eine Durchsuchung durch und fand ein altes Jagdgewehr unter dem Bett.

Die Formulierung »Beschlagnahmung von Waffen«, wie der Fund im Bericht der Kriegsbehörde deklariert wurde, warf ein noch düstereres Licht auf meinen Großvater. Zumal er zu stolz war, die wie ein Damoklesschwert über ihm hängenden Anschuldigungen zu entkräften. Man brachte ihn ins Ucciardone, das Gefängnis von Palermo, und meine Großmutter nahm abenteuerliche Reisen per Eisenbahn und auf dem Eselsrücken in Kauf, um ihm Orangen und frische Wäsche zu bringen. Doch dank des Schmähbriefs, der Alfonso mangelnde Treue zur faschistischen Ideologie bescheinigte und von meiner Großmutter aus ganz anderen Gründen sorgsam aufbewahrt worden war, konnte er seine Unschuld beweisen und kehrte als Held ins Dorf zurück. Die Aura des politisch Verfolgten machte ihn noch attraktiver und charismatischer, und die Frauen ließen ihn nicht mehr in Ruhe.

Die Landung der Alliierten wurde von der Cosa Nostra aufs heftigste begrüßt, hatten sie sich doch unter dem harten Durchgreifen des Präfekten Mori während des *ventennio*, der zwanzigjährigen Herrschaft des Faschismus, arg zurücknehmen müssen. In den wirren Zeiten, die der Landung folgten, legte man den Aufbau demokratischer Strukturen in die Hände der örtlichen Mafia, die sich im Einvernehmen mit den Alliierten in den Institutionen breitmachte und für Recht und Ordnung sorgen sollte.

Alfonso Guazzalora Santadriano, würdiger Spross einer kommunistisch gesinnten Familie, der Natolis Roman über den Geheimbund der Beati Paoli verschlungen hatte, nachts durch die Friedhöfe von Palermo gestrichen war und trotz seiner wissenschaftlichen Studien ein unverbesserliches Faible für alles Geheimnisvolle und die Esoterik hatte, gründete selbst einen Geheimbund, mit dem Ziel, ein bisschen Spaß zu haben und die neuen Machthaber, einschließlich Avvocato Schininà, in Schach zu halten. Da er als gesuchter Arzt mit den Familien des Dorfes und deren intimsten Geheimnissen äußerst vertraut war, trat der Großteil der Malavacatesi seiner Loge bei und folgte seinem Wort.

In Zeiten, in denen sich die Grenzen der Legalität immer mehr verschieben und Recht und Ordnung nichts als Schall und Rauch sind, ist die Freundschaft mit den Mächtigen die einzige Überlebensgarantie. Doch selbst die Zugehörigkeit zum mächtigsten Clan reicht manchmal nicht aus, um ein ruhiges Leben zu führen.

Die Bauern, die in Malavacata die Mehrzahl bildeten und weder lesen noch schreiben konnten, stellten sich scharenweise unter den Schutz des *Dottore*, der dafür bekannt war, ein Mann des Volkes zu sein, und nicht umsonst »Der Kommunist« genannt wurde.

Die Aufnahmezeremonie der Loge war feierlich und orientierte sich an den Bräuchen der Mafia. Die Verschwörer trafen sich in der Praxis, wo das neue Mitglied Treue geloben musste, indem es die Linke auf einen Totenschädel legte, der meinem Großvater einst zum Anatomiestudium gedient hatte, und die Rechte aufs Herz. Zum Schluss deklamierte mein Großvater mit bewegter Stimme ein paar Sätze auf Latein: »Post prandium aut stabis aut lente deambulabis …« – »Nach dem Essen sollst du ruhn oder tausend Schritte tun« –, eine der Grundregeln der mittelalterlichen Medizinschule von Salerno, die auch ein wesentlicher Bestandteil des Aufnahmerituals waren …

Einige Monate lang trafen sie sich allabendlich wie die Carbonari zu Zeiten des Risorgimento. Meinem Großvater wurden die neuesten Neuigkeiten zugetragen, man sprach über soziale Gerechtigkeit, träumte von einer besseren Zukunft und hatte ein Auge auf die neuen Lokaloberen. Es währte nicht lange, und wieder gab Schininà einen anonymen Wink, und mein Großvater wurde abermals verhaftet. Doch kaum hatten die Richter begriffen, dass es sich bei den »Überresten menschlicher Opfergaben« um einen vom *Dottore* zu Studienzwecken gebrauchten Schädel und bei den »Zauberformeln« um simple Regeln zur Körperhygiene handelte, war er wieder auf freiem Fuß. Man ließ meinen Großvater hochleben und feierte ihn wie einen Helden. Und er fuhr fort, seinen Träumen nachzuhängen, die Frauen verrückt zu machen, sich immer wieder aufs Neue zu verlieben und mit der Politik zu schachern.

5

Im Westen Siziliens trieb der von einfachen Leuten, Mafiabossen und Politikern gleichermaßen bewunderte und bejubelte Bandit Giuliano sein Unwesen, der sich der Separatistenbewegung angeschlossen hatte, die Sizilien vom Festland abspalten wollte. Mein Großvater wurde ebenfalls Separatist und tat ansonsten weiterhin das, was er stets getan hatte: Er behandelte Menschen unentgeltlich. Die Armen, weil sie kein Geld hatten, und die Reichen, weil er es geschmacklos fand, sich bezahlen zu lassen.

»*Dutturi, dutturi!*« Mein Großvater saß gerade bei seiner unvermeidlichen Tasse Kaffee in der Küche, als Gesuela keuchend hereinstürzte.

»Was hast du? Was gibt's?« Den ganzen Morgen schon hatte Großmutter Margherita auf Gesuela gewartet, die ihr täglich die neuesten Nachrichten zutrug. Keine Geburt, kein Todesfall, Ehebruch, Seitensprung, handgreiflicher Zwist, Atemzug oder Furz, den sie nicht mitbekam und ihrer Herrin in Echtzeit übermittelte.

»*Signura!*« Gesuela war ganz außer Atem.

»Gesuela, bist du närrisch? Was ist los?«

»*Signura,* alles is los … Giuliano is in den Bergen.«

»Jessas! Was hat denn der in dieser Gegend von Hungerleidern und Schwachbrüsten verloren?«

»*Signura,* weiß auch nich. Aber Totò Manicamorta is in der Kaserne, um den Carabinieri zu sagen, die sollen bis morgen ja keinen Fuß vor die Tür setzen.«

»Alfonso«, wandte sich meine Großmutter an ihren Mann, »kann das sein?«

Mein Großvater nahm die *coppola* ab, kratzte sich am Kopf, als wollte er seine Gedanken ordnen, und antwortete obenhin: »Und ob das sein kann, er bringt seine Schwester Mariannina zu uns, weil sie was an den Augen hat.«

»*Signura,* was hab ich gesagt? Soll ich den Tisch decken? Kaffee machen?«

»Gesuela, wir haben die nicht eingeladen. Die kommen, weil sie etwas brauchen.«

Eingehakt bei ihrer Mutter Maria, kam Mariannina Giuliano kurz darauf ins Dorf; sie wurden empfangen wie Königinnen, und die Leute jubelten ihnen zu. Währenddessen hockte Giuliano auf dem nächstgelegenen Berggipfel und wachte darüber, dass Leib und Ehre der beiden Frauen keinen Schaden nahmen. Mein Großvater behandelte Mariannina gratis. »Das fehlte noch, Giulianos Schwester zur Kasse zu bitten!«

6

Das Ehrgefühl meines Großvaters und sein mangelndes Interesse an Geld stürzten die Familie in erhebliche finanzielle Schwierigkeiten und ließ sie regelrecht verarmen. Die geheimnisumwobene Großmutter Margherita musste sich dareinfügen und fristete ihren Alltag zwischen Hunger, Elend, auf links gedrehten Mänteln und zusammengeflickten Schuhen. Jeden Tag kamen Pasta und Kartoffeln auf den Tisch, begleitet von endlosen Schimpftiraden gegen ihren Mann, der nicht in der Lage war, ihr und den Kindern das Überleben zu sichern. Sie behandelte ihn schroff und nannte ihn höhnisch den »Held der zwei Welten«; doch auf diesem Ohr war der Garibaldi von Malavacata vollkommen taub.

Als sie das Hungern leid war, machte sie sich die jüngste Agrarreform zunutze, nach der das Land unter den Tagelöhnern neu aufgeteilt wurde und die sie zu Kleinunternehmern machte, und gründete eine Bauerngenossenschaft. Im Handumdrehen verdiente sie jede Menge Geld, und obendrein hatte die Familie jetzt reichlich zu essen und genügend Wolle für Kleidung.

Sogleich wurde Avvocato Schininà wieder grün vor Neid und schrieb dem Maresciallo der Carabinieri mehrere anonyme Briefe, in denen er auf Unstimmigkeiten in der Buchführung der Genossenschaft und Steuerbetrug hinwies. Freilich war dies nur ein weiterer Versuch, Doktor Alfonso Guazzalora eins auszuwischen. Sogleich beehrten die Steuerinspektoren meine Großmutter mit ihrem Besuch und nahmen ihre Bücher akribisch unter die Lupe. Doch am

Ende mussten sie unverrichteter Dinge wieder von dannen ziehen: Nonna Margherita hatte eine blütenreine Weste. Mit einem Mal sah mein Großvater seine Frau mit anderen Augen und fing an, sie für ihren Unternehmergeist zu bewundern.

Margherita hatte sich intuitiv den Geheimbund ihres Mannes zunutze gemacht, der ihr als effizientes Netzwerk aus Schäfern, Bauern und Müllern des Gutes der Calà Ulloa, Gutsbesitzern der Gegend, und den seit der Bodenreform eigenständigen Kleinbauern der Nachbarlehen diente. Einmal wöchentlich wurde auf dem Dorfplatz Markt abgehalten. Die kleinen Erzeuger tauschten oder verkauften ihre Ware und teilten den Erlös umgehend Donna Margherita mit, die von ihrer Küche aus die Fäden zog.

Damit die Ehre und das berufliche Ansehen meines Großvaters keinen Schaden nahmen, hatte er ihr die unbedingte Abschottung auferlegt, und so durfte meine Großmutter keinen Fuß vor die Tür setzen. »Ich bin reich, meine Frau hat es nicht nötig, das Haus zu verlassen und arbeiten zu gehen« – das war die eigentliche Botschaft, die hinter der Isolation der Frauen jener Zeit stand.

Die Agrarreform rührte an die kommunistische Seele meines Großvaters, die in den Tiefen seiner Brust schlummerte. Er beschloss, es sei an der Zeit, der Ausbeutung der Bauern ein Ende zu machen und ihnen das Land zu geben, das ihnen rechtmäßig zustand.

Hoch zu Ross – im Sattel eines Schimmels – und eine rote Fahne schwenkend, besetzte er zusammen mit seinen Freunden einen Teil der Ländereien der Familie Calà Ulloa, Grundbesitzer der übelsten Sorte mit wohlgenährten Trommelbäuchen und gichtknotigen Beinen. Natürlich verhaftete man ihn abermals, und den Bauern wurde nur ein Fitzelchen Land – das bei ihnen nur »Katzenschiss« hieß – zuerkannt, ein Geröllhaufen, so verdorrt wie die Herzen der örtlichen Verwalter.

Mein Großvater saß mehrere Monate lang hinter Gittern, und die Dinge begannen sich abermals zum Schlechten zu wenden. Meine ans Haus gefesselte Großmutter konnte gegen den Einfluss der nunmehr unverhohlen feindseligen Großgrundbesitzer wenig ausrichten. Binnen eines Jahres wechselten die Zahlen der Genossenschaft von leuchtendem Grün zu Tiefrot, und wieder gab es Hunger, Elend, auf links gedrehte Mäntel, zusammengeflickte Schuhe, dann und wann ein Ei und Fleisch nur einmal im Monat.

Doch ob gute oder schlechte Zeiten, nichts dauert ewig. Die nächsten Wahlen bannten die kommunistische Gefahr, die Christdemokraten gewannen und bauten mit der Einführung von Krankenversicherungen das Gesundheitswesen aus. Mein Großvater verdiente notgedrungen Geld, und Nonna Margherita beruhigte sich und widmete sich wieder Zeitvertreiben, die einer echten Signora wie ihr gebührten: der Geige und der Mathematik.

7

Meine Mutter ist offenbar schwanger. Damit ich keinen Schreck kriege, hat man es mir nur verschlüsselt gesagt. Das Wort *schwanger* nimmt man nicht in den Mund, man benutzt das Verb *erwerben* oder *anschaffen*: »Sie hat ein prächtiges Bübchen erworben.« – »Und, wann erwirbt Ihre Tochter?«

Falls ich es richtig mitbekommen habe, erwirbt meine Mutter im August, und diese unbedachte Anschaffung ist für sie ständiger Anlass, herumzujammern. Sie sagt, sie könne sich nicht um alles kümmern, sie sei müde, die Beine täten ihr weh, sie finde kein Dienstmädchen, das zupacken könne, mein Vater sei schrecklich anspruchsvoll, ihr sei dauernd schlecht – kurz und gut, sie führt sich auf wie eine nörgelige alte Schachtel.

Hin und wieder fragt mich jemand: »Und, was hättest du gern angeschafft, Brüderchen oder Schwesterchen?« Wäre ich vorher gefragt worden, hätte ich geantwortet: »Gar nichts. Ich will keinen, der mich von zu Hause verbannt und mir, ehe er überhaupt da ist, das Leben schwermacht; wenn es nach mir ginge, käme er mir erst gar nicht ins Haus.« Aber da Kinder nun einmal nichts zu bestimmen haben, antworte ich gleichmütig: »Einen Hund.« Da lacht der blöde Frager, weil er meint, ich hätte nichts kapiert; so sind die Erwachsenen. Und als die Sommerferien anfangen, bringen sie mich wie jedes Jahr zu den Großeltern nach Malavacata.

»In der gesunden Luft dort, Agatì, kriegst du Appetit.« Die übertriebene Begeisterung, mit der mein Vater die Vorzüge dieser Ferien anpries, hatte mich misstrauisch gemacht. »Die Oma kocht dir Hühnerbrühe … Was meinst du, wie groß und stark du dann wirst«, versuchte meine Mutter an meine Eitelkeit zu appellieren, »richtig rosige Backen bekommst du auf dem Land.« Schon möglich, doch all diese Beteuerungen machten mich argwöhnisch und kiebig wie eine Katze, die gerade geworfen hat.

Kurz und gut, die Sommerferien gingen vorbei, ohne dass meine Eltern gekommen wären, um mich abzuholen. Und so kam es, dass ich die Dorfgrundschule besuchte.

Meine Eltern machten es wie die Eltern vom Däumling: Sie brachten mich in den Wald und kamen nicht wieder. Und da ich ebenso wenig vorbereitet war wie er beim zweiten Mal und keine Kiesel in der Tasche hatte, lief ich immer tiefer in den Wald und suchte nach einem Unterschlupf. Doch statt der Frau des Ogers fand ich gottlob meine Großeltern, die mich glücklich machten. Ich fand Ninetta, die Dienstmagd, eine vor Liebe strotzende Frau, die mich an ihre großen, mütterlichen Brüste drückte, und eine zärtliche, einfühlsame und hingebungsvolle Lehrerin, die für all meine Unzulänglichkeiten Verständnis hatte und mir half, sie zu überwinden.

Doch weshalb meine Eltern beschlossen hatten, mich, ein folgsames kleines Mädchen, das im Haushalt half, mustergültig aß und schlief, sich mit wenig beschied, still vor sich hin spielte und friedlich war, abzuschieben und meinen Bruder Sebastiano zu behalten, der alles kaputt machte, dauernd heulte, nie Ruhe gab und ihnen schlaflose Nächte bereitete, bleibt ein schmerzliches Geheimnis, das mich bis heute umtreibt.

Die Tatsache, dass mein Vater und mein Bruder meine Mutter nun ganz für sich allein hatten, konnte ich anfangs partout nicht verwinden, und ich hasste sie dafür aus tiefstem Herzen. Die drei saßen glücklich zu dritt daheim, während ich, einsam und im Stich gelassen, fast vor Eifersucht verging … Das Heimweh lastete bleiern auf meiner Brust und schnürte mir den Atem ab, als litte ich an Asthma. Doch dann gewöhnte ich mich daran, die Beklemmung ließ nach, und ich verwandelte mich in ein glückliches Kind.

Ich tat nur so. Die Schäden, die dieses Verlassenwerden bei mir hinterließ, sollten viele Jahre später mit aller Macht hervorbrechen.

Mit seiner schrulligen, liebevollen Art gelang es Großvater Alfonso, mich zu trösten. Wir wohnten in einem unwohnlichen, verbauten alten Haus. Der Eingang führte direkt in die finstere Küche, das Herzstück des Hauses. In deren Mitte stand ein großer Tisch aus dunklem Holz, an dem wir aßen und der je nach Bedarf als Schreibtisch, Arbeitsplatte oder Bügelbrett diente.

Jeden Abend saß meine Großmutter daran zwischen Tellern und Töpfen über den Büchern. In einem kleinen schwarzen Heft notierte sie minutiös, wie viele Eier, Birnen, Ackerbohnen, Tomaten, Mandeln, Kakipflaumen oder – je nach Jahreszeit – Spieräpfel, Kaktusfeigen und Oliven der Bauer gebracht hatte; und in derselben Zeile, wie viel der Verkauf des jeweiligen Produkts einbringen würde. Dies war ihr Beitrag zum Familienbudget, das durch die Krankenversicherungszahlungen in letzter Zeit zwar ein wenig aufgebessert wurde, aber noch längst nicht für alles reichte.

Mein Großvater hatte keine Beziehung zum Geld. Es zu verdienen fiel ihm schwer, und kaum hatte er welches in der Hand, warf er es sinnlos zum Fenster hinaus. »Dass die Leute krank sind, genügt dir wohl nicht, auch noch bezahlen sollen sie dafür?«, war seine Antwort, wenn seine Frau ihn drängte, das Honorar einzutreiben.

Neben meinen Großeltern gab es noch zwei Zwillingstanten, die sich um mich kümmerten. Nellina – inbrünstige Verehrerin der Madonna des Lichts und verheiratet mit dem neuen Dorfarzt, dem Erzfeind meines Großvaters – und Titina, die noch *signorina* war. Zur Grundschullehrerin ausgebildet, wartete sie auf eine »Anstellung beim Staat« und verdiente sich bis dahin ihr Taschengeld damit, ein paar begriffsstutzigen Analphabeten Privatstunden zu geben. Und dann war da noch Ninetta, die Dienstmagd, auch *Addinedda*, Hühnchen, genannt, die im ärmlichsten Winkel des Dorfes lebte. Ihre Mutter hatte als offizielle Provinzhure nur einen mittellosen Nichtsnutz abgekriegt, den eine »redliche« Frau nicht einmal mit der Zange angefasst hätte. Doch bekanntermaßen müssen die Kinder ausbaden, was die Eltern verbockt haben. Addinedda, die eher einem Lasttier als einem Huhn glich, hatte einen Haufen *picciriddi*, die jeweils nur zehn Monate auseinander waren, schuftete daheim und außer Haus und ernährte mit ihrem mageren Verdienst die ganze Familie. Außerdem erhielt sie am Monatsende eine kleine Invalidenrente, die sie bei der Post abholte.

Ihren Spitznamen hatte sie sich indes auf dem Feld erworben wie einen Orden: Wenn jemand herumjammerte und sich über eine Krankheit oder ein Unglück beklagte, knurrte sie: »Die Henne legt's Ei, und dem Hahn brennt der Arsch!« Und da sie das immer wieder sagte, hatten die Dorfbewohner sie Addinedda getauft. Ihr dicker, unförmiger Körper wurde ihrem sanften, feinfühligen Wesen durchaus nicht gerecht. Sie konnte weder lesen noch schreiben und unterzeichnete mit einem Kreuz.

Ich hingegen konnte damals schon gut schreiben und lesen, was dem Fernsehen und dem Lehrer Alberto Manzi zu verdanken war, der mir auch korrektes Italienisch beigebracht hatte, denn zu Hause wurde nur Dialekt gesprochen. Die Dorflehrerin vervollständigte meine Bildung.

Für Ninetta war ich ihr kleines Mädchen, sie betüttelte mich von vorn bis hinten, schleppte mich die Treppen rauf und runter und überschüttete mich weit über das Maß ihres Lohns hinaus mit Zärtlichkeit und Zuneigung. Sie hat mir auch ein Gebet beigebracht, das ich noch heute vor dem Einschlafen aufsage:

Iu mi curucu na lu me letto,
cu' Maria na lu me petto,
iu dormu, idda vigghia,
si c'è cosa m'arruspigghia.

»Mit Maria im Herzen / geh ich zu Bett. / Sie wacht, während ich schlafe, / und wenn etwas ist, werd ich von ihr geweckt.«

8

»Mama, Mamaa, Mamaaa!«

»Titina, was gibt's? Ist dir nicht gut? Was fehlt dir?« Besorgt hastet Großmutter Margherita ans Bett der Tochter, die, kaum ist sie wach, herumgreint. »Mama, du weißt doch, dass ich morgens einen schwachen Blutdruck habe und ohne Kaffee nicht aus den Federn komme«, antwortet sie weinerlich. Titina jammert einfach ständig, sie findet keinen Freund und hat Angst, als alte Jungfer zu enden. Ihr Unglück besteht wechselweise in wässrigem Kaffee, einem gerissenen Träger am Unterkleid, einem Fleck auf der Bluse, der heißen oder kalten Jahreszeit – es gibt immer irgendwas, worüber sie sich beschweren muss.

Meine Großmutter vergöttert sie, sie ist ihr Augapfel, und egal, was Titina sagt, es wird bekräftigt: »Ganz genau! Recht hat sie! Armes Hascherl, was soll sie bei dieser Kälte auch machen? Armes Hascherl, sie ist doch so kränklich ...« Titina verbringt die Zeit mit Jammern und meine Großmutter damit, sie zu behascherln. Ich sehe staunend zu und liefere hin und wieder eine kleine Reprise. »Ahhh, mir tut das Bein weh ...«, imitiere ich mit dünnem Stimmchen Titinas Wehklagen. »Heilige Maria, eine Schabe! Da, neben dem Stuhl! Iiihhh! ...« Die Kopfnuss lässt nicht lange auf sich warten. Inzwischen habe ich daraus gelernt und spar mir meinen Auftritt auf, bis der Großvater zurück ist. In seiner Gegenwart sind die Frauen zahm, und ich kann alles sagen, was mir durch den Kopf schießt.

Seit einiger Zeit haben sich zu Titinas Klagen die Seufzer ihrer Zwillingsschwester Nellina gesellt, die regelmäßig mit Leichenbittermiene bei uns aufkreuzt. Was für die eine der fehlende Mann, ist für die andere das fehlende Kind, das sie nach jahrelanger Ehe noch immer nicht *erworben* hat. Die Dorfleute fangen schon an zu tuscheln: »Is die Tochter vom *Dottore* etwa krank?«

»Nich nur Tochter von einem *Dottore,* auch Frau von einem is se!«

»Na und? Auch 'n Doktor kann mal krank sein!«

»Hm, daran hab ich noch gar nicht gedacht. Der *dottore*, also ihr Mann, wird doch wohl nicht krank sein?«

»Ganz jung is er ja nich mehr – gar was an der Prostata?«

»Na, aber hier im Dorf hat doch manch einer noch mit siebzig erworben …«

»Der wird doch nich nur so tun, als ob er Doktor is?«

»Na, das fehlt uns noch!«

»Und wenn er gar nicht gesund machen kann …«

»Und selbst aufm Schlauch steht …!«

Die Impotenz des *dottore*, Schwiegersohn des einzigen örtlichen *Dottore* mit großem D, also meines Großvaters, ist das Hauptgesprächsthema im Dorf. Dass der Mann von Nellina nicht in der Lage sein soll, sie zu schwängern, ist doch ein Ding der Unmöglichkeit, etwas, das man »dem Doktor erzählen muss«. Anfangs redete man darüber nur im Flüsterton, bis es jemand laut aussprach und die Sache auch politische Wellen schlug.

Damals hatten die Gemeindeärzte einen beträchtlichen Packen Wählerstimmen in der Hand und konnten kommunale, regionale und sogar nationale Wahlen beeinflussen.

Jahrelang war Großvater Alfonso weit und breit der einzige Arzt gewesen. Er war der unangefochtene Herr der Heilung, er spendete Gesundheit, übte eine despotische Macht aus und sicherte der Kommunistischen Partei, in der auch der jüngere Bruder und spätere Abgeordnete aktiv war, so manche Wählerstimme.

Nach Kriegsende war die Einwohnerzahl von Malavacata trotz der Abwanderungen nach Deutschland gestiegen. Also hatte man eine zweite Gemeindearztstelle eingerichtet. Kaum war der neue Arzt mit Namen Gnaziu im Dorf, führte er Tante Nellina zum Traualtar, die aus Angst, als alte Jungfer zu sterben, gegen den Willen des Vaters die Gelegenheit beim Schopf gepackt und blindlings eingewilligt hatte. Gnaziu hatte einige Mühe, Patienten zu finden, denn Großvater Alfonso wurde von den Familien, deren intimste Geheimnisse er kannte, wie ein Halbgott verehrt. Um für ihren Mann neue Patienten zu werben, klapperte Nellina das ganze Dorf ab.

Es ging nicht nur darum, am Ende des Monats mehr in der Kasse zu haben; man wollte auch bei den Wahlen mitmischen, mit der einen oder anderen Parteigröße anbandeln und sich so gewisse Vorteile sichern. Nellina war der Kirche treu ergeben, ihr Mann war Demokrat und – selbstredend – Christ. An jedem Kranken hingen die Stimmen seiner Angehörigen, also mindestens fünf, und die Patienten waren Wachs in den Händen ihres Arztes.

Der Kampf der beiden Rivalen war nicht zuletzt deshalb so blutig, weil er sich innerhalb einer Familie abspielte, und verwirrte die Dorfleute, die keinen Funken politisches Bewusstsein hatten und je nach Sympathie oder Nutzen mal für den einen, mal für den anderen waren. Vor diesem Hintergrund nun schadete Nellinas Unfruchtbarkeit ihrem Mann in zweifacher Hinsicht: einerseits als Arzt, weil er unfähig war, sie zu heilen, und andererseits als Mann, weil er unfähig war, sie zu schwängern; meinem Großvater indes, dem unverbesserlichen Weiberhelden, über dessen Manneskraft nie Zweifel bestand, war sie äußerst zuträglich. Meine Großmutter, die häufig auf den Plan gerufen wurde, blieb nach außen hin neutral.

Rund dreißig Jahre lang war jedoch Großvater Alfonso derjenige, der entscheidend das politische Leben von Malavacata mitbestimmte, zum Leidwesen seiner frustrierten Tochter und seines hasserfüllten Schwiegersohns, der bis zum Tod des *Dottore* Guazzalora warten musste, bis er endlich zum Zuge kam.

Unterdessen ging Nellina jeden Morgen zur Frühmesse, betete vor der Statue der Madonna den Rosenkranz und kreuzte pünktlich um elf in ihrem Elternhaus auf, um ihre Lamenti anzustimmen. Mutter und Töchter setzten sich gottergeben um den Küchentisch, und die Zwillingsschwestern schnatterten stundenlang, klagten der Mutter ihr Leid, zankten sich, wer mehr Grund zur Verzweiflung hatte, und tauschten die neuesten Klatschgeschichten aus der Praxis des Mannes oder des Vaters aus.

Ninetta, die praktisch zur Familie gehörte, war stets mit von der Partie, doch hatte die Magd etwas verbockt, tuschelte man sich über denselben Tisch hinweg zu: »Eine bezahlte Spionin gehört rausgeschmissen. Gesuela war da schon was ganz anderes; früher waren die schon froh, wenn man ihnen was zu essen gab, heute wollen sie auch noch Geld sehen.« Und so erging man sich in den üblichen Klagen der geplagten Dame des Hauses und weinte der letzten Dienstmagd nach, deren Qualitäten offenbar erst dann zutage treten, wenn sie nicht mehr da ist.

9

»Mama, wie findest du meine Hände?« Titina ist heute erstaunlich gut gelaunt. Meine Großmutter verdreht die kurzsichtigen Augen. »Wieso, was soll denn mit deinen Händen sein?« Unverdrossen fröhlich, aber doch leicht ungeduldig klimpert Titina hinter ihrer dicken Brille mit den Wimpern. Kurzsichtigkeit liegt in der Familie, und die Brillengläser von Mutter und Töchtern sind so dick wie Flaschenböden und so schwer, dass sich ihre Adlernasen mit der Zeit völlig verformt haben.

»Mama, du hast wirklich keine Ahnung! Wusstest du nicht, dass Hände ein Instrument der Verführung sind?«

Meine Großmutter macht ein ratloses Gesicht. Titina legt nach: »Mama, wusstest du, dass ich dieselben Maße habe wie Brischitt Bardott?« Sie steht auf und dreht sich einmal um sich selbst. Meine Tanten haben so große Brüste, dass sie bei den Männern eher Unbehagen als Verlangen auslösen, um nicht zu sagen, Angst, man könnte darin ersticken. Dass sie überhaupt aufrecht stehen können, ist ein physikalisches Rätsel und man meint, sie müssten wegen des fehlenden Gegengewichts gleich vornüberkippen.

»*Signura,* soll ich ein Kaffeechen machen?« Ninetta hängt oft ein *-chen* hintendran. »Neinchen«, äfft Nellina sie nach.

»Was ist denn heute mit euch los?«, fragt meine Großmutter erstaunt.

»Erinnerst du dich an Fanu?«, sagt Titina. »Der aus der Straße unter der Festung.«

»Wer? Der, den sie den ›Langen Voltaischen‹ nennen?«, schaltet sich Ninetta ein und hält in ihrer Arbeit inne.

»Sag nicht ›Langer Voltaischer‹! Baldassare« – also mein Vater – »nennt ihn nur so, weil er so groß is und dunkle Haut hat.«

»Hierzulande kann eben auch die Körpergröße zum Problem werden«, versucht Großmutter Margherita abzulenken. Das Thema passt ihr gar nicht.

»Aber, *Signura*, das is doch sein Spitzname! Er heißt grad so, weil er lang is und dünn und schwarz wie 'n Afrikaner. s'gibt 'n Land, da sind se alle so …«

»Wollen wir über Geografie plaudern, oder darf ich ausreden?«, fällt Titina ihr genervt ins Wort.

Meine Großmutter versucht, das Gespräch wieder in neutrale Bahnen zu lenken. »Ninetta, sei still und passier den Tomaten-Sugo.«

»*Sìssì, Signura,* bitte vielmals um Verzeihung.«

Als die Ruhe wiederhergestellt ist und der Feind nicht mehr mithört, setzt sich Titina hin und fährt fort: »Also, Mama, er meint, ich hätte Hände wie eine Prinzessin und die gleichen Maße wie Brischitt Bardott …«

»Ach, du lernst es halt nie: Das ist doch bloß Männergewäsch …«

»… und er hat mich für Sonntag zum Tanzen eingeladen«, beendet Titina ihren Satz, ohne der giftigen Zwischenbemerkung ihrer Schwester Beachtung zu schenken.

»Und was, bitte schön, weiß der über deine Maße? So ein Unsinn, schlag dir den aus dem Kopf, das ist ein mieser Schürzenjäger.« Nellina haut immer wieder in die gleiche Kerbe.

»Na klar, du hast gut reden. Hast dir Papas ärgsten

Feind geschnappt, nur um nicht sitzenzubleiben.« Meine Tanten haben es wahrlich nicht leicht. Sie sind hässlich und mittellos obendrein. Aber sie sind aufrichtig, gut erzogen und aus bester Familie, was am Ende gereicht hat, um Nellina unter die Haube zu bringen. Aber wird es auch für Titina reichen?

»Ninetta, hast du den Sugo passiert?«, versucht meine Großmutter erneut, das Thema zu wechseln.

»War grad dabei, *Signura*.«

Titina kehrt wieder zum Thema zurück. »Wie auch immer, ich glaub, ich geh am Sonntag mit ihm aus.«

»Vergiss aber die Diebstahlsicherung nicht«, sagt die Schwester höhnisch. So hatte mein Vater den Ausgehhut der Zwillingsschwestern getauft. Von der Form einer Schüssel, war er tatsächlich nicht besonders kleidsam, und mein Vater behauptete, mit dieser Bratpfanne auf dem Kopf sähen sie derart unsäglich aus, dass sich nicht einmal der letzte Depp damit breitschlagen lassen würde. Seither hieß der Hut im Familienjargon »Diebstahlsicherung«.

»Aber vorher machen wir uns ein bisschen schlau, hörst du?« Großmutter Margherita versucht Zeit zu schinden.

»Wozu schlaumachen, da muss man doch niemand fragen! Ich kann dir alles sagen«, entgegnet Nellina. Es gibt nichts im Dorf, worüber sie nicht binnen weniger Minuten im Bilde ist. »Seine Leute sind einfach, aber redlich. Der Vater war Witwer, hat wieder geheiratet, ist aufs Festland gezogen und hat noch ein Kind bekommen. Der Lange Voltaische ist Regionalbeamter und haut sein ganzes Gehalt für Prostituierte auf den Kopf. Habt ihr gesehen, wie dürr und ausgezehrt der ist? Das sind die Nutten, die fressen den bei lebendigem Leib!«

»Ich würd mich lieber um meine eigenen Angelegenheiten kümmern, dein Mann ist beileibe auch kein Heiliger, da könnte ich euch aber was erzählen«, antwortet Titina, für die der Lange Voltaische inzwischen der einzige Ausweg aus der Jungfräulichkeit scheint: Was bei anderen Mädchen ein Mehrwert bedeutet, scheint sich bei ihr als Herstellungsfehler zu entpuppen.

»Was willst du damit sagen? Lass ruhig hören!«, sagt die Schwester und schießt einen tödlichen Blick in Titinas Richtung. Dann ändert sich schlagartig ihre Miene, und mit zitternder Stimme fügt sie hinzu: »Ich kümmere mich ja um meine Angelegenheiten, doch das reicht nicht. Sämtliche Heilige hab ich angefleht, sich ebenfalls um mich zu kümmern, aber nur die Madonna kann mir gnädig sein!«

»Was denn, meine Tochter, ist was nicht in Ordnung? Hast du Kummer?«

»Mama, was soll ich dir sagen …« Nellina ringt um Worte. »Es ist … nichts. Wieder nichts diesen Monat! Dabei legt er sich nachts mächtig ins Zeug, immer heißt es: Dreh dich so rum, hoch das Bein, mach den Rücken krumm, mach dies, mach das … Und? Nix, es passiert einfach nix.«

»So ein Jammer! Es sind jetzt sechs Jahre, da müsstest du schon längst schwanger sein … Deine Schwester Sabedda hat in der gleichen Zeit drei gekriegt, dass sie sogar hat Agatina bei uns abgeben müssen, weil sie nicht weiß, wohin mit ihr mit dem neuen Bübchen. Gewiss, ihr Mann ist noch jung, und deiner ist schon ein bisschen drüber, aber ein Mann kann auch mit achtzig noch Kinder zeugen. Was meinst du, was ich wegen deinem Vater, der hinter jedem Rock her ist, alles durchmachen muss? Bei jedem Bauch, der unter unserem Balkon langspaziert, schießt mir das Blut in den Kopf. Na bitte, denk ich, der neue kleine Bastard vom *Dottore* …«

Mit einer matten Handbewegung schneidet Nellina ihr das Wort ab und bricht in Tränen aus. Sofort stürzen Mutter und Schwester mit offenen Armen zu ihr, und sie schluchzt: »Ah, meine Madonnina, steh mir bei, sei mir gnädig, und wenn ich schwanger werde, will ich mit nackten Füßen zu dir pilgern …«

»Du solltest zum Arzt gehen, statt die Madonna anzuflehen, Nellina.« Meine weltliche Großmutter war schon immer pragmatisch veranlagt. Und so erfahre ich neben den Malaisen meiner Tanten, dass meine Mutter tatsächlich *erworben* hat.

10

»*Dottore,* dürfen wir uns mal Agatina ausleihen? Ich bring sie Ihnen in fünf Minuten zurück.« Signora Gesuela nimmt meine Hand in die ihre, die unter einem schwarzen Schultertuch hervorlugt. Tiefe, lange Furchen, Spuren einer uralten Erschöpfung, durchziehen ihr Gesicht. Ihr graues, schütteres Kraushaar ist im Nacken zu einem mickrigen Knoten gebunden, der von viel zu großen knöchernen Haarnadeln gehalten wird. Ihre knorrigen Finger schließen sich fest um meine, sie fühlen sich wie Großmutter Agatas an. Doch anders als bei dieser führe ich die alte Frau, die so unbedarft und ahnungslos ist, dass sie sich einem kleinen Mädchen anvertrauen muss, um eine wichtige Sache zu erledigen, zu der sie allein nicht fähig ist. Ihr heißer, banger Griff drückt ihre ganze Verlorenheit aus.

Ihr Mann steht ein Stück weiter hinten, die *coppola* ehrfürchtig in den Händen, den Kopf gesenkt, die dürren Beine mit den leicht gebeugten Knien in Barchenthosen.

»Wieso, was haben Sie mit der *picciridda* vor?«, fragt mein Großvater barsch, zuckt mit der Braue und wirft ihr einen mürrischen Blick zu. Gesuela hat früher bei ihm gearbeitet und meine Mutter und meine Tanten großgezogen. Tano, ihr Mann, ist ein ebenso redlicher wie jähzorniger und streitsüchtiger Kerl. Um Schlimmeres zu verhindern, hatte er sich eine bestimmte Methode ausgedacht, um die unbändige Wut abzulassen, wenn sein Blut mal wieder in Wallung geriet. Jedes Mal, wenn er wieder rotsah, rannte er zu seiner Frau, selbst wenn sie gerade im Haus des Doktors arbeitete. Zaudernd und mit zornesdunklem Gesicht presste er hervor: »Gnädige Herrschaften, *Dottore* … Donna Margherita, erlauben Sie, dass meine Frau mit mir kommt? Ich habe mit ihr zu reden.« Gesuela band ihr Kopftuch um und folgte ihm nach Hause, wo er ihr ein paar saftige Ohrfeigen verpasste. Benommen und mit brennenden Wangen kehrte sie dann zur Arbeit zurück. Dieses eigenartige Verhalten Tanos machte meine Großmutter misstrauisch, der manchmal sogar dreimal am Tag nach seiner Frau verlangte. Nach langem Zureden brachte sie Gesuela schließlich zum Reden.

»Ich glaub's einfach nicht! Und ich dachte, sein Bedürfnis wäre …«

»Was denn, *Signura*?«

»Na, was weiß ich, was Körperliches …«

»Und was für ein Bedürfnis soll das sein, *Signura*? Der Mann is doch kein Junge mehr.«

»Gesuela, willst du mich für dumm verkaufen?«

»Nein, *Signura*.«

»Nun ja, Gesuela, ich hatte den Eindruck, dass Tano, so stürmisch und heißblütig, wie der ist … Ich dachte, vielleicht könnte er die Nacht nicht abwarten, um gewisse Bedürfnisse …«

»Verzeihung, *Signura,* Ihr macht mir Spaß. Das Einzige, was der nicht abwarten kann, is, mich zu watschen, bis mir die Ohren glühen, sonst stellt er sonst was an!«

»Dann lass dir die Ohrfeigen doch hier geben, wieso nach Hause gehen und Zeit verschwenden?«

»Da habt Ihr recht! Wenn Ihr erlaubt, vielleicht lass ich sie mir hier unter der Treppe geben. Draußen vor der Tür is wohl nich so gut, wegen der Leute, die vorbeigehen …«

»Wo du willst, Gesuela. Hauptsache, ihr macht keinen Krach und hört mit diesem albernen Theater auf.«

»*Sìssì, Signura.* Nach ein paar Backpfeifen is Tano wieder die Ruhe selbst, wie frisch von der Beichte.«

Tano bekam also die Erlaubnis, seine Frau bei Bedarf am Arbeitsplatz zu schlagen, was eine erhebliche Ersparnis an Zeit und Energie bedeutete.

»*Dutturi,* dürfen wir uns nun die *picciridda* leihen?«, fragte Gesuela noch einmal.

»Was denn, sie ist doch kein Ding! Erst musst du mir sagen, wozu du sie brauchst, dann sehen wir weiter.«

»*Dutturi,* wir müssen die Postanweisung abholen und brauchen die Kleine zum Unterschreiben.«

Niemand im Dorf kann schreiben, und in der Post steht eine lange Schlange greiser Analphabeten, die auf mich wartet. Ich unterschreibe für jeden das Formular, damit sie ihr Geld abholen können – eine verantwortungsvolle Aufgabe für ein kleines Mädchen.

Indorante Gaetano, Cascino Rosalia, Giallombardo Concetta, Turone Crocefissa, Nicosia Gesuela – der Schalterbeamte ruft einen nach dem anderen auf, händigt ein Papier aus, auf das jeder sein Kreuz macht, und ich schreibe den Namen daneben.

»Danke, *dutturi,* mit der Kleinen haben wir anstandslos unser Geld bekommen.« Signora Gesuela bringt mich zum Großvater zurück, der mich mit freudiger Miene und ausgebreiteten Armen empfängt.

»Agatina, mein Zicklein!« Großvater Alfonso ist ungern ohne mich, ich bin ihm Zeitvertreib und wertvolle Gesellschaft, auf die er nicht verzichten will.

11

»Agata, Agatina, *picciridda mia*, wo bist du?« Ninetta steht in der Tür und blickt mit zusammengekniffenen Augen die Straße hinunter. Es ist Essenszeit, aber ich denke nicht daran, nach Hause zu gehen.

»Und, soll ich antworten?«, frage ich die Calabresa, die ungeduldig an meinem Arm zerrt.

»Vergiss es.« Die Calabresa zuckt mit den Achseln und drückt sich im Hausflur gegen die Wand unter der Treppe.

»Agatinaaa! Dieses Mädchen treibt mich noch in den Wahnsinn. Den ganzen Tag hockt sie in der Bude, und kurz bevor's ans Essen geht, schwirrt sie mir nichts, dir nichts zur Tür raus. Streunt in der Gegend rum. Wenn ich das Donna Margherita erzähle: Ihre Enkelin is 'ne Zigeunerin, schläft und isst, wann's ihr passt … Gar nich gut is das, sie is doch die Enkelin vom *Dottore*!«

Hin und wieder reißt Ninetta die Geduld, und das ist nur verständlich: Sie hat eine Familie auf dem Hals, schuftet wie ein Esel, und obendrein soll sie auch noch die Kinder anderer großziehen. Ihren eigenen trichtert sie den Benimm mit Ohrfeigen ein, aber mich muss sie mit Samthandschuhen anfassen. Meine Großmutter zeigt viel Verständnis, sie weiß, wie viel Mühe es Ninetta jedes Mal kostet, ihren Ton zu mäßigen, sich zusammenzureißen. Sie lässt Ninetta stundenlang reden, in der Hoffnung, dass sie ihre Sorgen vergisst und neue Kraft für den Alltag schöpft, wenn sie ihre Meinung sagen, sich ordentlich Luft machen und ihre skurrilen Geschichten loswerden kann.

»*Signura,* die *picciridda* is weit und breit nich zu sehen.« Die Hände in die Hüften gestemmt, das Gesicht vom Treppensteigen rot und mit kleinen Schweißtröpfchen auf dem flaumbedeckten Steg über der Oberlippe, steht Ninetta im engen Flur und nimmt mit ihrer Körperfülle den ganzen Türrahmen ein. »Ist gut, Ninetta, mach dir keine Sorgen«, sagt meine Großmutter beschwichtigend. »Die taucht schon wieder auf, wenn sie Hunger hat. Was hast du denn? Du siehst aus wie eine Aubergine.«

»*Signura,* diesen Monat sind se nich gekommen.« Ninetta macht ein todernstes Gesicht und hält sich mit beiden Händen den Bauch.

»Drück dich ein bisschen klarer aus, ich weiß nicht, was du meinst.« Großmutter Margherita hat keinen Sinn für Ironie, und die Gabe, zwischen den Zeilen zu lesen, ist ihr fremd. Man muss die Dinge beim Namen nennen, sonst wird sie ungeduldig und hört nicht mehr zu.

»*Signura,* se sind ausgeblieben. Meine Tage, die Regel, oder wie sagt Ihr dazu?« Ninetta blickt zu Boden und wird abermals vom Hals bis zum Haaransatz rot. Über andere zu reden ist eine Sache, über sich selbst zu sprechen, gar über etwas Intimes, eine andere.

»Du wirst halt wieder schwanger sein, Ninetta.«

»Nein, *Signura,* das kann nich sein, ich bin doch in der Menopause.«

»Wie alt bist du denn?« Als Arztgattin ist meine Großmutter selbst Ärztin, zumindest wenn es sich um Frauenleiden handelt. Dann hält sie meist die erste Sprechstunde ab und überweist die Patientin gegebenenfalls an den Gatten.

»Fünfzig.«

»Tja, vielleicht hast du die Wechseljahre, vielleicht aber

auch nicht. Und du bist dir sicher, dass dein Mann nicht doch etwas damit zu schaffen hat?«

»Nee, der hat diesmal nix damit zu schaffen, er hat's nämlich gar nich mehr geschafft«, ist Ninettas arglose Antwort.

»Na, dann ist es die Menopause, herzlichen Glückwunsch!«

»*Signura,* soll ich's dem Doktor sagen?«

»Und was soll der machen? Lass mal. Putz mir lieber die Treppe, die starrt vor Dreck.«

Mitten in diese Unterredung platzt mein Großvater herein, hört seinen Namen und fragt: »Was ist? Was wollt ihr mir sagen?«

»Gar nichts, nur Frauensachen«, entgegnet meine Großmutter knapp, denn die Diagnose steht, und wegen solcher Weiberangelegenheiten muss man einen Arzt nicht belästigen.

12

»*Signura, Signura,* heilige Muttergottes, steh mir bei!«, schreit Ninetta mit gellender Stimme.

»Ninetta, was ist los?« Meine Großmutter stürzt zur Treppe. Auf halber Höhe liegt Addinedda längs hingestreckt neben dem umgekippten Putzeimer. Das Wasser rinnt über die Stufen und macht sie gefährlich rutschig. »*Signura,* alles dreht sich, und in meinem Bauch grummelt's.«

»Hast du was Falsches gegessen?«

»I wo, nur 'nen Schlag Pasta mit Sauce.«

»Vielleicht bist du müde, komm, geh nach Hause und ruh dich aus.«

»Ihr habt gut reden … nach Hause … ausruhen … wisst Ihr, was mich zu Hause erwartet?«

»Na, jedenfalls besser, als die Treppe zu putzen. Wenn du dich nicht gut fühlst, geh lieber heim.«

Widerwillig wackelt Addinedda mit ihrem dicken, runden Hintern nach Hause. Sie ahnt es nicht, aber sie ist kurz davor, zu entbinden.

Wenig später erscheint atemlos ihre älteste Tochter bei meinen Großeltern: »*Dutturi, Dutturi,* meine Mutter …«

»Ich komme, ich komme …« Nonno Alfonso greift nach seiner Arzttasche, schlägt die Tür zu und grummelt: »Stopfen sich mit allem möglichen Zeug voll, und dann … Nie hat man seine Ruhe. Was ist mit deiner Mutter? Was hat sie denn gegessen?«

»Weiß nich, *Dutturi,* se schreit, der Bauch tut ihr weh, rumpeln tut's darin …«

Ninettas Wohnung, ein Zimmer zu ebener Erde mit Madonnenstatue und einer Porzellanpuppe auf dem Bett, ist voll mit verrotzten Kindern, die stumm und mit weit aufgesperrten Augen um die stöhnende Mutter herumstehen.

»Au, auauau, *Dutturi,* helft mir.«

»Was hast du gegessen, du Dickbauch?«

»*Dutturi,* heilige Maria, nix, hab seit drei Tagen keinen Bissen gegessen.«

»Raus, alle Blagen raus!«

In null Komma nichts sind die Kinder verschwunden. Sie sind einen gewalttätigen Vater gewohnt, und es genügt ein grimmiger Blick, dass sich jeder von ihnen wünscht, der Erdboden möge sich auftun. Kaum ist die Tür krachend hinter dem Letzten ins Schloss gefallen, beruhigt sich Ninetta, als wäre ihr Gejammer nur Theater gewesen, um sich die Familie vom Leib zu halten. Eine vertrauliche Ruhe erfüllt den Raum, der Arzt nimmt Ninettas Hand, nähert sich ihrem dicken Gesicht und flüstert ihr ins Ohr: »Ninetta, bist du vielleicht schwanger?«

»Jessas Maria, *Dutturi,* ein Kind? In der Menopause? Ich bin doch nich die heilige Anna!«

»Nein, eine Plage bist du, komm her, damit ich nachsehen kann, was los ist.«

Der Doktor tastet ihr den Unterleib ab.

»Du hast mehr Fett am Bauch als ein abgestochenes Schwein! Wie soll ich denn bei all dem Speck was ertasten? Meine Hände sind schließlich kein Röntgengerät! Ach herrje, mein Gefühl sagt mir, du brütest was aus.«

Ninetta hat wieder angefangen zu stöhnen, vielleicht, um Mitleid zu erregen, oder aus Angst, er könnte sie nicht ernst nehmen.

»*Dutturi,* helft mir … diese ganzen *picciriddi* … Wer soll sich um die scheren, wenn ich nich wieder auf die Beine komm?«

»Ja, wenn's so einfach wär … nichts, ich spüre nichts.«

»*Dutturi,* ich hab Schmerzen, als würd's mich zerreißen.«

Ninetta atmet jetzt schwer und wälzt sich auf dem Tisch hin und her, auf dem sie sich für die Untersuchung ausgestreckt hat; ihre Beine baumeln schlaff herab, während sie die Arme gegen ihre Speckrollen gepresst hält, als wiegte sie ein unsichtbares Neugeborenes.

»Ninetta, heb die Beine, lass mich sehen, was da unten ist …«

»Was soll da unten sein, *Dutturi?* Die Ritze, oder? Wie bei allen Frauen.«

»Na, dann zeig mir mal die Ritze, mach die Beine breit, Ninetta, oder bist du neuerdings Maria Goretti, nun, da du in die Jahre gekommen bist?«

Ninetta zieht die Beine an, stellt die Füße auf den Tisch und spreizt die Schenkel so weit, wie es ihre Fleischmassen zulassen. Zwischen Addineddas rotgescheuerten Speckfalten schimmert aus der dunklen Vulva der blanke Schädel eines Neugeborenen hervor.

»Von wegen krank, Ninetta, du kriegst ein Kind! Na los, pressen, das Kleine will raus.«

»Jessas Maria, *Dutturi,* helft mir, das bring ich nimmer zuweg.« Ninetta ergreift die Hand des Doktors und küsst sie unterwürfig. Mein bärbeißiger Großvater, der derartige Demutsbekundungen hasst, macht sich los und schimpft: »Beim Arsch deiner Mutter, lass meine Hand los, wie soll ich dir sonst helfen? In deinem Alter noch ein Kind …« Dann, als er sieht, wie erschöpft Ninetta ist und dass sie keine Kraft zum Pressen mehr hat, nimmt er die Geburtszange aus seiner Tasche. Binnen weniger Sekunden kommt Alfonsina zur Welt und wird von der ganzen Familie freudig empfangen, denn »besser so was als 'ne Krankheit!«.

Nach zwei Tagen hat sich Ninetta erholt und erscheint mit einem kleinen rosa Bündel an der Brust zur Arbeit.

13

»Agatì, komm, wir gehen zu den Kühen!« Die Calabresa zerrt mich unerbittlich mit sich. Sie kann es gar nicht abwarten, mir die Herde ihres Vaters zu zeigen. Außerdem will sie, dass das ganze Dorf sie mit der Enkelin des Doktors sieht, schließlich ist sie ein Nichts, nicht einmal Sizilianerin, und keiner der Malavacatesi gibt sich mit ihr ab.

»Antonella, wenn ich beim Hengst erwischt werde, lässt mich meine Großmutter nicht mehr vor die Tür, und ich kann die langen Strümpfe bis nächstes Jahr vergessen.« Die Strümpfe sind eine fixe Idee von mir. Nach ewigem Betteln und Quengeln habe ich immerhin ein paar Schuhe mit Absatz bekommen; mein Großvater hat sie beim Schuster nach Maß anfertigen lassen, aber die Strümpfe sind tabu. Meine Großmutter hat es nicht erlaubt, und dagegen traut er sich nichts zu sagen.

»Wer soll dich denn sehen? Um die Uhrzeit essen doch alle.«

Ein ungutes Gefühl schnürt mir die Kehle zu. Wenn meine Großmutter erfährt, dass ich kreuz und quer durch die Gegend streune, dann ade Strümpfe, aber der Calabresa kann ich nicht widerstehen. Ich sehe die langen Strümpfe vor mir, spüre sie fast auf der Haut und zögere, und doch folge ich dem Mädchen. Mein Herz klopft heftig, mein Atem geht schnell, und mir ist übel, wie jedes Mal, wenn ich unartig bin …

Unbeirrt hat mich die Calabresa den ganzen Weg hinter sich hergezerrt. Jetzt biegen wir in das Sträßchen ein, das zur Müllhalde außerhalb des Dorfes führt.

Flink wie die Hasen huschen wir zwischen den Bäumen der Aufforstung und den Sauerkleehecken hindurch. Die Luft sticht, der durchdringende Abfallgeruch kratzt im Hals und lässt uns unentwegt husten. Der Frühling hat Einzug gehalten, die Mandeln haben ihre weißen Blüten bereits abgeschüttelt, und die Hügel ringsum leuchten saftig grün, ein paar streunende Köter sind uns gefolgt und kläffen einander zu, und in der Ferne schmiegt sich das Dorf Grisafi an den Hang eines noch schneebekrönten Berges. Das Lehen erstreckt sich bis zum Horizont. Eine endlose Abfolge von Äckern, ordentlich gepflanzten Olivenbaumreihen, vereinzelten Feldsteinhäuschen, Pferdekoppeln und Schafställen. Doch ich kann den Anblick dieser uralten, märchenhaft schönen Landschaft nicht genießen, denn wehe mir, wenn sie mich diesmal erwischen. Im Dorf darf ich nach Herzenslust herumlaufen, doch das offene Land ist mir verboten.

Atemlos vom Rennen und vor Angst, erwischt zu werden, erreichen wir den Stall. Das Tor ist mit einem Stück verknäuelten Drahts verschlossen, den wir nicht auseinanderkriegen. Die Calabresa klettert behände auf eine Trockenmauer, die die Grenze des Grundstücks ihrer Familie markiert, und streckt mir die Hand hin. Ich kraxle hinauf und setze mich neben sie, die scharfen Kanten der Steine zerkratzen mir die Beine. Immer wieder zählen wir die Kühe, eins, zwei, drei, vier … Dann rührt sich eine, die ganze Herde gerät in Bewegung, und wir fangen von vorn an. Die Tiere kauen vor sich hin, friedlich, gleichmütig, während die Köpfe hin und her wiegen, Speichelfäden von ihren Schnauzen rinnen und zäh zu Boden tropfen und die spitzen Hörner kleine Kreise in die Luft malen. Ihr dunkelbraunes Fell ist mit zahllosen lästigen kleinen Fliegen gesprenkelt, die die Kühe geduldig ertragen.

»Hast du gesehen? Ich hab dir doch erzählt, dass mein Vater 'nen Haufen Kühe hat. Wir machen sogar Käse und Ricotta, und meine Mutter hat gesagt, mit dem Ersparten kauft sie mir neue Strümpfe.« Die Calabresa hat dasselbe Problem wie ich, zumindest in den Wünschen gleichen wir uns.

Diese roten, langen Strümpfe, die dieses Jahr in Mode sind, gehen mir nicht aus dem Kopf; der Dorfladen hat ein Paar im Fenster, und alle Mädchen drücken sich daran die Nase platt. Meine Großmutter meint, ich sei noch zu klein dafür, ich solle Kniestrümpfe tragen, nie ist sie um eine Ausrede verlegen. Wie gebannt sitzen wir nebeneinander auf dem Mäuerchen und hängen unseren Träumen nach, die in der ländlichen Stille wie ein Stummfilm an uns vorbeiziehen.

»Agatina, was machst du da auf der Mauer? Ich geh und sag's deiner Großmutter!« Die schrille Stimme von »Knickauge«, der schielenden Enkelin von Totò, dem Schneider, zerreißt die Stille, holt mich in die Wirklichkeit zurück und gibt dem leicht mulmigen Gefühl, das mich bei jedem Akt des Ungehorsams beschleicht, eine Gestalt.

»Dumme Petze!«, rufe ich und springe mit einem Satz von der Mauer, um ihr eins auf die Nase zu geben. Aber ich bin nicht schnell genug, und Knickauge entwischt mir. Getrieben von der Hoffnung, mir eins auswischen zu können, flitzt sie ins Dorf. Sie kann es kaum fassen, dass sie sich endlich für all die Male rächen kann, die ich sie mit dieser winzigen Macke aufgezogen habe, die sie daran hindert, einem gerade ins Gesicht zu sehen.

Fieberhaft überlege ich, was ich tun kann, doch ich ahne, dass ich mich endgültig von den Strümpfen verabschieden muss. Die Calabresa begreift, dass wir richtigen Ärger kriegen, einschließlich Watschen, aber sie ist Schläge gewohnt. Es vergeht kein Abend, an dem ihr Vater sie nicht mit dem Gürtel versohlt. »Wir warten ein bisschen, verstecken uns und kommen erst ganz spät abends nach Hause«, sagt sie. »Dann werden sich alle solche Sorgen machen, dass sie der Madonna danken, wenn sie uns sehen, und vielleicht komme ich so um die Tracht Prügel herum.« Die Idee erscheint mir nicht besonders gut, aber da ich nicht als Spielverderberin dastehen will und mir außerdem keine Zeit zum Nachdenken bleibt, weil die Calabresa schon übers Mäuerchen gesprungen ist, folge ich ihr und stehe plötzlich in der Viehherde, die Schuhe voller Kuhmist.

»Komm, Agatina, keine Bange, die sind nicht gefährlich, und beißen tun se auch nicht.« Die Calabresa nimmt mich an die Hand und zerrt mich in den Stall. An der Futterkrippe sind die gescheckten Milchkühe angebunden, der wahre Schatz des Vaters der Calabresa und in Sizilien eine Seltenheit. Die heimischen Kühe sind dunkelbraun und mager, diese hingegen sind schwarzweiß, genau wie die Kuh Carolina aus der Werbung. Die weichen Kuhschnauzen haben etwas Beruhigendes, und es hätte mich nicht gewundert, wenn statt des üblichen *Muuh* plötzlich das gesungene *Eeeò* aus dem Werbespot für Käseecken erklungen wäre. Die Calabresa und ich hocken uns in eine Ecke, und eingelullt von der Wärme und der dampfigen Luft, schlafen wir ein. Als ich aufwache, ist es dunkel.

»Antonè, schläfst du?«

»Ja, was is?«

»Es ist schon dunkel.«

»Na und? Hast du etwa Schiss?« Die Calabresa zieht mich gern auf, vielleicht, weil ich kleiner bin; dauernd fragt sie mich, ob ich Angst habe.

»Nein … Aber ich bin nachts noch nie von zu Hause weg gewesen.«

»Is doch schön, mal was Neues.«

»Und wenn sich meine Großeltern Sorgen machen?«

»Umso besser! Wenn du wiederkommst, sind se so froh, dass sie vergessen, was du ausgefressen hast.«

»Und wenn meine Großmutter es an Ninetta auslässt?«

»Beruhig dich, Agatì, die ist Dienstmagd und isses gewohnt, eins auf den Deckel zu kriegen.«

Mir ist zum Heulen zumute, doch vor der Calabresa reiße ich mich zusammen, auf keinen Fall will ich als die kleine Heulsuse dastehen. Also beherrsche ich mich und schlage vor, rauszugehen und nachzusehen, ob da jemand ist. »Agatina, es ist stockfinster, und weit und breit ist niemand, kommt gar nicht in die Tüte!«

»Und was machen wir dann?«

»Nichts, wir quatschen. Hier isses warm, wir sind sicher, denn ungebeten setzt keiner 'nen Fuß aufs Land von meinem Vater.«

Unterdessen hat man, ohne dass wir es ahnen, im Dorf zu suchen angefangen. Der Vater der Calabresa kann sich das Verschwinden seiner Tochter nicht erklären, schließlich ist er ein ehrerbietiger Mann: Jedes Mal, wenn er frischen Ricotta hat, bringt er den Ortsganoven davon, und beim Käseverschenken ist er ganz vorn mit dabei. Mein Großvater bedroht Carabinieri, kleine Mafiosi und Gutsaufseher, aber niemand hat uns gesehen. Außer Knickauge, die, eingeschüchtert von dem Wirbel, beschlossen hat, den Mund zu halten, um keinen Ärger zu kriegen.

Alle glauben an einen Unfall: Auf dieser Insel sind Kinder heilig. Man darf sie schlagen, ausbeuten, hungern lassen und sogar vergewaltigen, aber umbringen darf man sie nicht, das ist tabu.

14

Die Calabresa ist jetzt hellwach und in Plauderlaune. »Agatina, weißt du eigentlich, wie Babys geboren werden?«, flüstert sie mir ins Ohr, als könnte sie jemand hören. Normalerweise habe ich immer eine Antwort parat, aber dieses Mal muss ich mir widerwillig eingestehen, dass ich nicht die blasseste Ahnung habe.

»Wenn du mir schwörst, dass du den Mund hältst, erzähl ich's dir.«

Ich lege die Hand aufs Herz, kreuze die Finger und spucke drauf.

»Du weißt ja, dass mein Bett neben dem meiner Eltern steht«, fängt die Calabresa an. »Nachts, wenn alle schlafen, zieht mein Vater sich nackig aus, packt meine Mutter und dreht sie mit dem Gesicht nach unten. Dann schiebt er ihr's Nachthemd hoch und steigt auf se drauf. Er fängt an, sich zu reiben, vor und zurück, erst langsam, dann immer schneller. Sie stöhnt ›Ah aah aaah‹, vielleicht tut's ihr weh, die Ärmste! Er hält ihr den Mund zu, damit sie nich laut wird und alle aufweckt. Außerdem schnauft er, wird ganz zappelig, faselt Zeug, sagt ›Maria, Mariaa, Mariaaa‹ zu ihr.

Isser gut drauf, stellt er se erst auf alle viere und melkt ihr die Titten wie bei 'ner Kuh. Dann sieht er aus wie 'n Bulle beim Bespringen. Wenn er dann müde is, rutscht er runter und pennt weg. Sie nennen das *Liebe machen,* und wenn neun Monate rum sind, is plötzlich 'n Kleines da.«

Von dem, was die Calabresa erzählt, habe ich nichts verstanden, und ich hätte zu gern nachgefragt, aber ich will auf keinen Fall als doof dastehen, also tue ich so, als wäre alles klar: »Das ist alles? Wusste ich doch schon.«

Meine Freundin ist enttäuscht, sie dachte, sie hätte mir wer weiß was für ein Geheimnis offenbart, aber den Gefallen tue ich ihr nicht!

Sie finden uns noch vor Sonnenaufgang; die Calabresa wird von ihrem wutschnaubenden Vater, der schon den Gürtel in der Hand hat, an den Haaren nach Hause geschleift, und mich nimmt Ninetta in Empfang, die mir das Gesicht mit einem feuchten Lappen sauber wischt.

Meine Zwillingstanten Nellina und Titina stehen kurz vor dem Nervenzusammenbruch, sie zetern, ringen die Hände, ihre Stimmen überschlagen sich, übertönen einander. Meine Großmutter schweigt und hält sich wie immer bedeckt.

»Du musst ihrer Mutter sagen, wie ungezogen dieses Mädchen ist.« Tante Titina ist außer sich und versucht, meine Großmutter aufzuhetzen, die sich so gut wie nie in einen Streit hineinziehen lässt. »Agatina ist nicht mehr zu bändigen«, legt Titina nach. »Sie kommt und geht, streunt rum, wo sie Lust hat; es ist besser, sie holen sie wieder nach Hause.« Als mein Großvater den Raum betritt, herrscht Schweigen. Ninetta geht hastig Kaffee kochen, dann ergreift sie einen Lappen, denselben, mit dem sie mir das Gesicht abgewischt hat, und trocknet Teller, staubt Stühle ab und fährt sich damit über den verschwitzten Hals. Tante Nellina schlüpft in den Mantel und will gehen, sie weiß, dass sie bei meinem Großvater nichts zu melden hat, vor allem, wenn es um mich, sein angebetetes Enkeltöchterchen, geht.

»Agatina, mein Zicklein, wo bist du gewesen? Du weißt

doch, dass ich's ohne dich mit diesen Hühnern nicht aushalte. War's denn lustig mit der Calabresa?«, fragt er liebevoll.

»Großvater, die hat einen Haufen Kühe, der Stall ist zehnmal so groß wie unser Haus, und sie hat mir sogar erklärt, wie man Kinder macht.«

Stille. Meinen Tanten fallen schier die Brillen aus dem Gesicht, und Ninetta sinkt auf einen Stuhl, als hätte sie plötzlich kein Rückgrat mehr. Offenbar habe ich ein heikles Thema berührt, denn alle halten den Atem an. Unbeeindruckt von der allgemeinen Betretenheit, nehme ich das Schweigen als klare Interessenbekundung für das, was ich zu sagen habe: »Tante, wo du ja keine Kinder kriegst … Aber reibt sich dein Mann nachts auch auf dir und melkt dir die Titten wie der Vater von der Calabresa die Kühe?«

Tante Nellina schlägt vor Scham die Hände vors Gesicht, Zia Titina stößt einen gellenden Schrei aus, und selbst Ninetta entwischt zu meiner Verwunderung ein »Heilige Maria!«.

»Aber was ist denn so Dolles dran an diesen Titten?«, sage ich noch. »So besonders können die doch gar nicht sein, wenn alle Frauen und sogar die Kühe die haben!«

»Wohl wahr!«, sagt mein Großvater belustigt. »Agatina hat recht, was regt ihr euch so auf, ihr hässlichen, gerupften Hühner?«

Diesmal ist es um Großmutter Margheritas Neutralität geschehen: »Agatina, am Sonntag fährst du wieder heim, die Verantwortung für dich will ich nicht mehr haben.«

15

Doch ich blieb weiterhin in Malavacata, vor allem, weil mein Großvater, der das Sagen hatte, sich königlich amüsierte, mich so reden zu hören, und gar nicht daran dachte, mich fortzulassen. Aber auch, weil sich meine Mutter, die gerade erst *erworben* hatte, nicht um mich kümmern konnte.

Derweil war Tante Nellina wie durch ein Wunder schwanger geworden. Offenbar hatte mein Ratschlag etwas genutzt. Und sieh an, ich bekam sogar Strümpfe, und das noch lange vor dem Fest der heiligen Luzia. Die Osterferien hatten begonnen, und meine Eltern kamen, um mir den jüngsten Spross aus dem Hause Badalamenti zu präsentieren.

Im Gegensatz zu Großmutter Agata hatte Großmutter Margherita fürs Kochen nichts übrig. Sie interessierte sich für Zahlen, hatte ein Faible für Mathematik, liebte Musik und war überdies zum Kommandieren geboren – von wegen unterwürfige Hausfrau! Und so rührte für gewöhnlich Ninetta in den Töpfen. Bei besonderen Gelegenheiten allerdings, und dieses Familienmittagessen war so eine, gab sich Großmutter Margherita einen Ruck und stellte sich grummelnd in die Küche. Sie fing frühmorgens an, und als die Glocken zur ersten Messe läuteten, war das Mittagessen bereits fertig: die Tomatensauce für die Pasta und Schnitzel und Pommes frites, die kalt und trocken auf dem Tisch landeten. Sie wollte Dinge erledigt wissen, auch das Mittagessen war eine Pflicht, die man abhaken musste, und es war ihr gleich, ob das Stunden zuvor gekochte Essen ungenießbar war. Hauptsache, sie hatte ihre Schuldigkeit getan.

Meine Eltern kamen pünktlich zur Pasta, sie hatten keine Zeit zu verlieren. Ich hatte sie lange nicht gesehen, denn nach den ersten Monaten der Trennung, in denen sie mich wöchentlich besucht hatten, waren ihre Besuche mit der Entschuldigung »Der Weg ist so weit, die Straßen sind schlecht, Sabedda geht's nicht gut …« immer seltener geworden und hatten schließlich ganz aufgehört.

Am Ende ging es auch mir ohne sie besser. Mein Großvater behandelte mich wie eine kleine Prinzessin, Ninetta liebte mich wie eine Mutter, und weit weg von meinen Eltern, deren Aussehen ich bald vergessen hatte, erweckte ich den Anschein eines heiteren, beinahe glücklichen Kindes. Als ich sie aus dem blassblauen Fiat 600 steigen sah, schnürte sich mir die Kehle zu, und ein flaues Gefühl legte sich mir auf den Magen. Ich flüchtete ins Bad.

»Agata, Agatinaaa.« Ninetta stöberte mich auf. »Was denn, willst du Verstecken spielen? Komm, dein Vater und deine Mutter sind da, und da haust du ab?« Sie packte mich und zog mich ins Wohnzimmer. Alle hatten sich um meinen kleinen, dunklen, gelbgesichtigen Bruder geschart, der natürlich Alfonso wie mein Großvater hieß.

»Ciao, Agatina«, grüßte mein Vater mich gleichgültig. In meinen Augen war mein Vater schön. Gut gebaut und mit rabenschwarzem, glatt zurückgekämmtem Haar. Meine Mutter wagte ich nicht anzusehen; die Eifersucht, die mich packte, als ich sie zärtlich über Alfonsos Kopf streicheln sah, war ein Schlag in die Magengrube.

»Baldassare ans Kopfende. Und du, mein Zicklein, kommst hierher; kümmere dich nicht um die Englesen.« Meinem Großvater war meine Beklommenheit nicht entgangen, und er versuchte mich aufzuheitern.

Mein Vater, der nichts zu bemerken schien, richtete kaum ein Wort an mich und brachte das ganze Mittagessen damit zu, meine Tanten aufzuziehen. Mein Großvater vergötterte ihn und war seinem Charme erlegen. Zudem hob ihn seine gesellschaftliche Stellung über die restliche Verwandtschaft hinaus, und so wurde sein Sarkasmus gebilligt, die Kritik angenommen, und seine Scherze wurden abgenickt. Die Lieblingsthemen meines Vaters waren das Alter von Nellinas Gatten – *Ein alter Mann ist besser als keiner, und wenn's nur dazu ist, dass er einem das Bett wärmt* – und Titinas Körpermaße, die laut dem Langen Voltaischen mit denen von Brischitt Bardott identisch waren. Als am Ende des Mittagessens alle auf die Cassata warteten, rannte ich wieder weg und versteckte mich. Der Gedanke an die bevorstehende Trennung von meinen Eltern tat zu weh, und ich spürte, dass ich es nicht ertragen würde, noch einmal alleingelassen zu werden. Nachdem man mich vergeblich gesucht hatte, ließ mein Vater beim Abschied eine Drohung fallen: »Sie ist eine echte Rotzgöre geworden, die soll mir bloß nach Hause kommen, da werd ich ihr das Fell schon gerben.«

Als das Auto am Ende der Straße verschwand, kroch ich aus meinem Versteck, und nachdem mein Großvater mir ein Eis gekauft hatte, fing ich mich rasch wieder. Der Frühling war bereits fortgeschritten, die laue Luft tröstete mich, und zudem war ich jetzt sehr viel freier, denn Großmutter Margherita hatte die Leine gelockert. Sie wurde jetzt vollauf von Nellinas Klagen in Beschlag genommen, die nichts Besseres zu tun hatte, als ihren Zustand zu bejammern.

Nellinas Schwangerschaft dauerte lange, länger als neun Monate, und wurde begleitet durch vernehmliches Rülpsen und Furzen, mit dem sich die Tante schon von weitem ankündigte. In wenigen Wochen hatten sich ihre Ausmaße verdreifacht. »Ob das Luft ist?«, fragte Nellina jeden Morgen ihren Mann. Gnaziu zuckte die Achseln und unterzog sie sinnlosen klinischen Tests.

Da jetzt die Gesundheit ihres Kindes im Spiel war, hatte Nellina ihre Gebete zur Madonna gesteigert. Morgens ging es in die Messe, abends wurde der Rosenkranz gesungen. Vielleicht hielt sie mich für ihr Maskottchen, nachdem sie mir meinen unsäglichen, wiewohl nützlichen Rat verziehen hatte, oder aber sie meinte, mich läutern zu müssen, weil die recht rudimentären Einblicke in das Sexualleben der Erwachsenen mich trotz meines zarten Alters verdorben haben könnten: Tatsache ist, dass sie mich jeden Tag dazu verdonnerte, sie in die Kirche zu begleiten. Dort saß ich in der vordersten Bank vor dem stuckverzierten Hauptaltar mit der hölzernen Statue der Madonna der immerwährenden Hilfe und sang mit ihr den Refrain zu einem recht volkstümlichen Mariengebet. Die Gemeindeälteste stimmte die Strophen mit nasaler Stimme an:

Maria, die du mächtig bist und jeden Balken brichst,
hast uns von Evas Sünde befreit;
zu deinen Füßen liegt die Schlange,
und der Abtrünnige schmort in der Hölle.
Wie schön ist dieses Kind,
das du im Arm trägst
und das uns mit seinem mächtigen Zepter beschützt.
Steig zum Himmel, schöne Weise,
hochgelobt sei Jesus, hochgelobt sei Josef,
hochgelobt sei Maria.

Und zusammen mit den anderen sang ich nach jeder Strophe mit meiner Piepsstimme:

Sei gelobt zehntausendmal, o unsere Herrin …
Gelobt sei die schöne Jungfrau
der immerwährenden Hilfe.

Nellina betete und war, erfüllt von der Schwangerschaft, nicht länger eifersüchtig auf die derbe Dienstmagd, die eingestellt worden war, um ihr bei der beschwerlichen Hausarbeit zur Hand zu gehen, und für die ihr Mann eine Schwäche hatte.

Derweil hatte Titina, die ihre Uhr für einen Ring verpfändet hatte, die Verlobung mit dem Langen Voltaischen öffentlich gemacht und sah freudestrahlend ihrer Vermählung entgegen.

Mein Großvater hatte die Politik an den Nagel gehängt. Nachdem das separatistische Feuer nach der Ermordung des Gewerkschaftlers Accursio Miraglia und dem Blutbad von Protella erloschen und der kommunistische Glaube nach den Enttäuschungen der Agrarreform verpufft war, mischte er noch ein paar Jahre lang bei den Dorfintrigen mit. Unter anderem ließ er seinen Kandidaten zum Bürgermeister wählen, um dem Schwiegersohn, der einen anderen unterstützte, die Muskeln zu zeigen. Doch im Großen und Ganzen widmete er sich nur noch seiner wahren Leidenschaft: den Frauen.

Er verlobte sich allen Ernstes mit einer jungen Witwe und Mutter zweier Kinder namens Immacolata Spanò, genannt *Cirasa*, die Kirsche.

16

»*Dutturi,* soll ich Kaffee machen?«

»Aber sicher, Immacolata, und vielleicht ein Cannolo, eine kleine Sünde hin und wieder wird ja wohl erlaubt sein.«

»Ist ein Cannolo denn Sünde genug, *Dutturi?*«

»Da ich grad nichts anderes tun kann, *Cirasedda mia*, werde ich mich wohl mit einem Cannolo begnügen müssen.«

»Wieso, *Dutturi,* was hattet Ihr denn vor?«

»Willst du mich vielleicht auf den Arm nehmen, mich ein bisschen ärgern? Du fühlst dich wohl so stark, weil die Kleine dabei ist?«

»*Dutturi,* Ihr macht mir Spaß! Eine arme, einsame Witwe und den Doktor veräppeln! Einen so bedeutenden Mann ...«

Seit ein paar Monaten war Immacolata Spanò Alfonsos Geliebte, oder besser, seine Verlobte. Denn er verliebte sich nach Strich und Faden in die jeweilige Frau, hofierte sie und machte ihr Geschenke. Immacolata gefiel ihm außerordentlich, angeblich schmeckte sie nach Kirschen, daher der Spitzname Cirasa, oder auch Cirasedda in der Verkleinerungsform. Doch wie er das festgestellt hatte, sollte ich erst Jahre später erfahren.

Großvater Alfonso verbrachte jede freie Minute bei Cirasa, hielt Händchen, schäkerte mit ihr und hatte sogar angefangen, ihr Blumen mitzubringen. Meine Großmutter schluckte ihren Zorn herunter. Sie wusste, es würde nicht länger währen, als bis er die Tür der jungen Witwe aufgebrochen, in ihr geheimstes Stübchen vorgedrungen und sich an ihrem zuckrig-klebrigen Geschmack satt gegessen hatte. Doch bis dahin versetzte die Turtelei sie in Rage.

Jeden Nachmittag zur Siestazeit nahm mein Großvater mich mit zu seiner süßen kleinen Witwe. »Agatina, begleitest du mich auf einen Besuch?« Ich war sein Alibi.

»*Dutturi,* lasst doch die Kleine zu Hause.« Ninetta war über das Techtelmechtel im Bilde – wie übrigens jedermann im Dorf – und versuchte nach Kräften, die Ehre der Hausherrin zu verteidigen.

Mein Großvater warf ihr einen vernichtenden Blick zu und sagte zu mir: »Na los, mein Zicklein, ich kauf dir auch ein Eis.« Doch gab es das Eis nicht in der Bar, sondern in Cirasas Küche, wo auch noch Bonbons und Süßigkeiten auf mich warteten, um mich ruhigzustellen. Großvater Alfonso betrat das Haus seiner Geliebten mit der Selbstsicherheit eines Hausherrn. Dann nahm er die *coppola* ab, schlurfte seinen Kaffee, biss in eine Cremerolle, ließ der Tochter der Witwe, die seit der Geburt ans Bett gefesselt war, ärztliche Behandlung angedeihen und widmete sich schließlich seiner Verlobten.

»*Dutturi,* mir tut die Brust so weh.« Der Witwe drückte es ständig irgendwo, es gab immer ein Leiden oder eine Krankheit, die den mitfühlenden Einsatz des Arztes erforderte.

»Du armes Ding, wo genau sitzt der Schmerz?«, fragte mein Großvater, den Mund voller Creme.

»Hier, *Dutturi,* genau hier drunter.« Mit der Hand hob sie eine ihrer schweren Brüste an und zeigte auf die Rippen in der Herzgegend.

»Ich kann nichts fühlen.« Mein Großvater streckte die

Hand aus und betastete mit geschlossenen Augen ihren Busen.

»*Dutturi,* das ist unmöglich, nachts tut's mir so weh, dass ich nich schlafen kann. Ich wälz mich im Bett hin und her. Das geht so lang, bis der Messner die Glocken läutet und ich mich zur Messe hochraff.«

»Immacolata, bist du sicher, dass dir das Herz wehtut?«

»Sicher, *Dutturi,* und nich nur das. Der Schmerz kommt von hier« – Cirasa zeigte auf die Brust –, »dann geht er runter bis in den Bauch, wo's brodelt wie im Kochtopf, dann noch weiter runter …« Sie ließ die Finger über den Bauch nach unten gleiten, streichelte sich das Schambein, raffte den Rock und fuhr sich über die Schenkel.

»Weißt du was, Immacolata? Es wird wohl besser sein, wenn ich dich untersuche, dass es nur ja nichts Ernstes ist. Du kannst dir nicht erlauben, krank zu werden.«

»Nur ja nich, *Dutturi*! Mit zwei kleinen Kindern, ohne Mann! Ihr wärt wirklich so nett, mich zu untersuchen?«

»*Cirasedda mia,* bin ich Arzt oder nicht? Das ist mein Beruf.«

»*Dutturi,* kommt mit mir, die Kleine kann so lang mit meiner Tochter spielen. Das arme Ding is ans Bett gefesselt und kann nix machen, vielleicht vertreibt se ihr 'n bisschen die Zeit.« Mein Großvater folgte ihr wie in Trance, wie die Schlange dem Schlangenbeschwörer. Derweil schnitt ich zusammen mit Cirasas Tochter kleine Figuren aus Pappe aus und malte sie an, und sie erzählte mir Geschichten von Feen, Prinzessinnen und Hexen, während von nebenan das Stöhnen der armen Immacolata herüberdrang, die sich schmerzhaften Untersuchungen und quälenden Behandlungen unterziehen musste.

Es war eine langwierige, für Arzt und Patientin gleichermaßen zehrende Krankheit, gefolgt von einer wehmütigen Rekonvaleszenz. Doch nach einem Jahr war Cirasa gänzlich geheilt, und mein Großvater, seinen Pflichten der kleinen Witwe gegenüber enthoben, nahm Carmelina in Behandlung, im Dorf besser bekannt als *Cincusei*, »Fünf oder sechs«, denn wenn man sie fragte: »Carmelina, wie viele Finger hast du an der Hand?«, antwortete sie: »Warte, ich zähl mal, ich glaub, fünf oder sechs.«

17

»Agata! Agataa! Agataaa!« Die Stimme meiner Mutter lässt nicht locker. Eine ganze Weile habe ich an der Tür gestanden, versteckt zwischen einer Bank im nachgeahmten Empirestil und der Wand, deren rauen Putz ich bis heute unter den Fingern spüre.

»Eine Schauspielerin! Stellt sich taub, eine echte Schauspielerin!« Meine Mutter redet mit der Signora von oben, und ihr Tonfall lässt keinen Zweifel, dass das nicht schmeichelhaft gemeint ist. Jedes Mal, wenn ich den Mund öffne, sagt sie mir mit zusammengekniffenen Lippen und giftigem Blick, ich sei eine Schauspielerin: Sie glaubt mir nicht, sie ist überzeugt, ich machte ihr was vor. Vielleicht hat sie sogar recht. Aber da mir alles verboten wird, habe ich zu schwindeln angefangen, bis die Lüge zur Gewohnheit geworden ist und ich mir eine Parallelwelt geschaffen habe. Die zwei Jahre absoluter Freiheit im Haus meiner Großeltern, in einem Dorf mit lauter einfachen Leuten, haben mich gegen die Verbote und Zwänge des Stadtlebens allergisch gemacht.

Ich bin in die Wohnung im fünften Stock der altbekannten Sechziger-Jahre-Mietskaserne zurückgekehrt, wo mein Vater, der Richter, Tür an Tür mit Angestellten, Selbständigen, zweifelhaften jungen Damen, Verbrechern im Hausarrest und sogar einem Monsignore wohnt. In Palermo leben das Heilige und das Weltliche so dicht nebeneinander wie in keiner anderen Stadt, und die Tochter des Richters geht mit dem Sohn des Mafioso in die staatlich anerkannte Privatschule Giuseppe Mazzini.

Ein langer Flur teilt unsere Wohnung in zwei spiegelgleiche Hälften, bestehend aus dem Esszimmer für besondere Gelegenheiten, dem Salon, dem Arbeitszimmer, dem Wohnzimmer, der Küche, zwei Bädern, einer Kammer und mehreren Schlafzimmern. Mein Zimmer liegt gleich neben dem Eingang, und das Geräusch der Aufzüge, der polternden Türen und Schlüssel, die in Schlössern gedreht werden, leistet mir tagsüber Gesellschaft und macht mir nachts Angst. Zur Beruhigung hat meine Mutter mir ein mattes Lämpchen ins Zimmer gestellt, eine Art Grablicht, das die ganze Nacht brennt und dem Raum etwas Gespenstisches verleiht. Die Schatten der Möbel, Stühle und Bücher sind verstörende Geister, die ich zu ignorieren versuche, während ich reglos mit dem Gesicht zur Wand schlafe.

Um mir Mut zu machen, spreche ich immer und immer wieder das Gebet, das mir Ninetta beigebracht hat: »*Iu mi curucu na lu me letto, cu' Maria na lu me petto, iu dormu, idda vigghia, si c'è cosa m'arruspigghia.*« Dann fange ich von vorn an, zehn, zwanzig, hundert Mal, und klammere mich an diesen Schutzschild, den einzigen, den ich habe. Ich bin allein und verängstigt, meine Eltern sind mir wildfremd und meine Großeltern, die an ihre Stelle getreten waren, weit weg.

Morgens krieche ich mit wächsernem Gesicht und schwarzgeränderten Augen aus dem Bett. Großvater Alfonso, der um Rat gebeten wurde und mit fliegenden Fahnen herbeigeeilt ist, hat kindliche Anämie diagnostiziert und mir eine Reihe absurder Vitamine verschrieben. Natürlich nutzen sie nichts, zumal meine Mutter nicht weiß, dass sich die Vitamine in einer Kapsel im Deckel der Flasche befinden, die man erst im Wasser auflösen muss. So werde ich monatelang nur mit Wasser behandelt.

Nach zwei Jahren Trennung habe ich die Liebe von Großmutter Agata wiedergefunden, die mich besucht, so oft sie kann, und manchmal sogar über Nacht bleibt. Ihre arthroseverkrümmten Hände sind nicht mehr ganz so kräftig, aber ihre Berührungen geben mir Sicherheit, ihre Arme umfangen und trösten mich. Das süße Gefühl, das mein Herz bei unserem ersten Wiedersehen erfüllte, ist nicht zu beschreiben.

Mit meinem kindlichen Blick nehme ich nur instinktiv die Veränderungen an Großmutter Agata wahr: Die Krankheit macht sich schon bemerkbar, ist aber noch nicht richtig ausgebrochen. Ihr Gesicht ist auf den ersten Blick dasselbe, ebenso wie das graue, dünne Haar, der etwas schwerfällig gewordene Körper, die gebeugten Schultern. Vielleicht liegt es an der Stimme, dem Ausdruck ihrer Augen, den langen Sprechpausen oder dem unsicheren Gang, jedenfalls habe ich den Eindruck, dass sie endgültig alt geworden ist. Zum ersten Mal beschleicht mich die Befürchtung, dass Großmutter plötzlich sterben könnte … Nein, nicht sie!, sage ich mir bang. Schließlich verscheucht ihre ständige Gegenwart diesen Gedanken, ihre Zuwendung tröstet mich, sodass ich den in einsamen Nächten verlorenen Schlaf wieder aufhole und morgens munter, mit leuchtenden Augen und zarter Haut aus dem Bett springe.

»Diese Vitamine sind wirklich toll«, stellt meine Mutter zufrieden fest. »Siehst du, wie hübsch du heute strahlst.« Doch wenn die Großmutter geht, kehren die Schlaflosigkeit, das Mumiengesicht und die Augenränder zurück. Meine Mutter erhöht die Dosis und stöhnt: »Es muss wohl doch was Ernstes sein, bei diesem Kind schlägt nichts an.«

Ringsherum waren neue Häuser aus dem Boden geschossen, die alten Villen verschwunden, die Gärten ausradiert, die Bäume gefällt worden. Dennoch ließen sich die Menschen nicht unterkriegen, und manch einer konnte sich aus eigener Kraft aus seinen elenden Verhältnissen befreien.

Die Nachrichten jedoch waren voll mit Mord und Totschlag. Die Zeitung *L'Ora*, die nachmittags ins Haus flatterte, druckte Fotos von abgehackten Köpfen und an Händen und Füßen Gefesselten ab, die sich durch eine Schlinge um den Hals unfreiwillig selbst erdrosselt hatten. Neugierig blätterte ich sie durch und verschlang jede Kleinigkeit, während meine Angst wuchs und meine Schlaflosigkeit sich verschlimmerte.

Die Umstellung auf mein neues Leben dauerte länger als vorgesehen, und Großmutter Agata, die sich um meine Gesundheit sorgte, beschloss, für eine Weile bei uns zu wohnen. Ich freute mich riesig und nutzte die Gelegenheit, neue Rezepte zu lernen: Anisplätzchen, Kartoffelauflauf, Sankt-Josefs-Krapfen, Brociolone. Meine Mutter hatte Großmutter Margheritas Aversion gegen die Küche geerbt; sie kochte nur einfache, phantasielose Gerichte, die sie lieblos zubereitete.

Zur Mittagszeit verließ mein Vater sein Büro und ging zu den Settecaminis, die ein Stockwerk über uns wohnten. Eine äußerst skurrile Familie, bei der mein Vater mit Vorliebe seine Zeit verbrachte. Dort konnte er sich besser entspannen, und meine Mutter fühlte sich nicht unter Druck gesetzt, etwas auf den Herd stellen zu müssen. Stattdessen blieb die Küche kalt und war vom Geruch nach Putzmitteln erfüllt: Meine Mutter desinfizierte lieber, statt zu kochen. Doch dank Großmutter Agatas Gegenwart wurde unsere

Wohnung eine Zeitlang von einer Welle aus Wohlgeruch und Wärme durchströmt.

Ich lernte neue Rezepte, hörte phantastische Geschichten, und wir fingen wieder an, zum Fest der heiligen Agatha die nach ihr benannten Küchlein zu backen.

18

Eines Nachts hatte Großmutter Agata einen Albtraum und fing plötzlich an, im Schlaf zu schreien. Die Erkenntnis, dass auch sie, die stets so heiter und unerschütterlich wirkte, von bösen Träumen heimgesucht wurde, ließ mich meine Befangenheit überwinden. Endlich konnte ich ihr meine Ängste beichten. Großmutter Agata redete mit meinen Eltern, und es wurde beschlossen, dass ich fortan bei meinem Bruder Sebastiano schlafen sollte. Doch machte das die Sache nicht besser.

Mein Vater hatte eine seiner übernervösen Phasen, die der Arbeitsbelastung, den finanziellen Sorgen und vor allem seinem grenzenlosen Ehrgeiz geschuldet waren, mit dem er Ziele verfolgte, die damals allzu weit weg und unerreichbar schienen. Das Gehalt war mager, die Familie zahlreich, und man konnte keine großen Sprünge machen. Wenn meine Geschwister und ich im Bett waren, brach Papa oftmals einen fürchterlichen Streit vom Zaun und brüllte meine Mutter an, was jedes Mal damit endete, dass er auf dem Sofa schlief. Dieser nächtliche Aufruhr versetzte mich, zumal ich meine Eltern nicht besonders gut kannte, in dauernde Alarmbereitschaft und machte mir ein ewig schlechtes Gewissen. Der Streit explodierte aus heiterem Himmel: ein ungemachtes Bett, das Weinen meines jüngsten Bruders, der schlechtgewaschene Salat, das Hemd, das nicht an seinem Platz war – jeder Anlass war recht, und mein Vater benahm sich haargenau wie Großvater Sebastiano.

Sobald es dunkel wurde, beschlich mich eine Unruhe, die

sich selbst in friedlichen Nächten zur Furcht steigerte. Bei Tagesanbruch fiel ich erschöpft in den Schlaf, doch dann war es schon wieder Zeit, zur Schule zu gehen. Ich war zu matt zum Aufstehen, und meine Mutter, die wie üblich nicht nach der Ursache fragte, beschränkte sich darauf, immer wieder nach mir zu rufen.

»Agata, beeil dich, stehst du jetzt endlich auf?« Ich hörte sie nicht.

»Agata, geh dich waschen, du kommst noch zu spät.« Ich drehte mich auf die andere Seite.

»Agata, Schluss jetzt mit den Zicken, ab in die Schule.« Derweil versank ich immer tiefer in der wollenen Matratze und kauerte mich unter den Decken zusammen, denn die Wohnung hatte keine Heizung.

»Agata, los jetzt!« Die Stimme meiner Mutter sprang eine Oktave höher. »Dieses Kind will einfach nix lernen; es hat zwar Grips, ist aber faul«, murmelte sie im elterlichen Schlafzimmer vor sich hin, während sie das Bett machte. »Agata, wenn du nicht aufstehst, sag ich's deinem Vater!« Vor meinem Vater – in meinen Augen ein zähnefletschendes Ungeheuer – hatte ich eine Heidenangst. Also raffte ich mich mühsam auf und stand kurz darauf im Aufzug.

Damals fing ich an, alles in mich hineinzustopfen, was mir unter die Finger kam. Ich hatte einen unstillbaren Hunger und verschlang Kuchen, Bonbons, Brot und Butter und selbst eine seltsame Mischung aus Kaffeepulver und Zucker, die ich mir allein in der Küche zusammenrührte. Das Essen half mir, mich gegen die Müdigkeit zu wappnen, und der Kaffee hielt mich wach. Innerhalb eines Jahres war ich dick geworden.

Heute würde man sagen, ich litt an einer Essstörung, womöglich an Bulimie. Meine Mutter durchschaute das Problem nicht. Während ich versuchte, weniger zu essen, stellte sie sich neuerdings in die Küche, und wenn ich aus der Schule kam, standen auf dem Tisch meine Lieblingsgerichte. Es war, als wollte sie mich ärgern, oder vielleicht war es ihre Art, ihr schlechtes Gewissen zu beruhigen, weil sie ihrer einzigen Tochter so wenig Aufmerksamkeit schenkte.

Die Schule verschlimmerte die Sache noch. Jeden Morgen stieg ich mit bleischwerem Herzen die lange Treppe hinauf. Ich schlich an der Direktorin vorbei, machte meinen Knicks und betrat das Klassenzimmer, ohne dass sich jemand um mich scherte. In Malavacata hatte ich eine liebevolle Lehrerin gehabt, die mich morgens von zu Hause abholte, jeden ihrer Schüler genau kannte und sie beim Vornamen nannte, und im Frühling, wenn die Sonne schien, wurde der Unterricht im Freien abgehalten. Der Wechsel auf die Giuseppe-Mazzini-Schule war ein Schock.

Gleich am ersten Schultag schimpfte mich die dicke, verschwitzte Hausmeisterin aus, weil ich auf der Außentreppe zwei Stufen auf einmal nahm statt eine nach der anderen. Das kann der doch wurscht sein, wie ich die Treppe raufgehe!, dachte ich.

Oben angekommen, blieb ich am Eingang stehen und wartete, dass mich jemand in Empfang nahm. Eine gute halbe Stunde stand ich dort und beobachtete die anderen Schüler, die vor der Direktorin einen Knicks und eine Verbeugung machten, »Verehrung!« statt wie in jedem anderen Land der Welt »Guten Tag« sagten und sich forsch an ihre Plätze begaben. Ich fühlte mich mutterseelenallein. Schließlich nahm ich all meinen Mut zusammen, betrat den mir zugewiesenen Klassenraum und setzte mich, ungeachtet der Blicke meiner Klassenkameraden und der verdatterten Miene der Lehrerin, die auf einen Gruß, einen Knicks und die Frage »Darf ich mich setzen?« wartete, in die erstbeste leere Bank.

Niemals werde ich das wächserne Gesicht der Lehrerin mit den kajalumrandeten Augen und den wasserstoffblonden Haaren vergessen. Im Vergleich zu ihren breiten Hüften, die links und rechts über den Stuhlrand quollen, war ihr Kopf winzig. Mit harter, rauer, maskuliner und herrischer Stimme rief sie mich an die Tafel, um mich dann inquisitorisch zu befragen. Und wenn ich nicht augenblicklich aufsprang, hatte ich mir bereits die zweite Rüge eingefangen, für meine Verspätung, mein Benehmen, dafür, dass es mich überhaupt gab.

Am liebsten wäre ich im Erdboden versunken, doch schon damals gab ich nicht gern klein bei. Ein Weilchen schaute ich mir das Ganze an, ehe ich beschloss, Klassenbeste zu werden, und mir meinen Platz eroberte. Bei meiner Körperfülle war das anfangs nicht leicht. Im Sportunterricht musste ich laufen, Brennball und Verstecken spielen, doch ich war plump und linkisch, hatte ständig Angst hinzufallen, und meine Klassenkameraden zogen mich auf. Alle Rückzugsversuche waren zum Scheitern verdammt, meine unnachgiebige Lehrerin kannte kein Pardon. Regentage waren ein Geschenk des Himmels, dann durften wir drinnen bleiben und ohne körperliche Verrenkungen auf unseren Plätzen sitzen.

Der Hass auf meinen Körper ist in dieser Klasse geboren; ihn zu akzeptieren war lange, mühevolle Arbeit. Jedes Mal, wenn ich meinen Frieden mit ihm geschlossen hatte, hat mir das Leben dazwischengefunkt, meine Formen verändert und sie wieder fremd und feindselig werden lassen. Pubertät, Mutterschaft, Krankheit haben ihre Spuren hinterlassen und mich unglücklich gemacht.

Der echte Star der Schule war Mariella: Sie war reich, schön, umschwärmt und vor allem die Tochter der Direktorin. Sie konnte reiten, trug die neuesten Klamotten und hatte sogar eine Zahnspange, zu der Zeit ein untrügliches Zeichen für Wohlstand und gesellschaftliche Überlegenheit. Als sie einmal Fieber hatte, wurde mir, da ich zumindest dem Zeugnis nach die Brillantere war, das seltene Privileg zuteil, während der Unterrichtszeit in die Wohnung im zweiten Stock hinaufzugehen und mit ihr Schulaufgaben zu machen.

Die Wohnung war ein Märchenschloss; Mariellas Bettdecke hatte das gleiche Muster wie die Tapeten, das Dienstmädchen trug eine lange, blaue Schürze, der Salon war eine Zimmerflucht aus vier Räumen, in denen wir uns aufhalten durften. Mit ungläubigen Augen sog ich jede Winzigkeit in mich auf, und alles erschien mir unglaublich vornehm. Ich genoss diese glorreichen Augenblicke, in denen ich mich von meinen Klassenkameraden »niederer Herkunft« – wie meine Mutter zu sagen pflegte – abhob, die es niemals ins obere Stockwerk schafften.

19

Palermo war eine Stadt der kräftigen Farben und düsteren Töne. Unter ihrer Oberfläche brodelten verhohlene Leidenschaften und suchten nach einem Ausgang. Die Stadt glich einem dauererregten Frauenkörper mit lasterhaften Brüsten, an den sich keiner heranwagte. Es war, als litten Menschen, Straßen und Häuser unter Zuckungen. Tausende kleiner Beben erschütterten die alten Gassen des Vucciria-Marktes, zahllose winzige Wellen ließen die Silhouetten der Berge erzittern, die mal drohend, mal gütig und einladend in der Ferne aufragten. Die Menschen waren ständig in Bewegung und folgten geheimnisvollen Routen, als gälte es, mögliche Verfolger in die Irre zu führen. Palermo war von einer magnetischen Energie durchdrungen, die nicht wusste, wo sie sich lassen sollte. Der Orgasmus kam plötzlich und entlud sich in einem Verbrechen, das monatelang im Gedächtnis bleiben sollte.

Es waren Jahre voller Gewalt und endloser Verbrechen, die ganz Sizilien in eine Art Betäubung versetzten. Nur wenige, jene, die den Krieg gegen die Mafia zu ihrem Beruf gemacht hatten, nahmen davon Notiz. Die anderen setzten die Scheuklappen auf und machten weiter wie bisher, in der Gewissheit, dass ihre Marginalität gegenüber den Geschehnissen und ihren Urhebern die beste Garantie für Ordnung, Harmonie und ein langes Leben war. Doch auf kurz oder lang schlich sich die Mafia in jedes Leben, bis sie aus dem allgemeinen Selbstverständnis kaum noch wegzudenken war. Die Menschen dachten mafiös, atmeten mafiös, lebten mafiös, starben mafiös. Es war eine Art tief verwurzelte Verunsicherung, die uns einer vorgefassten Ordnung, einer starken Institution zutrieb, gleich der Suche eines Waisenkindes nach dem Vater.

Es waren bleierne, trübe Jahre, die mit einer für mich besonders düsteren Zeit zusammenfielen. Um der Karriere auf die Sprünge zu helfen, bereitete sich mein Vater auf irgendein leidiges Auswahlverfahren vor. Zum Lernen verschanzte er sich in der Wohnung und besetzte mein ehemaliges Zimmer. Neben dem Schreibtisch stand ein Rudergerät, auf dem er sich abreagieren konnte. Er rauchte in einem fort, drei bis vier Schachteln rote Nazionali am Tag, die ich ihm an der Straßenecke kaufen ging. Das Fenster wurde nur zur Mittagszeit geöffnet, wenn er seine winzige Gaskammer verließ und zum Verschnaufen zu den Settecaminis hinaufging.

In unserem Haus wohnten seltsame Leute, und einige besonders schräge Vögel hatten ihre Wunderlichkeit nach sizilianischer Manier zur Tugend erhoben.

Im ersten Stock lebte ein Monsignore, der einen direkten Draht zum lieben Gott hatte und sich mächtig damit dicketat.

Im vierten empfing der Commendatore und pensionierte Beamte Martuscelli seinen Besuch in seidenem Morgenmantel und mit schwarzem Haarnetz. Klopfte jemand unangekündigt, öffnete er erst, nachdem er sich ausgezogen, den Morgenrock übergestreift und das Haarnetz zurechtgezupft hatte. Förmlichkeiten gingen ihm über alles.

Doch die Krönung der Hausgemeinschaft waren die aus dem sechsten Stock, mit denen mein Vater jeden freien Moment verbrachte. Michele Settecamini, das Familienoberhaupt, war Notar, nicht mehr ganz jung, übergewichtig, zuckerkrank, schwamm in Geld und hatte eine Geliebte, die er montags im Schützenverein vorführte. In Palermo war es in gewissen Kreisen üblich, seine Geliebte öffentlich zu zeigen. Sie war ein Statussymbol wie das Auto, die Wohnung, das Häuschen am Meer. Die Frau des Notars, Rosuccia, war klein und dick und trug entsprechend der damaligen Mode das platinblonde Haar kurz und hochtoupiert. Sie verbrachte ihre Tage zwischen der Küche, wo sie saftige Omelettes und würzige Caponata zubereitete, und dem Schlafzimmer, wo sie sich ausruhte, mit den Freundinnen schwatzte und sich die Haare frisierte.

Rosuccia wusste nicht nur von der jungen, schönen, eleganten und in Pelz gehüllten Begleiterin ihres Mannes, sie billigte sie ausdrücklich. Auf keinen Fall wollte sie weniger betrogen werden als andere Ehefrauen. »Micheles Hure ist die schönste von allen«, prahlte sie vor ihren Freundinnen. »Habt ihr diese Schenkel und diese Haltung gesehen? Sie ist wirklich einmalig.«

Zu Hause lief Rosuccia in bunten Babydolls aus durchsichtiger Spitze herum, die mal schwarz, lila oder rot waren, je nach Wochentag. Zudem hatte sie ein Faible für Satinpantoffeln, deren winzige Pfennigabsätze ein nervtötendes Geklapper verursachten. Die Marmorböden und das Betonskelett des Hauses übertrugen jedes Geräusch, und so hörte man von frühmorgens an ein unablässiges *tick tick tick*, das zwischen Küche und Schlafzimmer hin und her ging. Einmal nahm sich meine Mutter heraus, sie zu fragen, ob sie die eleganten, aber geräuschvollen Pantoffeln nicht durch schlichtere, aber leisere Puschen ersetzen könne. Als Antwort schickte Rosuccia ihr ein Paar wächserne Ohrenstöpsel. Ein paar Monate lang warfen sie sich giftige Blicke zu, dann gab meine Mutter nach, und die beiden Frauen nahmen ihre herzliche, nachbarschaftliche Beziehung wieder auf.

Nicht zuletzt, weil sie wusste, dass diese Familie die Zuflucht meines Vaters war. Die Settecamini-Söhne waren Müßiggänger und Faulenzer, die nichts gelernt hatten und sich zusammen mit ihren Freundinnen und Geliebten vom Vater aushalten ließen, der indes keine Gelegenheit versäumte, ihnen meinen Vater unter die Nase zu reiben: »Nehmt euch ein Beispiel an Baldassare, das ist ein fleißiger Kerl, der einem anständigen Beruf nachgeht … der Sohn, den ich mir gewünscht hätte.«

Der Notar verachtete seine Söhne, die ihn ihrerseits inbrünstig hassten und mit kruden Scherzen, Gemeinheiten und Häme bedachten.

»Das alte Rindvieh ist aufgestanden.« Der Notar war schwerhörig, und die Söhne nutzten diese Schwäche aus, um sich lautstark über ihn lustig zu machen und nach Herzenslust über ihn herzuziehen. Alle vier gaben dem Vater die Schuld für ihr Versagen, und befeuert von der Mutter, machten sie ihrem Frust durch die schillerndsten Beschimpfungen Luft, von denen der Notar dank seiner segensreichen akustischen Isolierung nichts mitbekam.

Auch Rosuccias Bruder Umberto hegte seinem reichen Schwager gegenüber einen ebenso tiefen wie unerklärlichen Hass. Jeden Morgen wartete er heimlich in der Pförtnerloge, bis Michele das Haus verließ, und lief dann schnurstracks in die Wohnung hinauf und setzte sich zum Frühstück an den schwesterlichen Küchentisch. Dann verschwand er mit vollem Bauch im Bad, wusch sich, rasierte sich, parfümierte sich ein, legte sich für ein ausgiebiges Nickerchen in Micheles

Bett und machte sich kurz vor dessen Rückkehr in einem sauberen Hemd des Schwagers aus dem Staub.

Wenn er bei den Pferdewetten verlor, hüpfte er mit dreckigen Schuhen auf dem Bett herum, um seiner Enttäuschung Ausdruck zu verleihen, putzte sie dann mit einer von Micheles Jacken und schrie: »Das wird ihn lehren, diesen Blödmann!« Rosuccia verteidigte ihn wie eine Mutter. »Der Ärmste, konnte nicht studieren! Mein Vater hatte ja keine Penunze mehr. Für mich gab's die Aussteuer und Mitgift, und da war für ihn nix mehr über. Man muss ihm doch helfen, meinem armen Brüderchen, aber das kapiert mein Alter nicht. Und außerdem: Was ist schon dabei, wenn er hier schläft, solange mein Mann nicht zu Hause ist? Recht geschieht's ihm, dem Deppen, wenn man ihn hinters Licht führt.«

Jeden Tag zur Mittagszeit wünschte der Notar im Kreise seiner Familie zu speisen. Und bei dieser Gelegenheit trieben es die vier Söhne und die Mutter mit ihren gnadenlosen Beschimpfungen auf die Spitze.

»Ruf deinen Hornochsen von Vater und sag ihm, Essen ist fertig.«

»Hornochse, die Pasta steht auf dem Tisch.«

»Und, was gibt's heute Feines?«, fragte der Notar und rieb sich die Hände.

»Gebratenes Lamm, hoffentlich erstickst du dran.«

»Rouladen und Erbsen, dass nur ja der Herrgott dir 'ne saftige Kolik verpasst.«

Mein Vater nahm am Familienmittagessen der Settecaminis mit für mich nicht nachvollziehbarer Begeisterung teil. Es waren die einzigen Momente, in denen ich ihn lachen sah.

Michele, der sich über die Gegenwart meines Vaters freute, ging der Anlass für dessen Heiterkeit völlig ab: »Gott ist mit den Fröhlichen, nicht wahr, Baldassà!«

Unentwegt lief der Fernseher, und kaum erschien eine Ansagerin auf dem Bildschirm, wurde sie mit Pfiffen, Applaus und Kommentaren begrüßt: »Na, Püppchen, geht was?« Alle waren Fans von Nicoletta Orsomando. Bei dem Gepfeife und Herumkrakele konnte Michele gar nichts mehr verstehen, und die Brüder nutzten das Chaos aus, um nach und nach den Ton abzudrehen. Je leiser die Stimme wurde, desto näher beugte sich der Notar zum Fernseher, bis er, das Gesäß in die Luft gereckt und die Hand hinterm Ohr, mit dem Gesicht an der Mattscheibe klebte. Eine Weile stand er so da, bis ihm die verkrampften Muskeln wehtaten und er endlich bemerkte, dass sich die Söhne über ihn lustig machten. Dann schleuderte er fluchend seinen Teller durchs Zimmer und verließ türenknallend die Wohnung, um bei seiner Geliebten Trost zu suchen.

Der Schwager, der schon in der Pförtnerloge lauerte, huschte die Treppe hinauf, um mit seiner Schwester und seinen Neffen in liebevollster Eintracht zu Mittag zu essen.

Wer immer bei dieser Familie auftauchte, wurde mit einem Spitznamen bedacht, der eine schmerzliche Eigenart oder eine unliebsame Schwäche aufs Korn nahm. Selbst Kinder blieben vom settecaminischen Sarkasmus nicht verschont. Meinen Bruder Sebastiano nannten sie »Mäuserich«, wegen seiner langen, vorstehenden Zähne, die sein winziges Gesicht noch kleiner aussehen ließen. Dazu hatte er Segel- oder »Schirmohren«, wie die Familie sagte, und war dürr und nervös. Mein anderer Bruder hieß wegen seiner olivenfarbenen Haut der »verstopfte Chinese«. »Was ist gelb und wird ausgepresst?«, fragten sie ihn, sobald er ihnen vor die Flinte kam, und wenn mein Bruder antwortete: »Eine Zitrone«, plärrten sie im Chor: »Ein verstopfter Chinese, Blödmann«, und lachten sich halb tot.

Ich war das »Waschweib«, weil ich große Hände, dralle Arme und kräftige Handgelenke hatte. Einmal griffen sie sogar zum Maßband und kamen zu dem Schluss: »Jawohl, Agatina, du hast Handgelenke wie ein Waschweib.« Meinen Vater, der sich gut mit ihnen verstand, ließen diese kleinen Grausamkeiten *in corpore vili* aus unerfindlichen Gründen in herzliches Gelächter ausbrechen.

Doch Gottes Hand ist mächtig, und es sollte der Tag der Rache kommen.

Ohne jemandem etwas zu sagen, ging Michele Settecamini zum Ohrenarzt, der ihm in einer einzigen Sitzung das Gehör richtete. Glücklich wie ein Kind kam er wieder nach Hause und verriet nichts, um die Familie zu überraschen.

»Der Arsch von Michele ist wieder da!«

»Kann's den nicht auch mal erwischen bei all den Unfällen, die passieren?«

»Deck den Tisch, der Hornochse will essen.«

Der Notar traute seinen Ohren nicht.

»Jetzt ist er auch noch stumm, der alte Depp.«

An diesem Tag erreichten die Schmähungen am Mittagstisch ihren Höhepunkt. Der Notar schwieg; endlich ging ihm auf, wie sehr seine Familie ihn hasste. Als das Maß voll war, sagte er: »Übrigens hört der Hornochse von Michele seit heute sehr gut.« Damit stieß er den Tisch um und verschwand zu seiner Geliebten, diesmal endgültig.

Durch die Vermittlungen meines Vaters kehrte er nach

ein paar Tagen nach Hause zurück, und obwohl Wörter wie »Rindvieh« oder »Blödmann« aus dem settecaminischen Wortschatz verbannt wurden, blieb das Verhältnis zwischen Vater und Söhnen gespannt. Mein Vater ließ sich unterdessen nie mehr im sechsten Stock blicken.

Bei uns, ein Stockwerk tiefer, lud sich die ohnehin schon gereizte Stimmung noch schwerer auf. Großmutter Agata schaute zwar ab und zu vorbei, doch ihre Besuche waren flüchtig und steif, und wieder einmal ging das Fest der *santuzza* an uns vorbei.

Auch die sonntäglichen Ausflüge nach Malavacata wurden gestrichen, denn sie kosteten ebenfalls Zeit, die meine Eltern nicht hatten.

Schließlich fand das Auswahlverfahren für die von meinem Vater angestrebte Position statt, und er bekam eine Anstellung auf dem Festland. Überzeugt, dass er in ein paar Monaten zurückkehren würde, zog er allein dorthin. Zu Hause konnte man endlich wieder atmen. Wir durften spielen, toben, rennen, schreien, ohne dass uns jemand zurechtwies. Meine Mutter beschränkte ihre Kochbemühungen auf Salat und belegte Brötchen, aber abgesehen davon wurde unser Leben fast normal und unterschied sich in nichts von dem anderer Kinder.

20

Nach ihrer Heirat hatte Tante Titina Malavacata verlassen und war mit dem Langen Voltaischen nach Palermo gezogen. Sonntags ging ich sie hin und wieder besuchen, um ihr ein bisschen Gesellschaft zu leisten – sie hatte meine Mutter darum gebeten. Am liebsten hätte sie ganz viele Kinder gehabt, doch ihr Traum von einer großen, glücklichen Familie war wegen einer unheilbaren Unfruchtbarkeit rasch geplatzt, und ihr Mann, dem es nicht gelungen war, ein Kind mit ihr zu zeugen, dachte nicht mehr daran, sie anzufassen. Wenn sie besonders unglücklich war, kehrte sie in ihr Dorf zurück, um Großmutter Margherita um Rat zu fragen oder sich bei der Zwillingsschwester auszuweinen.

Diesmal war der Grund ihrer Verzweiflung besonders ernst und hatte einen Namen: »Verstehst du, Mama? Eine gewisse Citty erwartet ein Kind von ihm! Allein schon der Name klingt nuttig!«

»Titina, was willst du machen? Der war schon immer ein Schürzenjäger, wir hatten dich gewarnt.«

»Na klar, und was hätte ich tun sollen, 'ne alte Jungfer werden? Oder Nonne?«

»Nein, aber einen Anständigeren hättest du dir schon suchen können.«

»Aber wenn ich halt keinen anderen abgekriegt hab …«

Dass der Lange Voltaische hinter jedem Rock herrennt, ist nicht neu. Doch diesmal hat er eine geschwängert, und als wäre das nicht genug der Schmach, hat er auch noch angefangen, das Lehrerinnengehalt seiner Frau beim Kartenspielen auf den Kopf zu hauen. Man fragt sich, warum sie ihn nicht vor die Tür setzt; er hat eine »Hackfresse«, keine Haare, schiefe Zähne, ist schwarz wie die Nacht und bringt die Sonntage damit zu, auf dem Sofa zu lümmeln und mit der Hand im Hosenschlitz herumzufuhrwerken, als hätte er das gute Stück auf dem Meeresgrund verloren.

»Vielleicht ist sein Pimmel so mickrig, dass er'n erst mal wecken muss, ehe er'n findet und zu fassen kriegt …«, hat Nellina einmal gesagt.

Während der Fußballübertragung scheint er zu schlafen, doch kaum ist die zweite Halbzeit rum, springt er auf, kämmt sich die vier Haare, die er noch hat, und saust wie der Blitz zur Tür hinaus, um erst am nächsten Morgen zurückzukehren.

Vielleicht hat er ihn gefunden, denke ich, als er sich mit einem Klaps auf die Wange von mir verabschieden will, und weiche aus. Seine rohen, ungewaschenen Hände, mit denen er sich in der Unterhose herumfummelt, sind mir zuwider. Da er für das Verhalten seiner Mitmenschen nicht sonderlich empfänglich ist, lacht er über meine Bockigkeit, verzieht das Gesicht und beklagt sich: »Diese *picciridda* ist aber zickig.« Irgendwann sag ich ihm die Meinung: »Wasch dir erst mal deine stinkenden Pfoten, ehe du mein sauberes Gesicht betatschst!«

Wenn er Anstalten macht, das Haus zu verlassen, versucht Titina ihn zurückzuhalten. »Was ist, gehst du weg?«

Trotz der zaghaften Frage spüre ich: Streit liegt in der Luft.

»Ja glaubst du, ich hock den ganzen Sonntag in der Bude?«

»Nein, natürlich nicht …«

»Ich geh ein bisschen frische Luft schnappen, ich hab zu viel geraucht, und hier drin ist es mir zu muffig …«

»Ich könnte doch mitkommen, und wir machen einen Spaziergang.«

Titina möchte eine ganz normale Ehefrau sein: Sie will sich das Sonntagskleid anziehen, mit stolz gereckten Brüsten und eingehakt beim Gatten die Hauptstraße entlangbummeln und freundlich nach rechts und links grüßen.

»Und was machen wir mit Agatina?«

»Die nehmen wir mit.«

Titina lässt nicht locker und geht hastig in den Flur, um sich etwas anderes überzustreifen und ihn vor vollendete Tatsachen zu stellen.

Der Lange Voltaische verzieht gereizt das Gesicht. »Du weißt doch, dass Agatina bald die Nase voll hat vom Gehen und wir sie dann hinter uns herschleifen müssen … Nein, du bleibst besser mit ihr zu Hause. Ihre Mutter kommt doch sowieso gleich, um sie abzuholen.«

Titina gibt nicht auf. »Weißt du was? Wir geben sie einfach bei meinen Eltern ab.« In Windeseile richtet sie sich die Haare.

»Na gut, aber beeil dich, ich will nachher noch ins Vereinshaus, Karten spielen.«

Blitzschnell zieht sie ein langes, braunes Kleid aus dem Schrank, in dem sie aussieht wie ein Lampenschirm.

»Was machst du da? Zieh sofort dieses Kleid aus, was glaubst du denn, wo wir hingehen?«

»Wieso, was ist denn mit dem Kleid? Gefällt's dir nicht?«, fragt Titina pikiert. Die Luft wird immer dicker.

»Nein, es gefällt mir nicht. Mit deinen Titten siehst du

darin aus wie ein Heißluftballon, ich muss mich ja schämen.« Der Lange Voltaische sucht nach einer Ausrede, um sie loszuwerden, und sie fällt mit Pauken und Trompeten drauf rein.

»Sicher, klar doch, aber für die Nutten, mit denen du dich herumtreibst, schämst du dich nicht.« Die Adern an Titinas Hals sind geschwollen, sie hat das Kleid schon wieder ausgezogen und steht im Unterrock da, was ihre Position ihrem angekleideten, gekämmten und trotz schmuddeliger Hände zum Ausgehen bereiten Gatten gegenüber schwächt.

»Wasch dir erst mal den Mund, bevor du was sagst! Die einzige Nutte hier bist du, obwohl du viel zu hässlich dafür bist!«

Mir ist klar, dass er nur einen Grund zum Streiten sucht, damit sie zu Hause bleibt. Solche Szenen habe ich schon zur Genüge miterlebt. Mann und Frau treten gegeneinander an, erst mit Worten und dann mit Taten.

Jetzt ist der Moment gekommen, da Titina zu brüllen anfängt. Ihr Gesicht ist puterrot, die Nase violett, wie von einem Erdbeben geschüttelt wippen ihre Brüste auf und ab und wogen nach vorn, wobei sie den ganzen Oberkörper samt kurzen Armen, Händen und spitzgefeilten Fingernägeln hinter sich herziehen. Der Lange Voltaische legt nach, beschimpft sie, beleidigt sie, sagt, wie hässlich sie sei und wie sehr er sich ekele, wenn er sich abends zu ihr ins Bett lege. Titina verliert die Beherrschung und zerkratzt ihm mit den Krallen die Visage. Im Nu ist ihr Mann mit Schrammen übersät, er schlägt die Hände vors Gesicht, taumelt vor Schmerz rückwärts, und als er sein Blut an den Fingern sieht, verpasst er seiner Frau eine schallende Ohrfeige. Die Wucht des Schlages und der Schmerz zwingen Titina zur

Aufgabe, sie macht kehrt und schließt sich ins Schlafzimmer ein, wo sie bis zum nächsten Morgen durchweint. Nachdem der Lange Voltaische hinausgerannt ist, bleibe ich im Hausflur stehen und kann endlich atmen, ohne befürchten zu müssen, dass mich jemand bemerkt.

21

Irgendwann hat Titina von den physischen und moralischen Verletzungen durch den Langen Voltaischen genug. Sie kehrt Palermo endgültig den Rücken und flüchtet sich zu den Eltern nach Malavacata.

Der Sommer hat angefangen, und ich bin in den Ferien bei meinen Großeltern. Die Felder sind bedeckt mit dichten, hohen Ähren, die auf die Ernte warten, und der Klatschmohn malt feuerrote Flecken in das gleichförmige Gelb des Korns.

Titina hat sich von ihrem Mann bringen lassen. Sie trägt eine wassergrüne Steghose und helle, zehenfreie Pumps mit mörderisch hohen Absätzen. Ein enges himmelblaues T-Shirt bringt ihre Körbchengröße 95 zu voller Geltung und verleiht ihr eine merkwürdige Form. Ihr Busen, der wie zwei Puffer vor ihr herragt, bringt sie aus dem Gleichgewicht. Titina neigt sich nach vorn, als müsste sie im nächsten Moment vornüberkippen und, von ihren Brüsten abgefedert, dreißig Zentimeter überm Asphalt in der Luft hängen bleiben.

Nachdem sie die Tür des Ford Capri zugeschlagen hat, mit dem ihr Mann auf Provinzplayboy macht, stöckelt sie, unsicher und von ihren monströsen Brüsten aus der Balance gebracht, ins Haus und schließt sich im Bad ein. Durch die geschlossene Tür dringen die Laute einer allzu lang angestauten Verzweiflung, die sich in der schützenden Gegenwart der Familie, bei der sie sich vor den Übergriffen ihres Mannes sicher fühlt, endlich Luft macht.

Der Lange Voltaische guckt belämmert und zieht die Schultern hoch, als wollte er sagen: Aus der soll einer schlau werden. Ganz offensichtlich geht ihm der Zirkus mächtig auf den Keks, aber er stellt sich dumm. »Hm, was hat se bloß?«, sagt er zu Großmutter Margherita, seiner Schwiegermutter, die ihn fassungslos anstarrt. Wir alle wissen längst, dass er der Grund für Titinas Verzweiflung ist, aber keiner wagt zu fragen: »Was hast du mit Titina gemacht?«

Für jemanden, der Dreck am Stecken hat, ist Schweigen eine harte Probe. Mit Worten kann man übertönen und vertuschen, also redet der Lange Voltaische als Erster: »'ne Nesselsuchtattacke? Vielleicht ist sie in 'nen Brennnesselbusch gefallen.«

»In Palermo?«, fragt meine Großmutter. Doch statt sie einer Antwort zu würdigen, steigt er grußlos ins Auto und braust davon. Keiner von uns wird ihn jemals wiedersehen, auch wenn Freunde aus der Stadt uns regelmäßig über sein Lotterleben und seine Lotterweiber auf dem Laufenden halten.

Titina hat sich noch immer im Bad verschanzt, dem einzigen im Haus. Die Großmutter versucht es mit gutem Zureden: »Titina, komm raus, erzähl uns, was los ist … Dann geht's dir vielleicht besser.« Damit erreicht sie nur, dass die Tante noch heftiger schluchzt.

Dann versucht es die Schwester: »Nun mach schon auf und erzähl uns alles. Und wenn dieser Mistkerl dir was angetan hat, kümmern wir uns drum, da kannst du sicher sein.« Tante Nellina hat eine mafiöse Ader. Den Geräuschen nach zu urteilen, hat Titina einen regelrechten Nervenzusammenbruch.

»Donna Margherita, geht zur Seite und lasst mich mal

machen.« Ninetta nimmt am Schicksal der beiden Zwillinge lebhaft Anteil. »*Signura,* kommt raus, das Kaffeechen wird kalt.«

»Kaffeechen, Kaffeechen! Was Besseres fällt dir wohl nicht ein!« Mein Großvater, der sich fast in die Hosen macht, poltert zweimal gegen die Tür: »Titina, komm raus, wir können schließlich nicht in den Flur pinkeln.«

Die Tante macht auf, und sie ist ganz rot, als hätte sie wirklich Nesselfieber.

»*Signura,* was habt Ihr denn gemacht? Waren wohl wirklich die Brennnesseln!«

Den ganzen Tag bis tief in die Nacht schüttete Titina vor der versammelten Familie ihr Herz aus. Alle außer mir, denn ich war zu klein, lauschten ihrem tränenreichen, mit Wörtern wie »Nutte« und »Scheißkerl« gespickten Bericht. Am Ende beschloss der Familienrat: »Andere Frauen – na ja; das Gehalt der Ehefrau durchbringen – na ja; sie seit Monaten nicht mehr begatten – na ja; aber vor der Kleinen handgreiflich werden – das geht zu weit!« Es war die erste Ehe im Hause Guazzalora Santadriano, die man buchstäblich und mit dem Segen der ganzen Familie als in die Hose gegangen bezeichnen durfte.

Titina fristete fortan ein unglückliches Leben als getrennte Frau, das von Tränen, Wehmut, sporadischen Treffen mit Freundinnen und noch viel sporadischeren Treffen mit Männern bestimmt war. Sie beantragte die Versetzung an die Schule von Malavacata, an der sie bis zu ihrer Pensionierung unterrichtete. Sie fing an, kleine Glastierchen zu sammeln, die sie jeden Sonntag mit manischer Akribie abstaubte. Dann ging sie dazu über, Plastikblumen, grauenhafte, mit Blattgold beladene Neobarockmöbel und falschen Schmuck zu horten. Ihr Leben verfloss zwischen Versandhauskatalogen, den Ständen des dörflichen Wochenmarkts und den Besuchen der jeweiligen Vertreter, die zu ihr nach Hause kamen, sie gnadenlos um den Finger wickelten und sie über den Tisch zogen, wie so viele Frauen, die einsam und ohne Hoffnung sind.

22

Anders als ihre Schwester gelang es Nellina nach den anfänglichen Schwierigkeiten, sich von ihrem trotz seines fortgeschrittenen Alters noch zeugungsfähigen Gatten ein zweites Mal schwängern zu lassen. Der erste Geburtstag ihres Sohnes war kaum gefeiert, da war sie bereits wieder guter Hoffnung. Sie hatte eben nicht viel Zeit zu verlieren und musste die Gunst der Stunde nutzen, denn man konnte nicht wissen, wie lange die Potenz ihres Gatten noch vorhalten würde.

Genau wie ihre Schwester flüchtete sich Nellina bei jedweden Problemen, Zweifeln oder Nöten hilfesuchend zu Großmutter Margherita, die ungeachtet ihrer zugeknöpften Art für die beiden Zwillingstöchter stets ein offenes Ohr hatte.

»Mama, ich muss mit dir reden.«

»So, du auch!«

»Wieso, wer denn noch?« Tante Nellina ist stets in der Defensive und bereit zum Angriff.

»Na, erst deine Schwester, jetzt du … als hättet ihr euch abgesprochen. Aber ihr seid nun mal Zwillinge.«

»Ich hab ein Problem, was soll ich machen, eine Nummer ziehen und mich anstellen?«

Nellina ist unwirsch und voller Groll wegen ihres Mannes, der trotz seines fortgeschrittenen Alters noch immer spitz wie Nachbars Lumpi ist. Seit Jahren schon ist sie in Alarmbereitschaft, damit Gnaziu keinen Bockmist baut.

Den dicksten Hund hat er sich mit Soccorsa geleistet, einem schnuckeligen Mädchen mit dunkler Haut und schwarzem Haar. Groß, schlank, grazil, mit breiten Hüften und kleinen, runden Brüsten. Soccorsa kümmert sich um Nellinas Kleinen, sie spielt mit ihm und füttert ihn, wenn die Mutter in die Kirche muss, denn zwischen Abendandachten, Rosenkränzen und Hochamt hat Nellina kaum Zeit zum Verschnaufen. Seit Soccorsa auf den Sohn aufpasst, kommt ihr Mann, der *dottore*, der normalerweise nie daheim ist, neuerdings früher nach Hause.

Um seine Frau nicht misstrauisch zu machen, hat er sich eine Ausrede ausgedacht: »Nellina, wir haben sechs Jahre gebraucht, um dieses Kind zustande zu bringen, und jetzt überlässt du es der Erstbesten, die zur Tür reinkommt, ohne sie auf Herz und Nieren zu prüfen.«

»Das ist nicht die Erstbeste, sondern die Tochter meiner Patin und mein Patenkind obendrein. Ich hab sie übers Taufbecken gehalten, und wenn sie nicht aufpasst, zieht ihr die Mutter das Fell über die Ohren. Sie geht mir zur Hand, ich kann ja nicht dauernd zu Hause bleiben.«

»Nellina, Vorsicht ist besser als Nachsicht, und bevor nicht klar ist, mit wem ich's zu tun habe, lass ich die nicht mit dem Kleinen allein.« Seither ist der Doktor nachmittags, statt im Vereinshaus der Kriegsveteranen Karten zu spielen, zu Hause bei der *Magd*, wie Großmutter Margherita sie nennt.

Das Drama ereignet sich zu Ostern, genau ein Jahr nachdem ich den kleinen Alfonso zum ersten Mal gesehen habe.

In der Karwoche erlebt die Frömmigkeit der Malavacatesi ihren Höhepunkt.

Wie alle gottesfürchtigen Frauen ist Nellina vollauf mit den Gottesdiensten beschäftigt, Soccorsa kümmert sich um ihren Sohn, und Gnaziu kommt extra früher nach Hause, um sicherzugehen, dass alles in Ordnung ist.

»Einen besseren Vater hätte mein Sohn nicht kriegen können«, sagt Nellina jedem auf die scheinheilige Frage: »Signora, und wo ist der Kleine? Und der *dottore* ist auch zu Hause?«

An Gründonnerstag hat Nellina das Haus frühnachmittags verlassen und ist bis zum späten Abend mit Messe, Fußwaschung und Errichtung des Heiligen Grabes beschäftigt. Sie muss noch die Grabblumen aufstellen, die Korn- und Linsenkeime, die sie einen Monat lang in der dunklen Kammer gezogen hat und die in der alten Keramikvase jetzt richtig zur Geltung kommen. Die sollen mal sehen, diese Bauerntrampel, was die Tochter vom Doktor und Frau vom neuen Doktor für Grabblumen hat, denkt sie stolz.

Ganz zu schweigen vom Abendmahl, dem letzten unseres Herrn. Der Priester wird zwölf Dörflern die Füße waschen, und sie wird ihm dabei helfen. Die Leute sollen nicht glauben, ich sei hochnäsig, denkt Nellina und hält das Becken mit dem Waschwasser, denn auch als Schwangere will sie ihre Rolle der demutsvollen Magd des Herrn nicht ablegen.

Doch noch ehe die Fußwaschung beginnt, überkommt sie während der Messe plötzlich ein Unwohlsein. Sie verspürt ein schmerzhaftes Stechen im Unterleib, als wühlte jemand in ihren Eingeweiden herum. Schweren Herzens überlässt sie Schüssel und Handtuch einer Glaubensschwester und geht nach Hause.

Seit einer Weile schon fühlt sie sich nicht gut, ihre Beine

sind geschwollen. Sie meint, es sei das Bluteiweiß, und dass sie sich jeden Morgen übergeben müsse, liege daran, dass ihr erster Blick, kaum öffnet sie die Augen, auf die zahnlose Fratze ihres Mannes fällt. Außerdem klagt sie, sie habe Luft im Bauch und in den Gedärmen, und auch sonst hält sie mit den vielfältigen Geräuschen und Befindlichkeiten aus ihrem ganz persönlichen Schwangerenrepertoire nicht hinterm Berg.

Doch als sie die Haustür aufschließt, hört sie, wie ihr Mann mit der Magd schäkert.

»Und diese Bembelchen, wozu sind die nütze?«

»*Dutturi*, Ihr macht mir Spaß. Wozu sind die wohl da? Wenn ich mal Kinder hab, werden die mir schon nütze sein.«

»Und wieso nur für die Kinder? Vielleicht könntest du damit deinen Liebsten erfreuen.«

»Aber was sagt Ihr denn da? Mommo hat die nie zu sehen gekriegt, dass er nur ja nich denkt, ich bin 'ne Hure, und mich sitzenlässt.«

Ein lautstarker Furz entwischt Nellina und beendet jäh die Zweisamkeit. Die beiden grüßen sichtlich verlegen, doch Soccorsas rotes Gesicht und Gnazius gesenkter Blick geben ihren Vermutungen, Befürchtungen und Zweifeln neue Nahrung.

Man hatte sie gewarnt, der *dottore* habe eine Schwäche für junge Dinger, und ehe ihr das Gottesgeschenk ihres Sohnes zuteilwurde, hatte sie das sogar eifersüchtig gemacht. Doch vor ihrer Heirat war ihr die Aussicht, sitzenzubleiben, schlimmer erschienen, als den Tatsachen ins Auge zu sehen und den Verlobten als das zu betrachten, was er war: einen Scheißkerl. »Übles Gerede«, war sie Ninetta über den Mund gefahren, als diese sie getreu ihrer Berufung als verlässliche Informantin der Familie warnen wollte.

Soccorsas betretener, hilfloser Gesichtsausdruck macht sie misstrauisch, die Gleichgültigkeit ihres Gatten hingegen wütend. Doch sie hat keine Beweise und will nicht als hysterische Spinnerin gelten. Also schluckt Nellina ihren Ärger herunter, sagt, sie sei unpässlich, und geht ins Bett, ohne ein Auge zuzubekommen.

Tags darauf, am Karfreitag, steht sie dem »Frieden des Herrgotts zuliebe« früh auf. Die Statue des gegeißelten Christus wird abgehängt und auf den Boden gestellt, damit die Dörfler ihn küssen können. Ein langer Tag steht ihr bevor: Nach dem Gottesdienst folgt die Prozession der Schmerzensmutter, die in einen wertvollen Umhang gehüllt wird, den niemand anders als Nellina in Gewahrsam hat. Morgens um halb vier ist es draußen noch dunkel, und Soccorsa steht bereits vor der Tür. Nellina macht ihr auf, drückt ihr den hungrigen Kleinen auf den Arm, und sofort läuft das Mädchen in die Küche, um ihm die Milch warm zu machen. Gnaziu liegt noch oben und schläft; Nellina blickt Soccorsa forschend in die Augen, ob sich darin ein Zeichen, ein Hinweis finden lässt, doch das Mädchen hat einen reinen Blick. Vielleicht hab ich's mir nur eingebildet, denkt sie, geb's Gott!, und verlässt das Haus, um zur Kirche zu gehen.

Doch unterwegs überkommen sie abermals Zweifel, Ängste, Befürchtungen, die nagende Eifersucht nimmt ihr den Atem, also macht sie auf dem Absatz kehrt. Leise schleicht sie ins Haus, drückt sacht die Tür zu, bleibt in der Diele stehen und lauscht dem gedämpften Geplauder zwischen Soccorsa und dem *dottore*. Weil ihm der Gedanke an das Mädchen keine Ruhe lässt, ist er bereits aufgestanden und macht sich geflissentlich an der Espressokanne zu schaffen.

»Ihr tut mich behandeln, als wär ich ’n leichtes Mädchen.«

»Nein, Soccorsa, aber du hast nun mal Haare wie Seide, und deine Haut erst … Nachts träum ich von dir.«

»Was Ihr am frühen Morgen so schwätzt …«

»Soccorsa, seit du hier bist, rauben mir die beiden Bembelchen, die du unter deiner Bluse versteckst, den Schlaf. Ich brauch nur daran zu denken, und schon spüre ich, wie sie sich gegen meine Brust recken und mir den Atem nehmen. Es ist, als könnt ich sie fühlen, und kaum bin ich eingeschlafen, fange ich so laut an zu schnarchen, dass ich davon aufwache.«

In ihrem Versteck knetet sich Nellina nervös die Hände, und ihre Eingeweide fangen zu rumoren an, wegen der krampfhaft zurückgehaltenen Luft, die mit dem Kleinen, der per Zufall oder Wunder in ihrem Bauch gelandet ist, eine Tarantella tanzt.

»Soccorsa, lässt du mich deine Tittchen sehen? Ich sag’s auch niemandem, versprochen.« Der *dottore* fängt an, mit der Zunge an seinem Gebiss zu spielen. Dieser sabbernde alte Lustmolch! Ich kann mich noch genau an dieses Gebiss erinnern. Wenn ich bei Tante Nellina übernachtete und ins Badezimmer ging, lag es in einem Wasserglas, in das er es vor dem Zubettgehen für jedermann sichtbar und ohne jegliche Scham hineingetan hatte.

Der *dottore* machte kein Geheimnis daraus, dass er ein Gebiss trug. Er bewegte es mit der Zunge vor und zurück, schob es halb aus dem Mund und sog es mit einer schmatzenden Bewegung der Lippen wieder ein. Eine schlechte Angewohnheit, die im Lauf der Jahre zu einem widerlichen neurotischen Tic ausartete.

»Komm schon, Soccorsa, sonst sag ich deiner Mutter, dass du's mit diesem Lastwagenfahrer treibst, der wie ein Neger aussieht.«

Nellina hat sich in der Diele auf allen vieren hingekauert, weil sie vor Anspannung und Bauchschmerzen fast keine Luft mehr kriegt.

»Gut, ich zeig sie Euch, *Dutturi,* aber dann lasst Ihr mich in Ruhe … und nur angucken, nich anfassen.«

»Soccorsa, wo denkst du hin? Ich, ein Mädel wie dich anfassen! Wie hat schon die Mama gesagt: ›Anschauen ja, anlangen nein.‹«

Das Mädel ist gerade mal vierzehn, und auch wenn sizilianische Mädchen frühreif sind, windet und ziert Soccorsa sich verschämt. Dann schließt sie die Augen, als wäre sie, wenn sie ihr Gegenüber nicht sieht, selbst unsichtbar, und knöpft zögernd und mit zitternden Fingern ihre Bluse auf, einen Knopf nach dem anderen, in einem ungewollt verführerischen Striptease, der Gnazius Erregung zusätzlich schürt.

Der alte Sabbergreis schmatzt unablässig mit seinem Gebiss herum, und hin und wieder tropft ihm ein Speichelfaen aus dem Mund. Beim Anblick dieser blutjungen Brüste – drall und fest wie zwei Melonen, mit pechschwarzen Brustwarzen – bekommt er eine heftige Erektion.

»*Dutturi,* kann ich mich wieder anziehen? Darf ich meine Bluse wieder zumachen?«

»Aber weshalb so viel Schönheit bedecken, Soccorsa? Wenn man zwei so wunderbare Früchte hat wie du, muss man sich doch nicht schämen! Wetten, die sind so süß wie reife Granatäpfel?«

Das junge Mädchen schaut ihn mit aufgerissenen Augen an. Sein Köpfchen ist gerötet vor Angst, Unsicherheit und

Zweifel, wie es sich verhalten soll; auf so einen Überfall des Doktors war es nicht gefasst, dabei weiß das ganze Dorf: Wenn er Dienst hat, macht man um die Praxis besser einen großen Bogen, denn »der *dottore* lässt sich nichts durch die Lappen gehen«.

Und was, wenn der jetzt plötzlich 'nen Herzkasper kriegt?, fürchtet Soccorsa angesichts der schwachsinnigen Miene des Arztes, der beinahe ihr Großvater sein könnte. Und soll sie's der Frau sagen, der das bestimmt furchtbar peinlich ist?

Ihr Herz klopft wild, ihre Beine rühren sich nicht vom Fleck, sie ist wie gelähmt.

»Komm her.« Gnaziu fasst sie am Arm und setzt sie sich kurzerhand auf sein Glied, das sich unter seiner Schlafanzughose wölbt.

»*Dutturi,* lasst mich, das is gefährlich!«

Aber er denkt gar nicht daran, sie in Ruhe zu lassen; was man aufgibt, ist verloren, und inzwischen ist sie seiner Geilheit hilflos ausgeliefert. Es fehlt nicht viel, und das Gebiss rutscht ihm aus dem sabbernden Mund.

»Na komm, lass sie mich probieren. Ich weiß, die sind süß wie Zuckerguss.«

Unterdessen liegt Nellina auf dem Dielenboden, gräbt die Fingernägel in die Oberarme und beißt sich auf die Lippen, um vor Zorn nicht laut loszuschreien. Jetzt kann sie sich über die Laster ihres Mannes, den sie allen Unkenrufen zum Trotz geheiratet hat, nichts mehr vormachen. Jetzt weiß sie Bescheid, aber wie soll sie sich verhalten? Sich zu erkennen geben und ihn mit Pauken und Trompeten davonjagen? Ausgerechnet jetzt, wo sie zum zweiten Mal schwanger ist? Die Luft grummelt in ihrem Bauch und sucht nach einem Ausgang. Ein paar stumme Rülpser verschaffen ihr ein wenig Erleichterung.

»Wie weich deine Titten sind, Soccorsa. Sie sehen fest aus, fühlen sich aber an wie die Watte, die in der Praxis neben den Spritzen liegt …« Der Doktor befühlt die knospenden Brüste des Mädchens, hebt und drückt sie, als hätte er eine Pumpe in der Hand, fährt mit den Fingern über die Brustwarzen, bis sie sich steif aufrichten. Das Mädchen ist jung, doch sein Körper reagiert wie der einer Frau. Gierig stülpt er die Lippen über eine Brustwarze und saugt daran, ehe die ganze Brust in seinem lüsternen Maul verschwindet. Soccorsa weint jetzt und fleht: »*Dutturi,* lasst das, tut mir das nich an – wenn Ihr mich da unten anfasst, kann ich nich mehr heiraten.« Und als ihr Flehen zu einem verzweifelten Kehrreim wird, zu einem geraunten »Nein, nein, nein …«, dem Stille folgt, wird Nellina klar, dass sie eingreifen muss. Denn ein Vergehen an einer Minderjährigen könnte ihre Familie für immer ruinieren. Ein markerschütternder Schrei, begleitet von einem gewaltigen, allzu lang zurückgehaltenen Furz, kündigt ihren Einfall in die Küche an, in der sich die Tragödie abspielt. Der Kleine, der friedlich in seiner Wiege geschlafen hat, wird von dem geräuschvollen Eintreten seiner Mutter aus dem Schlaf gerissen und stimmt ein Heulgeschrei an.

Nellina findet Soccorsa mit liederlich gespreizten Beinen, hochgerutschtem Rock und halb heruntergezogenem Schlüpfer auf dem Fußboden liegend vor, derweil sich der Gatte blitzschnell die Schlafanzughose hochreißt und mit zornesstarrer Miene und halb herausgerutschtem Gebiss an den Knöpfen der Pyjamajacke herumfummelt. Das Mädchen weint und ist wie gelähmt; statt aufzustehen, sich anzuziehen und schnellstmöglich zu verschwinden, bleibt es liegen und trägt seine ganze Verletzlichkeit zur Schau, während der Doktor, der Triebe und Gebiss wieder im Zaum hat, in empörtem Ton auf seine Frau einredet, als wäre er wegen einer Lappalie aus einer wichtigen Sitzung geholt worden: »Das ist allein deine Schuld, wenn du mir die Nutten ins Haus bringst! Was soll ich denn machen, wenn sich so eine vor mir auszieht? Soll ich etwa dastehen wie 'ne Schwuchtel?«

Es war schon erstaunlich, wie schnell Nellina ihre Selbstbeherrschung wiederfand, die sie nicht zu besitzen glaubte. Und wie immer im chauvinistischen Sizilien wurde dem Mädchen die Schuld gegeben: »Wenn eine sich anständig benimmt, dann passieren ihr gewisse Dinge auch nicht … Der Mann ist nun einmal Jäger …«

Um Soccorsas Rausschmiss vor den Dorfleuten zu rechtfertigen, begleitete sie sie bis nach Hause und machte der Patin vor der Haustür eine lautstarke Szene: »Dieses Mädchen ist einfach unmöglich … Wie es den Kleinen behandelt hat …! Na gut, ich vergebe ihm, aber über meine Schwelle setzt es keinen Fuß mehr.«

Nellina vergab auch ihrem Mann und dankte der Madonna des Lichts, die ihr wieder einmal gnädig gewesen war und geholfen hatte, diese kleine Hure im letzten Moment daran zu hindern, Gnaziu und ihre Familie zu ruinieren. Sie vergaß die Schrecknisse jenes Karfreitags und bekam noch drei Kinder von diesem triebhaften, gefährlichen und widerlichen Gatten, der sein Gebiss jeden Abend in einem Wasserglas im Badezimmer deponierte, ehe er zahnlos ins Bett kam, sie ebenso zahnlos bestieg und dabei an die jungen Dinger dachte, die er in seiner Praxis untersuchte.

Was mich betraf, so sah ich stets zu, nicht allein mit Gnaziu in der Wohnung zu bleiben. Was mir genau hätte passieren sollen, war mir zwar nicht klar, doch mein Körper weigerte sich, in seiner Nähe zu sein. Vielleicht lag es an diesem ekelerregenden Tic, das Gebiss im Mund vor- und zurückzuschieben, oder daran, dass er diese zwei Zahnreihen überall und ohne jedes Schamgefühl liegenließ. Doch auch als er ein Greis war, misstraute ich ihm, denn wie Großmutter Agata zu sagen pflegte: *Cu nasci Tunnu, crescennu non addiventa pesce spada.* – »Aus einem Thunfisch macht das Leben keinen Schwertfisch.«

23

Ich bin groß geworden und heiße jetzt Agata. Ich habe Palermo verlassen und bin zum Studieren zu meinem Vater aufs Festland gezogen, der inzwischen Karriere gemacht hat. Diesen Entschluss habe ich nach einem denkwürdigen Streit mit meiner Mutter gefasst.

Die Beförderung meines Vaters und sein Weggang hatten uns, den in Palermo Verbliebenen, wieder ein wenig Raum zum Atmen gegeben. Doch zugleich tat sich ein tiefer Riss in unserer Familie auf. Auf der einen Seite standen meine Mutter und meine Brüder, auf der anderen stand ich und wiederum woanders mein Vater. Meine Mutter und ich lebten gleichgültig nebeneinanderher – ich verlangte nichts, sie fragte nichts, das Leben nahm seinen Gang, während wir Kinder heranwuchsen und meine Mutter alt wurde. Im letzten Gymnasiumsjahr fing man an, über meine Zukunft zu reden. Plötzlich und ohne dass ich je darüber nachgedacht hätte, äußerte ich den Wunsch, Ärztin zu werden.

»Ich möchte Menschen heilen und Medizin studieren, wie Großvater Alfonso.« Eines schönen Juninachmittags teilte ich meine Entscheidung feierlich meiner Mutter mit, die gerade dabei war, mit einem Staublappen in der Hand ihr Schlafzimmer zu putzen, oder besser gesagt, zu desinfizieren. Für sie waren die Dinge nämlich nicht schmutzig, sondern infiziert: Wasser allein reichte da nicht, es brauchte Alkohol.

»Wie, was ist denn das für eine Neuigkeit?«, rief sie beinahe amüsiert.

»Du brauchst gar nicht zu lachen, im Juli bin ich mit der Schule fertig, und dann schreibe ich mich ein. Ich hab mir's genau überlegt.« Die übliche Lüge, mit der ich mir den Rücken stärkte, auch wenn ich wie so oft aus dem Blauen heraus handelte und mir bislang noch gar nichts überlegt hatte. »Ich will Ärztin werden.«

»Agata, was ist denn plötzlich in dich gefahren … Ärztin? Du? Seit du so dürr und schmalbrüstig geworden bist, spinnst du völlig. Aber ob Ärztin oder nicht, eine Frau bleibst du … und wirst früher oder später eine Familie gründen müssen. Willst du denn keine Kinder? Und was ist mit Heiraten?«

Mit meinen achtzehn Jahren hatte ich noch gar nicht an Kinder gedacht. Außerdem war ich nicht erpicht darauf, für einen Mann die Dienstmagd zu spielen, doch am allerwenigsten wollte ich meiner Mutter Genugtuung verschaffen.

»Klar will ich Kinder, aber Ärzte sind ja nicht zwangsläufig steril.«

»Dass du immer so dummes Zeug schwätzen musst, Agata. Du brauchst gar nicht so zu schauspielern, inzwischen hab ich dich durchschaut. Du willst mich nur auf die Palme bringen …« Wie immer, wenn sich meine Mutter ärgerte, wurde ihre Stimme schrill – offenbar überlegte sie gerade fieberhaft, mit welchen Gemeinheiten sie mich besonders treffen könnte.

»Ich hab mich entschieden, ohne Wenn und Aber. Ich schreibe mich für Medizin ein.«

»Wozu willst du denn studieren, Agata? Du wirst heiraten, schließlich bist du eine Frau, und seinem Schicksal entkommt man nicht.«

»Nur weil du mit einem Wischlappen in der Hand geendet bist, muss es mir doch nicht genauso gehen!« Keine Frage, die abfällige Anspielung auf ihr Hausfrauendasein war ein Schlag unter die Gürtellinie, doch zum ersten Mal war ich entschlossen, ihr Paroli zu bieten. Es ging um meine Zukunft: Ich kämpfte nicht für einen Traum, sondern für meine Freiheit.

»Du bist wirklich das Letzte! Es stimmt schon: Eine Tochter ist vertane Liebesmüh!«, und schon hatte ich eine Ohrfeige eingefangen. Die Demütigung traf mich härter als der Schlag, und jegliche Gewissensbisse gegenüber meiner Mutter fielen von mir ab. Ihre brutale Geste hatte mich jeglicher Pflicht enthoben. Zwischen uns brach die Eiszeit an, ich redete nicht mehr mit ihr, und es war, als wäre sie gestorben.

Kaum hatte ich das Abitur in der Tasche, verließ ich meine Mutter und zog zu meinem Vater. Im Gepäck jenes Nichtzugehörigkeitsgefühl, das ich seit meiner Kindheit mit mir herumschleppte.

Einmal im Jahr, am 5. Februar, kehrte ich zum Verwandtenbesuch zurück, eine Art Pilgerreise zu dem, was von meiner Familie noch übrig war.

Großvater Alfonso wartete mit dem Sterben bis zu meinem Examen. Seit meiner Kindheit war er stolz auf mich gewesen, doch jetzt, da ich denselben Beruf ausübte wie er, war es noch einmal etwas ganz anderes. In den letzten Jahren seines Lebens empfing er mich mit gönnerhafter Geste in seiner Praxis, in der er bis zuletzt arbeitete. Dort durfte ich ihm bei der Untersuchung weiblicher Patienten assistieren.

»So, mein Zicklein, jetzt musst du rausgehen.«

»Und wieso, Großvater?«

»Na, weil ein Mann an der Reihe ist.«

»Na und, ich bin Ärztin.«

»Und ich bin dein Großvater, und wenn ich dir sage, du sollst rausgehen, weil ein Mann dir vielleicht nicht den nötigen Respekt entgegenbringt, dann gehst du raus. Außerdem gehört sich's nicht, dass ein junges Mädchen wie du einen nackten Kerl sieht.«

»Großvater, er hat was am Auge …«

»Und wenn schon, er is trotzdem 'n Mann.« Ohne sich im Mindesten erweichen zu lassen, schickte er mich vor die Tür, auch wenn es ihm leidtat, denn seit jeher hätte er mich am liebsten für immer bei sich behalten.

Ein Jahr nach ihrem Mann ging Großmutter Margherita von uns. Ninetta, unser altes Kindermädchen, ist inzwischen so dick geworden, dass sie ihre eigenen Füße nicht mehr sieht, doch zugleich strahlt sie die Weisheit einer alten Schamanin aus. Sie schlichtet Streitereien, zettelt welche an, bannt den bösen Blick, gibt Ratschläge und heilt Krankheiten.

Nach all den Scherereien, die sie mit ihren Männern hatten, haben sich meine Tanten Titina und Nellina mehr oder weniger von der verbalen Kommunikation losgesagt. Sie tauschen sich fast nur noch untereinander und mittels einer Geheimsprache aus, die sie als Kinder erfunden haben und die hauptsächlich aus Geräuschen und Gesten besteht; es ist ihre Art, einer Wirklichkeit zu entkommen, die ihnen eine Reihe von Verletzungen und Enttäuschungen beigebracht hat. Nellina hat nur sehr sporadischen Kontakt zu ihren Kindern, die inzwischen groß geworden sind und ihrem Vater immer ähnlicher werden.

Bei einem meiner jährlichen Besuche macht mir Tante Titina während des Mittagessens Zeichen, ihr zu folgen: »Agata, ich muss mit dir reden.«

Mir fällt fast die Kinnlade herunter vor Überraschung: Nicht zu fassen, meine Tante kann wieder sprechen, es muss also etwas Ernstes sein.

»Agata, hörst du mich, oder muss ich's dir schriftlich geben?«

»Nein, Tante, lass uns nach nebenan gehen.«

»Ich muss dir was zeigen.« Sie hat den Satz noch nicht zu Ende gesprochen, da bricht sie in Tränen aus.

»Was gibt's? Ist es der Lange Voltaische? Ist der nach all den Jahren wieder aufgetaucht?«

Sie schüttelt den Kopf, schnalzt mit der Zunge – ein trockenes »Ts« wie ein Peitschenhieb, das bei uns so viel wie »Nein« bedeutet – und vergräbt das Gesicht in den roten, tränennassen Händen, zwischen denen ihre große Nase hervorschaut.

Ich gebe ihr ein Taschentuch, einen Kaffee und eine Zigarette; Letztere gilt bei meiner mütterlichen Verwandtschaft als eine Art Wundermedizin: Kaum gibt's was Neues, wird eine gequalmt. Bei guten Neuigkeiten, um zu feiern, bei schlechten, um sich zu beruhigen.

Tante Titina raucht beharrlich und konzentriert, dann, als die Zigarette fast bis zum Filter heruntergeraucht ist, legt sie den Stummel auf den Tisch, ungeachtet der Asche, die auf den Boden fällt, und knöpft sich die Bluse auf: »Sieh mal.« Sie trägt ein Nylonunterkleid über ihrem Wollleibchen, das sie getreu Großmutter Margheritas Weisung nicht nur an kühlen Februartagen wie diesem, sondern auch im Sommer anzieht.

»Ich verstehe nicht, Tante …«

»Sieh doch mal, mein Hals ist ganz dick und meine Schultern auch.« Vorsichtig taste ich sie ab, und tatsächlich ist da eine erhebliche Schwellung. Ich mache ihren Oberkörper ganz frei und sehe, dass die Träger zwei rote Striemen in die Haut gepresst haben. Ihre riesigen, ja geradezu grotesk großen Brüste sind einfach zu schwer für ihre Schultern, doch jetzt kommt auch noch eine erschreckende Wucherung hinzu. Auf der linken Brust sitzt eine harte, apfelsinengroße Beule. Es sieht aus, als hätte Tante Titina drei Brüste statt zwei.

»Seit wann hast du das, Tante?«

»Weiß nicht, es ist mir erst heute aufgefallen.«

Nachdem ich meinen Abschluss gemacht habe und Großvater Alfonso – Gott hab ihn selig – nicht mehr lebt, bin ich zum Familiendoktor aufgestiegen. Bei jedem Wehwehchen wenden sich alle an mich, und wenn ich nicht da bin, warten sie auf meinen nächsten Besuch.

»Du musst dich untersuchen lassen, Tante.«

Doch auch so weiß ich, dass Titinas Krankheit Brustkrebs heißt. Ich bringe sie sofort ins Krankenhaus, wo man ein paar Tage später die ganze Brust samt Beule und ein Stück vom Arm wegschneidet.

»Hast du zur heiligen Agatha gebetet?«, frage ich sie im Krankenhaus.

»Aber, Agata, was redest du denn da? Du als Kommunistin.« Das waren ihre letzten Worte, seither hat sie mit niemandem mehr gesprochen.

24

Irgendwann im Leben fängt die Zeit an zu rasen, und das Erwachsensein lauert einem hinter der nächsten Ecke mit einem Haufen Verantwortung auf. Ich habe nicht gemerkt, dass ich erwachsen geworden bin. Die Erinnerung an meine Kindheit ist so lebendig und gegenwärtig, dass ich für die neuen Herausforderungen noch gar nicht gewappnet bin.

Gerade habe ich die Behandlung von Tante Titina hinter mir – wir haben uns beide wieder halbwegs berappelt, ihr sind die Haare nachgewachsen, und in mir ist die Hoffnung auf ruhigere Zeiten aufgekeimt –, und schon steht das nächste Problem vor der Tür. Wir sitzen bei Tisch, als Tante Nellina mir zwischen Hauptgang und Nachtisch mit Blicken und einem Kopfnicken zu verstehen gibt, ihr zu folgen.

»Agata, ich muss mit dir reden.«

»Du auch?«

»Wieso, wer denn noch?«, fragt sie, und ich muss an die Wortwechsel zwischen den Zwillingen und Großmutter Margherita denken.

»Ach, nur so … Was ist denn?«

Wie immer ist ihr Mund leicht schief, und ihre Lippen sind zu einem Ausdruck schmerzvoller Überraschung verzogen, als hätte sie ständig das Bild vor Augen, das sich ihr bot, als sie ihren Mann mit heruntergelassenen Hosen über der vierzehnjährigen Soccorsa erwischte. Sie bewegt sich schwerfällig, wie in Trance, obwohl sie mit der Wirklichkeit auf Tuchfühlung gekommen ist und der Tatsache ins Auge blicken musste, dass ihr Gatte ein schmieriger Widerling ist.

Es muss tatsächlich etwas Wichtiges sein, wenn sie die Zähne auseinanderkriegt, denke ich, denn für sie ist »ein Wort zu wenig, und zwei sind zu viel«.

Meine Tanten hat es wirklich bitter erwischt, sie hatten es schwer im Leben. Wenig geliebt vom Vater und nur vordergründig unterstützt von der Mutter, der es am nötigen Rüstzeug fehlte, um ihnen eine echte Hilfe zu sein, haben sie sich von schäbigen, feigen Männern schlecht behandeln lassen, und dann ist Tante Titina auch noch krank geworden. Und was blüht jetzt Tante Nellina? Während ich noch darüber nachdenke, nimmt sie mich bei der Hand und zieht mich ins Badezimmer. Auf dem Waschbecken steht das gewohnte Wasserglas, wenn auch leer, denn das Gebiss ihres Mannes gibt es nicht mehr. Es wird zusammen mit seinem Träger begraben worden sein. Gemäß dem Grundsatz, dass Gleiches mit Gleichem vergolten wird, ist er an lausigem Prostatakrebs gestorben, der ihn inkontinent gemacht und schließlich ins Grab gebracht hat.

Meine Tante zieht sich die Bluse, das Unterhemd und den BH aus.

»Ach, herrje!«, entfährt es mir. Sie hat drei Brüste statt zwei.

Seit dem Krebs der Zwillingsschwester sind noch keine zwei Jahre vergangen, da hat sie auch einen. Aber man weiß ja, dass er nicht selten in einer Familie mehrfach auftaucht.

Ehe der übliche Leidensgang zu Ärzten, Wunderheilern und Kräuterhexen beginnt, will ich eine Sache klären: »Tante, hast du zur heiligen Agatha gebetet? Hast du ihr Cassatelle gebacken?« Da ist sie wieder, die alte fixe Idee: keine Küchlein, kein Beistand der *santuzza.*

»Agata, red nicht so einen Quatsch! Du weißt doch, dass ich die Madonna verehre.«

»Na bitte, ich hab's geahnt!«

25

Ich hatte gewusst, dass etwas falsch gelaufen war. Die Zwillinge hatten die heilige Agatha nicht genügend gewürdigt. Voller Sorge wegen der fortschreitenden Kurzsichtigkeit, die bald zur Erblindung führen würde, hatte sich die eine an die heilige Luzia und die andere an die Madonna des Lichts gewandt, und beide hatten im Dunkeln getappt.

Das quälende Warten auf die Diagnose und vor allem die schmerzhaften invasiven Behandlungen, denen sich eine nach der anderen unterziehen musste, erschütterten mich zutiefst.

Von der Chemotherapie glatzköpfig geworden, von den schweren chirurgischen Eingriffen körperlich und moralisch geschwächt und kraftlos, zogen sich die Zwillinge in ihre vier Wände zurück. Sie kehrten der Welt endgültig den Rücken und beschränkten die wortlose Kommunikation auf ihre Zweisamkeit.

Indes besuchte ich die beiden Tanten noch viele Jahre und ließ vor allem das jährliche traurige Stelldichein zu meinem Namenstag nie ausfallen. Trotz meiner Angst, diese den weiblichen Körper so dramatisch verändernde Krankheit, die das Symbol der Weiblichkeit schlechthin befällt, könnte wiederkehren, beruhigte mich die Tatsache, dass wir drei zusammengenommen jetzt eine gerade Anzahl an Brüsten hatten: Tante Titina und Tante Nellina hatten je eine Brust, ich hatte zwei, und das machte vier. Wenn die selige Großmutter Agata die Brüstchen der Heiligen auf den Teller setzte, bläute sie mir ein: »Immer paarweise, Agatì: nie einzeln!«

Doch mit der Zeit vergaß ich meine Angst vor der

Krankheit und die Mahnungen meiner Großmutter und ließ jede Vorsicht außer Acht. Ich hörte auf, die Cassatelle zu backen, und nach meinem Umzug war sogar das Rezept meiner Großmutter verschwunden.

Alles deutete auf eine ungewisse Zukunft hin, zumindest was meine Gesundheit anbelangte. Und wenn die Angst mich plötzlich überfiel, verdrängte ich sie, konzentrierte mich auf etwas anderes und redete mir ein, sie sei das Vermächtnis einer uralten, von Aberglauben durchzogenen Kultur. Doch hin und wieder verschaffte sich Großmutter Agatas Stimme Gehör: *Agatì, gib dir Mühe mit den Cassatelle, dass nur ja die* santuzza *nicht eingeschnappt sein wird.*

Das Ende der Geschichte

1

Ich bin in dieselben Straßen zurückgekehrt, die ich einst mit Großmutter Agata entlangspazierte. Wie von einer geheimnisvollen Kraft getrieben, gehe ich die Via Libertà hinunter und sauge tief den süßlichen Duft der Blumen ein, der mir im Wechsel mit dem Abgasdunst der Autos in die Nase weht. Zwischen den Häusern der Altstadt steigen die Rauchschwaden der gegrillten *stigghiola* auf, ich lausche dem lauten, lockenden Singsang der Straßenverkäufer. Als ich mich dem Hafen nähere, überrascht mich der Gestank nach Abwasser und faulem Fisch, der aus dem Hafenbecken aufsteigt, überhaupt nicht. Ich schlendere den Corso Vittorio Emanuele entlang, rechts befindet sich die Porta Felice, links tut sich die Piazza Marina auf. Die riesigen Großblättrigen Feigen in der Mitte des alten Gartens sind noch da, deren Äste Schatten auf die Gehwege ringsum werfen, an denen sich zahlreiche kleine Restaurants drängen, die ich heute zum ersten Mal sehe.

Gift, Geheimnis, Widerspruch – das sind die Attribute, die mir die Umgebung einflüstert. Der Palazzo Steri, der sich gegen den blauen Himmel abhebt, macht mir keine Angst mehr. Inzwischen ist er der Sitz der Universität und hat seine einstige Düsternis verloren. Mir ist, als spürten meine Finger Großmutter Agatas festen Griff. Viele der alten Palazzi beherbergen heute Stiftungen, Banken oder Behörden. Aufwendige Restaurierungen haben ihre überwältigende Schönheit nach Jahrhunderten wieder zum Strahlen gebracht. Zwischen den prachtvollen alten Häusern halten sich hartnäckig ein paar heruntergekommene Gebäude, in denen Immigranten ihr Lager aufgeschlagen haben. Palermo weiß noch immer nicht, was aus seiner Altstadt werden soll, ob Luxusviertel oder Grenzland, in dem Altes und Neues und Arm und Reich in gegenseitigem Einvernehmen nebeneinander existieren. Als könnte das eine nicht ohne das andere leben.

Seit einigen Jahren machen sich ein paar findige Immobilienspekulanten über das Viertel her. Auch das Haus, in dem meine Großmutter wohnte und das die Mieter nach und nach verlassen haben, um bereitwillig in die Betonburgen am Stadtrand zu ziehen, ist aufgekauft und saniert worden. Die Restaurierungsarbeiten sind schon weit fortgeschritten, und die teils abgebauten Gerüste geben den Blick auf die gelbe, von zementgrauen und kalkweißen Flächen durchsetzte Tuffsteinfassade frei. Die mit Antirostfarbe grell orange lackierten schmiedeeisernen Geländer sind wiederhergestellt, das schwere Holztor steht weit offen, und ich trete ungehindert in den lichten, herrlichen Hauseingang. Die marmornen Bodenplatten glänzen, die frischgeputzten dunklen Kalksteinstufen sind so glatt, dass ich mich fast darin spiegeln kann. Die Kehle schnürt sich mir zu, so überwältigt bin ich. Ich weiß nicht, ob ich lachen oder weinen soll; wie ein wehmütiger Film zieht meine Kindheit vor meinem inneren Auge vorbei.

Großmutter Agatas Schemen kommt in ihrem schwarzen, ausgebeulten Kleid die Treppe herunter auf mich zu, das dünne, graue Haar zum kurzen Pagenkopf geschnitten, mit diesem unergründlichen Lächeln auf den Lippen, das nichts über ihr Seelenleben verrät. Ich sehe sie alle vor mir, meine gesamte Verwandtschaft, so wie damals als Kind, wenn ich sie besuchte: Großvater Sebastiano mit seinem dicken Bauch, der ihn zu einem breitbeinigen Gang zwingt, vor der Tür des Herrenfriseurs an der Ecke der Piazza, den Stock zwischen den Händen und mit dem verlorenen Blick eines Menschen, der keine Erinnerungen, Hoffnungen und Träume mehr hat. Onkel Vincenzo, der Milchmann, zwischen Glasflaschen und Eiergittern, die Hände rot vor Frostbeulen vom Eis, in dem er die Sahne aufbewahrt, den köstlichen Abschluss eines jeden Familienmittagessens … Sie sind alle hier, keiner von ihnen scheint weggegangen zu sein. Und nun bin auch ich hier.

Ich kehre als Erwachsene zurück, als junge, hoffnungsfrohe Frau, auch wenn ich in den tiefen Winkeln meiner Seele Großmutter Agatas Stimme höre, die mir vorwurfsvoll zuruft: *Was willst du bloß hier? Von hier kann man doch nur kommen!* Als ich klein war, habe ich sie das oft sagen hören, aber was es bedeutete, habe ich damals nicht verstanden, und ehrlich gesagt, verstehe ich es noch immer nicht ganz.

Wieso hätte ich denn nicht wiederkommen sollen?, sage ich mir ein wenig beklommen und versuche, dieses lästige Zirpen in meinem Kopf zum Schweigen zu bringen. Hätte ich bloß einen Hammer wie Pinocchio … wäre bloß Großmutter Agata noch am Leben, und könnte ich sie bloß um Rat fragen …

In meinem vor Erinnerungen, Gefühlen und Zweifeln schwirrenden Kopf wird jetzt Großmutter Margheritas Stimme laut: *Hätte, könnte und wäre waren drei Trottel, die um die Welt zottelten.*

Mein Spaziergang führt mich weiter in das Kalsa-Viertel, das noch ohne neues Gesicht ist, das alte aber gänzlich verloren hat. Die Bäckerei der Zummo-Schwestern ist seit Jahren geschlossen, und nur der in die Steinfassade gemeißelte Schriftzug zeugt von ihrer früheren Existenz. Die alten Geschäfte – der Herrenfriseur, der Lebensmittelladen, der Tabakhändler – sind alle eingegangen, die Handwerker verschwunden, das einzig Neue in dieser von Substanzlosigkeit geprägten Straße ist eine Bar mit blitzenden Schaufenstern, Edelstahltischchen und einer blinkenden Leuchtreklame: SÜSSE SACHEN.

Seit mich die Kälte meiner Mutter aus Palermo vertrieben hat, ist kein Tag vergangen, an dem ich nicht gehofft habe, zurückzukehren. Ich bin hier, um die Scherben meines gebrochenen Herzens zu kitten und mich abermals der berückenden Schönheit einer Stadt hinzugeben, die selbst die übelsten Spekulationen nicht haben auslöschen können. Unvermittelt taucht der Platz der La-Gancia-Kirche in all seiner herrlichen Verwahrlosung vor mir auf. Generationen von Gaunern, Betrügern, Taschendieben, Arbeitern, kleinen Handwerkern und Angestellten haben in dieser Kirche geheiratet, ihre Kinder getauft, um Hilfe in der Not gebetet und Zuflucht gefunden. Heute hingegen hat sie nur sonntags zu festen Zeiten geöffnet. Ich lasse den Palazzo Abatelli rechts liegen und betrete gedankenverloren das dahinterliegende Viertel. Die Wehmut ist ein physischer Schmerz, dem ich mich mit leiser Wonne hingebe. Die Erinnerungen sind eine stürmische See, und für ein paar Tage lasse ich mich gern darin treiben.

2

Zwischen Maklern, Freunden, Verwandten und alten Schulkameraden ist eine Art Wettkampf entbrannt, wer für mich die schönste und größte Wohnung findet. Ich habe Onkel Nittuzzo und die anderen getroffen, die von meiner Familie noch übrig sind. Nur nicht meine Mutter und auch nicht meine Brüder. Seit unserem Streit haben wir kein Wort mehr miteinander gewechselt. Meine Mutter hat sich nicht mehr bei mir gemeldet, und ich war so sehr mit anderen Dingen beschäftigt, dass ich so gut wie nicht mehr an sie gedacht habe. In den Jahren des notgedrungenen Zusammenlebens mit meinem Vater musste ich eine ganz neue Beziehung zu ihm aufbauen, und ich habe ihn lieben gelernt und ihm verziehen, seine Schwächen entdeckt und seine Größe erkannt. Wenige Monate nach meinem Examen ist er gestorben, aufgefressen von Arbeit, Ehrgeiz und Erschöpfung. Sein Tod war für mich ein Riss, der nicht zu kitten war, ein bohrender, heftiger, lange Zeit unerträglicher Schmerz.

Meine Mutter trat am Tag der Beerdigung auf den Plan, um die Rolle der untröstlichen Witwe zu spielen und ihren Anteil einzufordern. Eine gute Gelegenheit für eine Versöhnung, zu der es nicht kam. Ein paar höfliche Phrasen mit meinen Brüdern, ein unterkühlter Abschied, eine hastige, flüchtige Umarmung und dann abermals Trennung und die Gewissheit, dass wir uns nicht wiedersehen würden. Die wenigen Worte zwischen Sebastiano, Alfonso und mir dienten einzig dazu, einen vermeintlichen Draht zwischen uns aufrechtzuerhalten und unsere Entfremdung weniger bitter, weniger endgültig erscheinen zu lassen.

Mein Vater wurde in Palermo beerdigt, worum er mich in den letzten Tagen seiner Krankheit wiederholt gebeten hatte. Bis auf eine kleine Liebelei, deren Ende abzusehen war, und meine Arbeit im Krankenhaus hielt mich nichts mehr in einer Stadt, in und mit der ich während meiner Studien- und Ausbildungsjahre keine freundschaftliche Bindung hatte aufbauen können.

Das überwältigende Gefühl von Freiheit, das mich während der Anfangszeit »auf dem Festland« erfüllt hatte, war bald einer tiefen Unrast gewichen. Das blasse Licht und die schale Luft waren nichts gegen die Gerüche, Farben und Aromen Siziliens, nach denen ich mich sehnte. Heimweh machte sich in meiner Seele breit und verwandelte mich in eine reizbare, unzufriedene junge Frau. In dieser existenziellen Leere keimte der Gedanke auf, nach Palermo zurückzukehren, der bald zu einem handfesten Vorhaben wurde. Sobald sich mir dort eine geeignete Stelle böte, so nahm ich mir vor, würde ich meine Zelte hier abbrechen.

Um das Loch zu stopfen, das der Tod meines Vaters in mein Leben gerissen hatte, stürzte ich mich in die Arbeit. Entgegen der abschätzigen Prognosen meiner Mutter war ich nicht nur Medizinerin geworden, sondern hatte die Fachausbildung zur Gynäkologin absolviert und half – ehe ich entsprechend der Tradition der glücklichen, weil kinderreichen Frauen selbst Nachwuchs haben würde – anderen, ihre Kinder zur Welt zu bringen. Gern übernahm ich die anstrengendsten Schichten und sprang bereitwillig für Kollegen ein. Der Kreißsaal war sehr viel belebter und lebendiger als meine Wohnung, die mir seit dem Tod meines Vaters verwaist vorkam. Geburten sind für mich etwas zutiefst Ergreifendes. Die ewige Wiederkehr von Schmerz und Freude, die Liebe, die sich zwischen Schweiß und Blut Bahn bricht – das mitzuerleben erfüllt mich mit großer Freude und führt mich zurück zum Kern des Lebens. Tag für Tag betrat ich das Krankenhaus hohl und ausgelaugt und verließ es erfüllt, stark und gewiss, dass das Geheimnis des Daseins nur eine Handbreit von mir entfernt war. Ich musste nur danach greifen, um es zu berühren, zu besitzen.

Zwischen Visiten in der Notaufnahme, Kontrollbesuchen bei operierten Patientinnen und Bibliotheksrecherchen vergingen die Stunden wie im Flug und ließen die Leere, die der Tod eines geliebten Menschen in den Hinterbliebenen zurücklässt, mit jedem Tag ein wenig schrumpfen. Das Weinen der Neugeborenen gab mir jedes Mal Zuversicht: In dem kurzen Moment der Ungewissheit, in dem alle den Atem anhalten und darauf warten, dass sich das Leben offenbart, feierte ich das heilige Ritual der Versöhnung mit der Welt und mit mir selbst. Je öfter ich den werdenden Müttern beistand, desto klarer wurde mir, dass auch ich das Leben so empfangen müsste: fraglos, fast automatisch, wie einen tiefen Atemzug.

In der Silvesternacht, während die Hebammen in einem ruhigen Moment das Abendessen vorbereiteten und im Kreißsaal eine noch größere Leere herrschte als in mir, ließ mir die Idee, nach Palermo zurückzukehren, keine Ruhe mehr.

Heute Abend drängt's wohl keinen, auf die Welt zu kommen. Ich habe den Gedanken kaum zu Ende gedacht, als das Telefon klingelt: »Frau Doktor, Sie werden in der Aufnahme verlangt.« Der Anruf der Hebamme ist für mich der Beweis für die beschwörende Kraft der Worte. Ich gehe die Treppe hinunter und bete zur heiligen Agatha: »*Santuzza mia,* lass es eine Geburt sein, gib, dass sich ein neues Leben ankündigt.«

Die Frau hockt zusammengekauert in einer Ecke, wirkt zart und zerbrechlich und sehr jung. Ihr verstörter Blick lässt sie noch schwächer und hilfsbedürftiger aussehen. Sie trägt ein langes, beigefarbenes Kleid, das sie wie ein formloser Sack umhüllt. Aus den Ärmeln lugen kleine, hellbraune Hände mit zarten Fingern und runden, kurzen, weißen Nägeln hervor. Ein ebenfalls beigefarbenes, braungeblümtes und vielleicht aus einem seltsamen Anflug von Eitelkeit genau zum Kleid passendes Kopftuch bedeckt ihr Haar und die halbe Stirn. Sie weint nicht, schreit nicht, stöhnt nicht. Sie ist allein, fremd, schwanger und spricht kein Italienisch.

Ich danke dir, *santuzza,* endlich ein bisschen Leben! Aber hättest du mir nicht eine schicken können, die meine Sprache spricht? Doch ich beklage mich lieber nicht. »*… damit nur ja der liebe Herrgott nicht eingeschnappt sein wird, Agatina, und nimmt, was er geschenkt hat*«, raunt mir Großmutter Agatas Stimme flüchtig zu.

»Nehmen wir sie auf, Frau Doktor?«

»Natürlich, oder sollen wir sie auf der Straße entbinden lassen?«

»Na, dann wollen wir uns mal ranhalten, Frau Doktor, das erste Kind des neuen Jahres kommt ins Fernsehen.«

Sie heißt Kadija und ist Marokkanerin, so steht es in ihren Papieren, die sie aus der Tasche kramt.

Eine Trage ist nicht nötig – obwohl sie schon in den Wehen liegt, folgt uns Kadija auf eigenen Beinen zur Geburtsstation im ersten Stock. Widerstandslos lässt sie sich ausziehen, nur als wir nach dem Kopftuch greifen, protestiert sie heftig. »Aber ohne ist es doch viel bequemer, Kadija!« Sie schüttelt den Kopf.

Dann lässt sie sich untersuchen, ihre Bewegungen und Gesten sind weich und geschmeidig. Bei jeder Wehe stößt sie ein leises, gedehntes Zischen aus. Während sie auf dem Bett liegt und mit den Wehen kämpft, sitze ich die ganze Zeit auf einem Schemel daneben. Hin und wieder verändert sie ihre Position, dreht sich auf die eine Seite, dann auf die andere, stützt sich auf die Hände, setzt sich auf, rutscht langsam Richtung Fußende und wieder hoch. Ihr Bauch ist klein und spitz; der lange, dunkle Strich zwischen Nabel und Schambein spannt sich bei jeder Kontraktion. Ihre großen, schwarzen Augen erfüllen meine Seele. Ihre Hand greift nach meiner und drückt sie, als wollte sie einen stummen Pakt besiegeln.

Ihre festen, geschwollenen, von einem Netz feiner blauer Adern durchzogenen Brüste sehen aus, als müssten sie bersten, die Brustwarzen sind hart und steif. Während der gesamten Wehenphase weiche ich nicht von ihrem Bett, ich brauche sie. So jung und grazil sie auch ist, strahlt sie eine ungeheure Kraft aus, die ich durch den physischen Kontakt mit ihrer kleinen Hand in mich aufsauge. Ein warmes, zärtliches Gefühl erfasst mein Herz. Ich ertappe mich dabei, dass ich diesem Mädchen, der *santuzza* und dem Leben dankbar bin.

In dem Moment wird mir klar, dass ich kehrtmachen, meinen alten Weg wieder aufnehmen, nach Hause gehen muss.

Während ich mir die Rückkehr nach Palermo ausmale,

fängt Kadija plötzlich an zu keuchen, ihre Augen werden zu schmalen Schlitzen, ihr Gesicht zerspringt in zahllose kleine Fältchen, ihre Hand lässt meine los und krallt sich mit einem stummen Hilfeschrei in meinen Arm.

Ich untersuche sie: Die Vulva ist gespannt und geschwollen. Der von Flaum und buttrig weißen, käsigen Flocken bedeckte Kindskopf drängt heraus. Kadija zischt nicht mehr, sondern stößt jetzt einen schweren, kehligen Laut aus, der aus dem tiefsten Inneren ihres Körpers aufsteigt. Das Kopftuch ist schweißgetränkt. Ich bedeute ihr, die Hände um die Schenkel zu legen, während ihre Beine gegen den Unterleib gedrückt sind. Ihr Kopf wird von mehreren Kissen gestützt, und ihr Kinn liegt auf der Brust. Ich streichle ihre Stirn, wische ihr den Schweiß ab, rede sanft auf sie ein, halte ihr den Kopf, während sie mit zusammengebissenen Zähnen presst. Drei, vier, fünf heftige Presswehen.

Das Mädchen ist so zart, die Anstrengung so groß, dass es fast zu zerbrechen droht. Noch eine Presswehe, und der Kopf ist draußen. Zwei Hamsterbäckchen, zwei dunkle Augenschlitze, die sich noch öffnen müssen, zwei gewölbte Brauen und eine winzige runde Nase in einem ovalen Gesichtchen, das einen mit Mitgefühl und Zärtlichkeit erfüllt, kommen zwischen Kadijas Beinen zum Vorschein. Das Mädchen hat die Augen weit aufgerissen, die Lippen fest aufeinandergepresst, man hört einen weichen, klagenden Laut, dann sind auch die Schultern draußen, und der restliche Körper mitsamt den überkreuzten Füßchen flutscht heraus. Es folgt ein Moment der Schwebe, die übliche Beklommenheit, ehe das Leben explodiert, und dann ist es endlich da, das befreiende Weinen des Kindes, und wir seufzen erleichtert auf und rufen: »Willkommen!«

Ich wickle den Kleinen in ein grünes Tuch und reiche ihn der Mutter. Kadija legt ihn an die Brust; obwohl sie so jung ist, weiß sie genau, was zu tun ist. Es sieht aus, als spielte sie mit einer Puppe. Ihr Sohn weiß ebenfalls, was ansteht, und beginnt an der erlösenden Brust zu saugen. Es ist das heilige Inbild der rettenden Macht, die die Frauen über die Welt haben. Jetzt weiß ich, dass man sich dem Leben nicht widersetzen kann und dass ich es in all seiner Fülle empfangen, in vollen Zügen einatmen und mir auf der Zunge zergehen lassen muss, wenn ich wieder glücklich werden will.

Wenige Monate später, im Frühling, erreicht mich die Nachricht von einer Stelle am Krankenhaus von Palermo. Mit fliegenden Fahnen packe ich meine Sachen, überzeugt, die Leere endlich hinter mir zu lassen. Doch das Loch ist in mir drin, und der Tod meines Vaters hat es lediglich noch größer gemacht.

3

Vielleicht sollte ich mich in Palermo mit meiner Mutter treffen, mit ihr den gleichen Schritt vollziehen wie mit meinem Vater und versuchen, den Grund für ihr Verhalten zu verstehen. Ich bringe es nicht fertig. Mich mit ihr auszusöhnen wäre der natürlichste Weg, meine Identität wiederzufinden, das mir so lange verwehrte Glück beim Schopf zu packen, den in meiner Kindheit ausgehobenen Schützengraben zuzuschütten. Vielleicht bin ich zu träge, scheue die zermürbenden Diskussionen, an die ich mich zu gut erinnere, da gewisse Wunden nicht ohne weiteres verheilen. Und so kann ich mich nie dazu durchringen, den Anfang zu machen, und stecke all meine Energie in die Arbeit.

Jeden Morgen gilt der erste Gedanke meiner Mutter: Ich stehe voll guter Vorsätze auf, und abends merke ich, dass ich die Begegnung mit ihr abermals vermieden habe. Ihre Abwesenheit vergiftet meine Seele. Außerdem sind da meine Brüder ... Aber wenn sie sich nicht bei mir melden, wieso sollte ich den ersten Schritt tun?

Eines Nachmittags steht Onkel Nittuzzo vor der Tür. »Agata, es gibt Neuigkeiten!« Er macht eine Pause. »Wir haben eine Wohnung für dich gefunden!« Er sieht mich zufrieden an und fügt hinzu: »Eigentlich ist es Tante Cettina zu verdanken ...« Richtig, Onkel Nittuzzos Frau, die »busenlose« Tochter von Don Ciccio Abella, die Luft für meinen Vater war, weil sie aus einer Mafiafamilie stammt.

»Agata, hörst du mir zu?«

»Ja, Onkel, entschuldige.«

»Also, deine Tante hat ihre Beziehungen spielen lassen, und jetzt rate mal ... In ein paar Monaten ist Großmutter Agatas Wohnung in der Via Alloro fix und fertig saniert, und du könntest dort einziehen.« Ich klappe den Mund auf und zu, vor Freude fehlen mir die Worte.

»Was ist los, Agata? Du bist vielleicht komisch! Nicht mal ein Danke ... Sei doch nicht so maulfaul!«

»Entschuldige bitte, Onkel ... Danke. Ich freue mich riesig.«

»Und das sagst du mir mit so 'ner Flunsch?«

»Ich hab halt so ein Gesicht, was soll ich machen?«, rutscht es mir bissig heraus.

»Agata, was ist los?«

»Na ja, also ... Mir fehlt meine Mutter, und meine Brüder fehlen mir auch.«

»Was ist denn jetzt in dich gefahren, Agata? Die können dir doch gestohlen bleiben!« Ich zucke gewollt gleichgültig die Achseln, doch mein Gesicht spricht eine andere Sprache, und Onkel Nittuzzo setzt noch einen drauf: »Eine wie du, die den ganzen Tag schafft und manchmal auch nachts, eine Ärztin: Du willst mir doch nicht sagen, dass du auf deine Brüder neidisch bist? Weißt du überhaupt, dass Sebastiano noch immer bei deiner Mutter wohnt? Die hat einen richtigen Trottel aus ihm gemacht!«

Onkel Nittuzzos Seitenhieb lässt ein warmes Gefühl in mir aufsteigen. Er weiß um meine Probleme, hin und wieder haben wir darüber geredet, und ich habe mir manchmal bei ihm Luft gemacht. Um mich zu trösten, zieht er gern über meine Familie her.

»Wenn du den sehen würdest, Agatina, du würdest ihn nicht wiedererkennen ... Fett ist er geworden und glatzköpfig, und wenn er den Mund aufmacht, kommt nur dummes Zeug heraus. Deine Mutter hängt ihm verzückt an den Lippen und sagt dauernd: ›Ganz genau! Recht hat er!‹ Aber offenbar sind sie glücklich, die beiden, morgens gehen sie zusammen einkaufen, trinken einen Kaffee in der Bar, essen, rauchen, sehen fern. Wenn Sebastiano mies gelaunt ist, schleicht sie auf Zehenspitzen durch die Wohnung, wartet, bis er sich abreagiert hat, und bemitleidet ihn dann: ›Der Ärmste, müht sich so ab, hat aber immer nur Pech …‹ Oder, wenn du mich fragst: Aus einem Esel macht man halt kein Rennpferd.«

»Man liebt eben nicht alle Kinder gleich«, bemerke ich bitter und muss an den verächtlichen Kommentar meiner Mutter denken: *Agata, du bist einfach zu empfindlich.*

Alfonso, mein anderer Bruder, hat eine Brasilianerin geheiratet und ist aus Palermo weggezogen. Seit einigen Jahren ist er spurlos verschwunden, um den Klauen meiner Mutter zu entgehen, die ihn wegen dieser Mischehe bestimmt mit Vorwürfen überhäuft hat.

Ich schäme mich, dass ich nicht den Mumm habe, meiner Mutter gegenüberzutreten; diese Flucht lastet wie Blei auf mir.

Nach Onkel Nittuzzos Bericht, den er mit boshaften Details gespickt hat, fühle ich mich fast beruhigt. Gierig klammere ich mich daran, um mein schlechtes Gewissen zu erleichtern. Getreu dem hiesigen Sprichwort: Besser einmal rot vor Scham als hundertmal gelb vor Neid.

Alles in allem bin ich in Palermo glücklich.

Mein neues Leben hält mich auf Trab, und ich habe nicht viel Zeit, an meine Mutter zu denken: Ich muss umziehen, die Wohnung einrichten, die neue Stelle antreten, alte Freundschaften wiederbeleben und mich auf die Spuren des anderen Zweigs meiner Familie machen.

Den Stammbaum der Badalamentis habe ich von Großmutter Agata – ein großes Blatt Papier, auf dem sie sämtliche Namen der Haupt- und Seitenlinien eingetragen hat; Geburten, Hochzeiten und Todesfälle sind mit buchhalterischer Genauigkeit vermerkt – schließlich war sie vom Sternzeichen her Jungfrau und Lehrerin von Beruf.

Zu den Verwandten, die ich ganz sicher nicht aufsuchen werde, gehört Onkel Bartolo, der Literat. Er heiratete eine Kollegin, mit der er schon seit Ewigkeiten zusammen gewesen war, und entfernte sich nach der Heirat immer mehr von seiner Familie, bis das Band schließlich ganz zerriss. Meine Großmutter litt unter dieser Entfremdung, tröstete sich aber schnell wieder und dachte womöglich gar nicht mehr an diesen undankbaren Sohn, der ihr einst Reime und Gedichte gewidmet hatte. Vielleicht lag es auch an der Schwiegertochter, jedenfalls war Bartolo in Gefühlsdingen nicht sonderlich bewandert. Die Gespräche wurden von Tag zu Tag spärlicher, bis schließlich nur noch Schweigen herrschte. Als es meiner Großmutter allmählich schlechter ging und ihr Gedächtnis immer größere Ausfälle hatte, war der erste Mensch, dessen Namen sie vergaß, ausgerechnet Bartolo. Sie hielt ihn für einen Kutscher, der ihren Rollstuhl schob, und sprach ihn mit *gnuri* an, der abwertenden Form von *signore*, mit der man sich in Sizilien an Leute niederer Herkunft wendet. Er spielte den Beleidigten und ließ sich nicht mehr blicken.

»Bartolo steht unter der Fuchtel seiner Frau, die ihn auf Schritt und Tritt herumkommandiert«, berichtet mir Onkel Nittuzzo.

»Das sagst du doch nur, weil du ihn noch nie ausstehen konntest.«

»*Früher oder später kommt alles ans Licht, da hilft auch alles Verstecken nicht!*«, zitierte er eines seiner geliebten Sprichwörter. »Ich mag sie halt nicht, ihn und sein hinterfotziges Weib. Er ist fett wie ein Nilpferd und blind wie ein Maulwurf … Bei all dem Süßzeug, das er heimlich in sich reinstopft, muss er achtgeben, dass er nicht irgendwann mal platzt. Aber wahrscheinlich frisst er klammheimlich so viel, weil seine Frau ihm jeden Bissen abwiegt und ihn auf Diät hält.« Wenn es darum geht, über den Bruder herzuziehen, ist Onkel Nittuzzo nicht zu bremsen. »Bevor er nach Hause kommt, macht er bei der Pasticceria halt, bestellt 'n halbes Kilo Cassata und versucht, sich über sein Leben und seine Familie hinwegzutrösten, und über die Ungeheuer, die er in die Welt gesetzt hat.«

»Onkel, jetzt übertreibst du aber!«

»*Was du nicht willst, das man dir tu, das füg auch keinem andren zu!* Bartolo ist boshaft und eifersüchtig, er konnte deinen Vater, Gott hab ihn selig, nicht ausstehen … Während Baldassare es zu was gebracht hatte, hockte er immer noch hier und machte den Dorflehrer.«

Onkel Nittuzzo, der Dümmste der Familie Badalamenti, der nicht hatte studieren wollen und dem deshalb laut meinem Vater nichts anderes übrigblieb, als in die Politik zu gehen, ist ein Lästermaul, aber so gutmütig und nachgiebig, dass man seine Gemeinheiten sofort wieder vergisst. Er liebte meinen Vater sehr, war stolz auf ihn, den Klugen, Tüchtigen, der Karriere gemacht hatte, aufs Festland gegangen war und sogar ein Haus am Meer besaß. Bei seinen Freunden kann er mit ihm prahlen, auch wenn er schon tot ist. Und auf mich ist er genauso stolz, weil ich so tüchtig war und Ärztin geworden bin und ein Auswahlverfahren gewonnen habe, wenn auch »dämlich genug, nach Palermo zurückzukehren«.

4

Ein Jahr nach meiner Rückkehr lerne ich einen Mann kennen – einen dahergelaufenen Schnösel, ordinär und eitel zugleich, der sich als Mistkerl entpuppt. Er ist verheiratet mit Rosalia Frangipane, der emporgekommenen Tochter des Bosses vom alten Hafen La Cala. Noch kann ich nicht ahnen, wie sehr er mein Leben aus den Fugen bringen wird.

Vielleicht liegt es an den verschwenderischen Düften dieses schmerzlich schönen Landes, an den durchdringenden Geräuschen einer Stadt, die niemals schläft, oder am blendenden Sonnenlicht, dass ich wie benommen und ohne Schutzpanzer bin. Jede Empfindung trifft mich so heftig wie der Schirokko, der sich sogar im Winter nicht legt. Als ich meine Wohnung in der Via Alloro zum ersten Mal betrete, treffe ich auf einen Unbekannten, der aussieht wie ein Bauer, der gerade vom Feld zurückgekehrt ist: Die Ärmel bis zum Ellbogen aufgekrempelt, mit offenem Kragen und aus der Hose hängendem Hemd, kommandiert er wie selbstverständlich die Möbelpacker herum, als wäre er der Chef.

»Das kommt dahin … nee, nimm den Hut vom Bett, bringt doch Unglück … Totò, was machst'n da, siehste nich, dass der Putz noch nich trocken is?«

Seine goldbraunen Arme sind fein behaart, er hat kleine, schwarze, engstehende Augen, dazwischen eine Schweinchennase, die aussieht, als würde er gleich losgrunzen, und einen lockigen grauen Haarhelm auf dem Kopf. Er ist der Eigentümer des Hauses, oder besser, der »Verwalter«, wie er mir in gereiztem Ton erklärt. Die Familie seiner Frau ist groß ins »Bissness« eingestiegen und hat die Häuser der Via Alloro zu Spottpreisen gekauft. Nach der Sanierung wurden die Wohnungen vermietet, und er kümmert sich um die Mieter und die ganzen übrigen Scherereien.

Auch in den letzten Jahren hielt der große Ausverkauf fast unverändert an: In der seit der Plünderung Palermos sich selbst überlassenen Altstadt werden die heruntergekommenen Gebäude Stück für Stück aufgekauft und mit EU-Geldern und günstigen Darlehen korrupter Banken saniert. Doch ich muss zugeben, das Viertel erstrahlt in neuem Licht.

»Verzeihen Sie, Signor …«

»Abbasta.«

»Wieso basta?«

»Nein, Abbasta ist mein Name. Santino Abbasta: Eigentümer und Verwalter des Gebäudes.«

»Entschuldigung, war ein Missverständnis. Die Wohnung mag Ihr Eigentum sein, aber ich bin die Mieterin, also ist es meine.« Er kehrt mir, ohne zu antworten, den Rücken zu und kommandiert weiter die Arbeiter herum. Sein mangelndes Benehmen ist mir zuwider.

»Signor … Abbasta, nur um es klarzustellen, ich hab das Bett gern mitten im Zimmer, und da dies nun mal meine Wohnung ist … Wären Sie so freundlich und halten sich bitte raus, ich sage den Leuten schon, wohin sie die Möbel rücken sollen.«

»Ohne Ihnen nahetreten zu wollen, Signora, aber das Bett mitten im Zimmer sieht nach Totenfeier aus, da bahrt man die Verstorbenen auf, und wenn Sie nichts dagegen haben, stelle ich das Bett lieber an die Wand. Die Vorstellung, dass in einem meiner Häuser ein Katafalk rumsteht … Da krieg ich schlaflose Nächte.«

Der hemdsärmelige Rüpel hat eine einschmeichelnde, gewinnende Stimme und unterstreicht seine Worte mit ausholenden Gesten. Er bewegt sich ein paar Meter auf mich zu und spitzt die inzwischen zu einem Lächeln geöffneten Lippen wie zu einem sanften Kuss. Es ist schwer, diesem Magier zu widerstehen. Doch in dem Moment ist mir seine Gefährlichkeit nicht bewusst, vielmehr kommt er mir mit seinem Gerede über Unglück und nächtlichen Schlaf eher lächerlich vor. Dass ich ihm am Ende recht gebe, sollte jedoch meine Alarmglocken schrillen lassen …

Ich bin sicher, Großmutter Agata würde sich im Grab umdrehen, wenn sie sähe, wie ich gegenüber einem x-beliebigen Unbekannten klein beigebe. Mit ihrer katholischen Frömmigkeit hatte sie zwischen Abendandachten, Rosenkränzen, Gebeten und Hochämtern weder Zeit noch Lust, sich nach Männern umzudrehen. Ich hingegen fühle mich mit einem Mal von den nackten goldbraunen Armen, die aus den Hemdsärmeln herausschauen, von den blitzenden Zähnen und dem schelmischen Grinsen dieses Santino unwiderstehlich angezogen. Der Großmutter wäre das gar nicht recht, denke ich. Doch um mein schlechtes Gewissen zu beruhigen, sage ich mir, dass ich nach vielen Jahren in die Wohnung meiner Großeltern zurückkehre und mein Einzug unter guten Vorzeichen und mit dem Segen der Nachbarn stattfinden soll. Also will ich diesem freundlichen Herrn nicht auf den Schlips treten, schließlich will er nur helfen.

»Na gut, stellen Sie's um«, und als müsste ich mich rechtfertigen, füge ich hinzu: »Ich bin lange weg gewesen, wissen

Sie, da kann man die heimischen Bräuche schon mal vergessen, und an den bösen Blick hab ich gewiss nicht gedacht. Aber wahrscheinlich haben Sie recht, stellen Sie mein Bett hin, wo Sie's für richtig halten, lassen Sie sich nicht stören und fühlen Sie sich wie zu Hause, ich gehe dann mal.«

5

»Agata, geht's dir gut? Fühlst du dich wohl in der Wohnung?« Onkel Nittuzzo ist schon öfter bei mir vorbeigekommen, erkundigt sich in gewissen Abständen nach meinem Befinden, ist aufmerksam und herzlich.

»Ja, Onkel, mir geht's gut.«

»Willst du die neueste Geschichte von deinem Onkel Bartolo hören? Du kannst es aber auch in der Zeitung nachlesen ...«

»Echt? In der Zeitung? Was hat er denn diesmal gemacht?«

»Ach, den üblichen Schwachsinn ... Der hat den Kopf nur zum Haareschneiden.«

»Wir sind doch wohl nicht auf den Klatschseiten gelandet?«

»Ach, geh, Agatina, du bist noch immer so 'n Dummerchen wie früher.« Fast höre ich Großmutter Agatas Stimme: *Agatina, Babbasunazza!* – »Agatina, mein Dummerchen.«

»Na ja, bei all den Geschichten von Mafia, Mord und Totschlag ...«

Onkel Nittuzzos Antwort kommt wie ein Knüppelschlag: »Die Mafia gibt's nicht, das ist reine Erfindung. Und dass du mir dieses Wort ja nicht in meinem Haus und in Tante Cettinas Gegenwart in den Mund nimmst, du weißt, wie empfindlich sie ist, gewisse Dinge will sie eben nicht hören. Und wie heißt es so schön: *Den Schweinen Zucker und den Priestern ein Almosen!*«

Immer hat er alles darangesetzt, meinem Vater keine

Scherereien zu machen, und deshalb soll ich es jetzt mit seiner Frau genauso halten, schließlich kann ich ihr dankbar sein für den herzlichen Empfang, die Wohnung, den Mietvertrag. Ich verstehe nicht, warum er sich so aufregt. »Und was ist mit dem, was die Journalisten schreiben?«, hake ich nach.

»Übles Lügengeschwätz vom Festland, um die Ehre der Sizilianer in den Dreck zu ziehen. Aber willst du jetzt wissen, was Bartolo gemacht hat, oder nicht?«

Na gut, dann muss ich mir eben ein wenig Tratsch anhören. Mit der halben Verwandtschaft bin ich bereits verkracht, da will ich es mir mit Onkel Nittuzzo nicht auch noch verderben. Also sage ich versöhnlich:

»Entschuldige, Onkel, doch, erzähl.«

»Gestern, am Valentinstag, am Fest der Verliebten. Bartolo fährt wie jeden Morgen zur Schule. Er parkt das Auto und quält sich, japsend wie ein Jagdhund nach der Hatz, heraus.«

»Bei seiner Wampe kommt er bei der kleinsten Bewegung aus der Puste.« Das ist meine Art, Interesse für Onkel Nittuzzos Schilderung zu bekunden.

»Der Aufzug ist kaputt, also steigt er schnaufend und fluchend die Treppe rauf und zählt jede Stufe. Eins, zwei, drei, zehn, der erste Absatz. Er bleibt stehen, schnappt nach Luft, dann elf, zwölf, zwanzig, der zweite. Das Herz, die schrumpelige Zwiebel in seiner Brust, bummert wie ein kaputtes Uhrwerk.«

Immerhin merkt er dann, dass er eines hat, denke ich, behalte es aber für mich; die Sache mit der Mafia hat Onkel Nittuzzo irritiert, und ich will, dass er unsere kleine Unstimmigkeit schnell vergisst und wieder genauso herzlich mit mir ist wie zuvor.

»Er setzt die Brille ab und wischt mit der Krawatte über die Gläser, durch die er kaum noch etwas sieht, so fettig sind die. Er setzt sie wieder auf seine speckige Nase. Vor dem Fenster, mitten im strahlendsten Sonnenschein, dass man meint, es wäre August – du weißt ja, an manchen Wintertagen ist es hier wie im Hochsommer, warm, windig, der Schirokko … also, vor dem Fenster stehen zwei Jugendliche und knutschen.«

»Und?«

»Agata, du kennst wohl Bartolo schlecht! Der ist so ein Stockfisch, dass nur der liebe Gott und seine Frau wissen, wie er seine Kinder zustande gekriegt hat. Schnurstracks geht er auf die beiden zu und tippt dem Jungen auf die Schulter. Der guckt ihn nicht mal an und lässt gerade so lange vom Mund seiner Freundin ab, um zu sagen: ›Moment! Ein bisschen Respekt vor der Liebe.‹ Bartolo tippt ihn wieder an. Der Junge glaubt, es sei ein Kumpel, der ihn ärgern will, und sagt, ohne sich umzudrehen: ›Such dir halt selbst 'ne Freundin und hör auf, mir auf die Eier zu gehen.‹ Bartolo ist sprachlos vor Empörung, er steht wie angewurzelt da und weiß nicht, was er machen soll. So eine Unverschämtheit! Und das ihm, dem Direktor!«

Wie immer schmückt Onkel Nittuzzo seine Erzählung mit köstlichen Details aus, nichts wird ausgelassen. Er weiß sogar, welche Farbe der Pulli des Jungen hatte, welche Schuhe er trug, wer die Eltern der beiden sind. Ich sehe Bartolo regelrecht vor mir, seine runde Silhouette, die sich vor dem sonnenerhellten Fenster abhebt, die Hände an der Stirn, um seine Gedanken zu ordnen, den flatternden Blick, während er angestrengt nach den richtigen Worten sucht, um diesem in seinen Augen skandalösen Verhalten ein Ende zu machen.

»Der Gaffer wird dem Mädel allmählich zu dumm, und sie flüstert ihrem Süßen ins Ohr: ›Schatz, hinter dir steht 'n Spanner.‹ Der Junge fährt herum, bereit, dem ungebetenen Zuschauer eine zu hauen, und im selben Moment brüllt Bartolo: ›Verweis! Das ist ein Verweis! Die Schule ist kein Freudenhaus!‹ Seit zwei Tagen weiden sich die Zeitungen daran, in ganz Italien ist er das Arschloch vom Dienst, dumm nur, dass wir denselben Nachnamen haben.«

»Da hat er wirklich den Vogel abgeschossen.«

»Und wie. Was muss er auch zwei verliebte Jugendliche belästigen? Der ist nur neidisch, erträgt's nicht, wenn jemand 'n bisschen Spaß hat: Geh ihn also bloß nicht besuchen. Der bringt's fertig und hängt dir was Übles an, nur weil du noch nicht verheiratet bist. Oder er kriegt 'nen Herzkasper, wenn er spitzkriegt, dass du von deiner Arbeit lebst und allein zurechtkommst. Wenn sie dann noch erfahren, dass du in unserer alten Wohnung wohnst, ist der Hexe von seiner Alten sogar zuzutrauen, dass sie dir den bösen Blick anhängt.«

6

Zwischen Krankenhausschichten, Besuchen von Verwandten und Freundinnen gehen die Tage schnell dahin. Ruhig und glücklich wie nie falle ich abends ins Bett. Trotz der umfassenden Sanierung hat Großmutter Agatas Wohnung ihre Energie und Atmosphäre bewahrt. Es mag Einbildung sein, aber es kommt mir vor, als wäre sie bei mir und beschützte mich.

Eines Morgens steht ein Strauß roter Rosen vor der Tür. Die beigefügte Karte ist mit einer winzigen, weiblich anmutenden Handschrift mit runden, schnörkeligen *A* und *O* wie von einem Grundschüler geschrieben.

Auch ohne Totenbett im Zimmer bekomme ich nachts kein Auge zu.

Santino Abbasta

Die Aufmerksamkeit des Verwalters wundert mich kein bisschen. Er ist ein berüchtigter Schürzenjäger, und an seinem Blick kann ich unschwer ablesen, was ihm durch den Kopf geht, wenn wir uns begegnen. Genervt, geschmeichelt und belustigt zugleich, nehme ich das Kärtchen und die Schleife ab und stelle die Blumen in eine Vase. Eine Blüte fällt sacht und geräuschlos auf den Tisch. Dieser eingebildete Gockel hat sich eine welke Rose unterjubeln lassen. *Die Leute aus dem Süden müssen einen einfach übers Ohr hauen, die können nicht anders*, ist eine der Überzeugungen, zu denen mein Vater nach seinem Umzug aufs Festland gelangt ist.

Ich nehme die Blüte zwischen die Finger. Sie ist ganz zart, wie Seide, und fühlt sich an wie die Stoffblumen auf dem Hut meiner Großmutter. Versonnen drehe ich sie zwischen den Händen, und erst da merke ich, dass der Blumenhändler mit viel Geschick und Geduld einen roten Slip zu einer welken Blüte geformt und ihn mit einem feinen Draht fixiert hat, damit er nicht plötzlich aufgeht, ehe er ihn auf grünen, holzigen Stängel befestigt hat. Wer weiß, wie lange sich Santino Abbasta den Kopf zerbrochen hat, bis ihm dieser Einfall kam. Dieser Mistkerl …! Aber interessant. Und bis zum Abend verspüre ich beim Gedanken an den goldenen Flaum auf seinen starken Armen ein leises Prickeln im Kopf und auf der Haut.

Es passiert wie von ungefähr, und zuerst nehme ich es gar nicht ernst, doch ganz allmählich schleicht sich Santino Abbasta in meine Phantasie und mein Herz und nistet sich in mir ein wie ein Alien. Ich habe mich auf seine Geste hin nicht gerührt, doch Schweigen ist auch eine Antwort: Am nächsten Morgen ist ein neuer Strauß von ihm da, wieder rote Rosen, wieder mit einer Stoffknospe.

Nichts ist mehr wie vorher. Die Arbeit im Krankenhaus läuft normal, doch ich bin mit dem Kopf woanders. Meine Freundinnen kommen vorbei, es wird geschwatzt und getratscht, aber ich höre nicht zu. Onkel Nittuzzo überhäuft mich mit Aufmerksamkeiten, die mich kaltlassen. Zu Beginn hat die Rückkehr nach Palermo Ordnung und Normalität in mein löchriges Leben gebracht, und selbst das Gefühl der Leere ist erträglicher geworden. Die Erinnerung an meinen Vater ist kein schmerzhafter Klumpen in der Magengrube mehr, sondern eine süße, fast begütigende Wehmut. Doch jetzt, da die Tage von Santinos Blumen geprägt sind, macht sich das Nichtzugehörigkeitsgefühl wieder bemerkbar.

»Jeden Tag schickt er mir einen Strauß Rosen …«

»Was für ein anmaßender Mensch.« Ich kenne Clotilde seit der Grundschule. Es war eine Freude, sie wiederzufinden, und wir reden so ungehemmt und vertraut miteinander, als wären wir nie getrennt gewesen.

»Um ehrlich zu sein, mir gefällt's. Ich rechne morgens förmlich damit und wäre gar beleidigt, wenn die Rosen mal nicht da wären.«

»Weil du, wenn es um Männer geht, mit Blindheit geschlagen bist. Das ist ein Weiberheld, der an jeder Ecke eine hat. Außerdem ist er verheiratet, noch dazu mit einer Mafiabraut.«

»Mensch, Clotilde, wir leben doch nicht mehr zu Zeiten von Franca Viola!« Damit spiele ich auf eine junge Frau an, die in den sechziger Jahren Schlagzeilen machte, indem sie sich als erste Sizilianerin dem Brauch des Brautraubs widersetzte und sich weigerte, ihren Entführer und Vergewaltiger zu heiraten.

»Wie du meinst, aber du kannst es dir an den Fingern abzählen: Wenn du Kinder willst – die hat er schon; wenn du Liebe willst – der macht dich unglücklich; wenn du Sex willst – Santino Abbasta hat das Verfallsdatum schon überschritten. Such dir einen knackigen jungen Burschen, mit dem du Spaß im Bett haben kannst.«

Meine Küche duftet nach Ricotta und Zimt: Clotilde hat ein Tablett voller Gebäck mitgebracht. Sie kann einfach nicht plaudern, ohne dabei zu naschen.

Meine Freundin ist eine junge, dralle Frau mit großen, braunen Augen, kurzem, welligem Haar und schlanken Fesseln, bei deren Anblick man sich fragt, wie sie den korpulenten Körper tragen können. Sie ist hübsch, warmherzig, und wir mögen einander sehr. Beim Reden hebt sie die Schultern, breitet die Arme aus und lässt ihren üppigen Busen wippen.

Wenn sie ihre Sorge um mich kundtun will, hebt sie die Brauen und legt die Stirn in zahlreiche Falten, die sie ernst und abgeklärt aussehen lassen. Sie ist eine offene, unverstellte Frau mit dem für Sizilianerinnen typischen Sinn für Humor; außerdem ist sie klug, besonnen und traditionsverbunden. Glücklich verheiratet und Mutter. Ich hingegen passe in kein Schema, falle aus dem Rahmen. Da ich oft aus dem Bauch heraus handle, sorgt sich Clotilde um mich wie eine ängstliche Mutter.

Wir sitzen uns gegenüber, und meine Freundin ist in das letzte Nachmittagssonnenlicht getaucht, das durch das halbgeöffnete Fenster hinter ihr hereinfällt.

Eine ganz besondere Stimmung erfüllt meine Küche, typisch für eine Wohnung im Winter, wenn die Stille mit dem schwindenden Licht wächst und die Zeit innezuhalten scheint. In diesem Spiel aus Licht und Schatten habe ich plötzlich eine Halluzination, ich bilde mir ein, der rundliche Schattenriss mir gegenüber wäre meine Großmutter, die mir wie üblich einen Rat geben will.

Pass auf, Agatina! Vorsicht ist besser als Nachsicht. Einen Augenblick lang glaube ich wirklich, einen Geist vor mir zu haben …

»Und, ist der Kaffee durch?« Clotildes durchdringende Stimme reißt mich zurück in die Wirklichkeit.

»Deiner Meinung nach soll ich ihn also sausenlassen?«

»Meiner Meinung nach solltest du ihn dir aus dem Kopf schlagen. Der Typ ist ein Schwerenöter, der dir das Blaue vom Himmel verspricht. Kennst du denn keine netten Bürschchen in deinem Alter, die frei sind?«

»Klar kenn ich welche, aber der hier ist ein richtiger Mann, weißt du? Und wenn du wüsstest, wie charmant er ist!«

»Ein Schaumschläger halt!«

»Und außerdem gefallen mir seine Arme und sein Haar.«

»Agata, ich mach mir allmählich Sorgen um dich. In Palermo ist er bekannt wie ein bunter Hund. Frag ruhig deine anderen Freundinnen, die werden dir sagen, dass man sich so einen bloß vom Leib halten soll.«

»Trink deinen Kaffee, Clotilde, sonst wird er noch kalt«, sage ich, um vom Thema abzulenken, denn Santino Abbasta hat bereits heimlich, still und leise von mir Besitz ergriffen.

7

Den letzten Rosenstrauß bringt er mir an einem verregneten Morgen persönlich vorbei. Die Luft ist lau, fast frühlingshaft, der Himmel grau und sandrot. Am vorigen Abend ist ein Sturm über die Stadt gezogen, hat Papier aufgewirbelt, den Müll in die hintersten Winkel gefegt, Werbeplakate abgerissen, Bäume und Büsche zerzaust. Nachdem es dann ein paar Stunden still gewesen war, hat im Morgengrauen der Regen eingesetzt.

Ich trete aus dem Eingangstor und laufe beschwingt über die rutschig nassen Marmorplatten. Als ich um die Ecke biege, steht Santino da, ans Auto gelehnt. Ohne guten Tag zu sagen, packt er mich am Arm, drückt mich gebieterisch auf den Beifahrersitz, schnallt mich an, schlägt die Tür zu und braust mit quietschenden Reifen in Richtung Corso Vittorio Emanuele.

Er trägt ein würziges, aufdringliches, fast feminines Parfüm, die hochgekrempelten Ärmel geben den Blick auf den zarten, pudrig goldenen Flaum auf seinen Unterarmen frei. Dieser sanfte, goldfarbene Schimmer erregt mich. Ich erkenne mich nicht wieder, bringe kein Wort heraus, nicht einmal die Frage, wohin wir fahren. Wir schweigen die ganze Fahrt über, er hängt seinen Gedanken nach, und ich bin von seinem Geruch, von seinem unfassbaren Benehmen wie benommen.

Wenige Meter vor der Krankenhauszufahrt hält er an und drückt mir den Rosenstrauß und ein Päckchen in den Arm.

»Ich habe dir ein Geschenk gekauft. Heute Abend komme ich vorbei. Zieh es an.« Er öffnet mir, ohne auszusteigen, die Tür und stößt mich fast unwirsch hinaus. Ich reagiere nicht, sage nichts, bin völlig verdattert.

Den ganzen Morgen über führe ich mechanisch meine Arbeit aus, während meine Gedanken woanders sind. Am Abend mache ich eher Schluss als sonst, gehe einkaufen und koche ein Abendessen für ihn. Zu Hause fällt mir das Päckchen wieder ein, das zwischen den Einkaufstüten auf dem Küchentisch liegt, und mit vor Aufregung zitternden Fingern mache ich es auf. Es ist ein schwarzes Kleid aus weichem, eng anliegendem Jersey. Santino hätte mir seine Absichten kaum deutlicher zu verstehen geben können. Was ich will, ist mir allerdings weniger klar. Ich weiß nicht, warum ich nicht auf seine Unverschämtheit reagiert und stattdessen den Kopf eingezogen, den Mund gehalten und den lieben langen Tag an nichts anderes als seine goldschimmernden Arme gedacht habe.

Als es an der Tür klingelt, stehen alle Gänge fertig auf dem Tisch: die Rigatoni mit Ricotta und Minze, die Thunfischfrikadellen mit Orange und Thymian, die panierten Artischocken à la Nonna Agata und sogar das Kaffeegelee mit Zimt und Sahne.

Er spaziert herein wie der Herr im Haus und sieht mich wohlgefällig an.

»Ich hab's gewusst, dass das Kleid dir steht. Dreh dich mal, zeig dich.« Ich vollführe eine Drehung, wohl wissend, dass ich ziemlich verführerisch aussehe. Das Kleid sitzt wie eine zweite Haut, es zeigt meine schmale Taille, den makellosen Übergang zwischen meinen runden Hüften und den großen, vollen Brüsten mit der tiefen Furche dazwischen, die der bestickte Ausschnitt noch unterstreicht. Vielleicht sollte ich etwas sagen, »Guten Abend« oder »Was fällt dir eigentlich ein?«, aber ehe ich etwas herausbringe, ist Santino bereits mit selbstsicherem Schritt in Richtung Esszimmer unterwegs.

»Was gibt's denn? Ich sterbe vor Hunger.« Vor dem gedeckten Tisch bleibt er stehen, stopft sich, ohne zu fragen, eine Frikadelle in den Mund, greift nach einer Artischocke und zieht mich mit der anderen Hand zu sich heran, als wäre ich eine Marionette und er der Puppenspieler. »Hm, köstlich, dieser Thunfisch …« Mit einer jähen Bewegung schiebt er die Teller beiseite und macht auf der Tischdecke Platz. Gläser und Besteck klirren, etwas fällt zu Boden. »Keine Sorge, was kaputtgeht, kaufe ich dir neu.« Er packt mich unter den Achseln, genau wie Großmutter Agata, als ich ein kleines Mädchen war, und setzt mich auf den Tisch. Doch statt der familiären, unschuldigen Atmosphäre von einst liegt Sünde in der Luft.

Santino hat vor mir auf einem Stuhl Platz genommen. »Zieh die Schuhe aus«, verlangt er. Sein Blick ist frech und herausfordernd wie der eines Straßenjungen. Ich lasse es mir nicht zweimal sagen, meine Füße schlüpfen aus den Ballerinas und stemmen sich auf seine Schenkel, als gehorchten sie einem eigenen Willen.

Er hält mir eine Artischocke hin, und ich nehme sie mit den Lippen aus seinen öligen Fingern entgegen, die sich augenblicklich ans Werk machen: Bei den Fußsohlen beginnend, gleiten sie die Fesseln hinauf, streicheln meine nackten Waden.

»Weißt du, was ich nicht ausstehen kann?«

Ich schüttele den Kopf.

»Hässliche Füße … deine sind wunderschön.« Ohne den Blick von mir abzuwenden, fängt Santino an, meine Zehen zu lutschen, einen nach dem anderen. Mein Magen schnürt sich lustvoll zusammen, ich hätte nie gedacht, dass ich an den Füßen so erregbar bin.

»Gibst du mir bitte noch eine Frikadelle?« So ist Santino, er erregt mich, dann will er, dass ich ihn ebenfalls mit der Hand füttere, und macht sofort mit seiner Massage weiter. Als er den Bissen hinuntergeschluckt hat, zieht er mich mit beiläufiger Miene vom Tisch zu sich heran und schiebt mir mit einer verblüffend behänden Bewegung das Kleid hoch. Diesmal ist er verdattert: Ich trage keine Unterwäsche.

»Ich wusste doch, dass du 'ne richtige Schlampe bist …« In dem Wort schwingt nichts Verächtliches mit, sondern einzig Erregung und Genugtuung darüber, den richtigen Riecher gehabt zu haben. Er legt mich auf den Tisch zwischen das dort verbliebene Geschirr und fängt an, mich zu erkunden, an mir zu knabbern, zu beißen, mich zu ertasten, meine Brustwarzen zu streicheln und genüsslich meinen Bauch zu lecken, als wäre es ein Nachtisch. Ich bleibe sprachlos, stöhne, wimmere, treibe ihn an, doch vor allem lasse ich ihn machen. Es ist aufregend, nicht zu wissen, was mich erwartet, wohltuend, mich ihm hinzugeben, der jeden Winkel meines Körpers zu kennen scheint und mir eine ungeahnte Lust beschert, stärker und intensiver als alles, was ich bisher erlebt habe. Er hält nur inne, um Befehle zu geben.

»Noch 'ne Frikadelle, siehst du nicht, dass meine Hände beschäftigt sind?« Er lässt sich von mir füttern, während seine Hände mir die Beine, den Bauch, die Brüste kneten. Als er satt ist, zieht er mir die Schuhe wieder an. »Hol mir die Flasche mit dem Öl«, zischt er mir ins Ohr. Völlig benommen gehe ich mit wiegenden Hüften in die Küche und spüre seinen Blick in meinem Rücken.

Mit übertrieben langsamen Schritten kehre ich zurück, setze einen Fuß vor den anderen, bewege das Becken nach rechts und links, während meine Brüste auf und ab wippen. Jetzt ist er nackt. Wieder legt er mich auf den Tisch, den er inzwischen ganz abgeräumt hat, und zieht mir die Schuhe aus. Er gießt sich ein wenig Öl in die Hand und reibt mich am ganzen Körper ein, wobei er mich massiert und streichelt. Mit letzter Kraft richte ich mich auf und begegne seinem Blick: Er braucht nichts zu sagen. Ich öle ihn von oben bis unten ein und massiere ihn. Das Gefühl, wie sich unsere öligen Körper aneinander reiben, ist magisch, erregend. Er nimmt mich im Stehen, an die Wand gelehnt, mein einer Schenkel hochgestemmt. Die Spannung entlädt sich in einem grandiosen Orgasmus.

Er lässt mich erschöpft und benommen zurück. »Morgen komm ich zum Resteessen wieder.«

8

Die Nacht verbringe ich in anderen Sphären. Ich schlafe kaum und schlecht, liege immer wieder wach, spüre noch Santinos Hände auf meinen Brüsten, seinen Mund auf meinem Bauch, seinen Körper auf und in meinem. Am nächsten Morgen fühle ich mich wie gerädert. Mit belegter Stimme rufe ich im Krankenhaus an: »Ich kann nicht kommen, mir geht's nicht gut.« Man glaubt mir. Ich drehe mich auf die andere Seite, kann weder aufstehen noch weiterschlafen.

Am späten Vormittag steht Santino vor der Tür. Die Wohnung sieht noch genauso aus wie wenige Stunden zuvor, überall herrscht Unordnung. Teller, benutzte Gläser und Essensreste auf dem Tisch im Esszimmer, Scherben auf dem Boden. Er tut so, als wäre nichts, kocht Kaffee, reißt die Küchenschränke auf, sucht nach Zucker und bewegt sich durch die Wohnung, als würde er sie seit Ewigkeiten kennen. Mir kommt der Verdacht, er war schon einmal heimlich hier, um in meinen Sachen zu wühlen. Er flößt mir zwei Tassen Kaffee ein, ringt mir ein paar Worte ab, um sicherzugehen, dass ich wieder bei Sinnen bin, zerrt mich ins Bett, und wir lieben uns.

»Lieben« ist vielleicht nicht der passende Ausdruck, denn was wir machen, ist weder zärtlich noch liebevoll. Wir beißen, ringen, krallen uns ineinander und zerfleischen uns in einer an Kannibalismus grenzenden Raserei.

Er ist verrückt nach meinen großen, weißen, festen Brüsten; seine Leidenschaft ist ansteckend, und ich lasse mich mitreißen.

Schon sind wir in die Falle der erotischen Obsession getappt.

»Santino, *abbasta*?«

»Von wegen *abbasta*, du weißt doch, dass ich von deinen Titten nicht genug kriege.«

Er hat nie genug von mir, aber mir geht es genauso.

Wir machen überall »Liebe«, zu Hause, in Restaurants, in Hotels, im Auto, wie zwei Besessene.

Santino ist ein unerschöpflicher Quell erotischer Phantasien und Lügen, um von seiner Frau wegzukommen, die ihm zu glauben scheint. Doch Rosalia Frangipane ist nicht naiv, ganz im Gegenteil. Sie weiß, dass sie der Kaste der Unantastbaren angehört; keine Frau wird so töricht sein, sich sie und ihre Familie zum Feind zu machen. Deshalb gönnt sie sich den Luxus, ihren Mann von der Leine zu lassen und damit eine gewisse Ungerührtheit zu demonstrieren. Je gelassener sie sich gibt, umso mehr drängt es Santino hinaus, um mit mir zusammen zu sein.

Derweil versucht Clotilde, mich zur Vernunft zu bringen. Sie ruft mich panisch an, ermahnt mich, aufzupassen, die Notbremse zu ziehen, vorsichtig zu sein … Um mich vor ihr und vor mir selbst zu rechtfertigen, berufe ich mich auf die 68er und 76 und die sozialistische Revolution in den Achtzigern. Inzwischen sollte die sexuelle Freiheit auch in Süditalien selbstverständlich sein. Die Frauen in Palermo rauchen, fahren Auto, Motorrad und Lkw, tragen Miniröcke, Hosen und Stay-ups, das ultimative Freiheitssymbol nach den Seidenstrumpfhosen und grauenhaften Strumpfhaltern; sie sitzen in den Bars, trinken Aperitifs, erzählen Witze, reden über Sex. Einen Liebhaber zu haben ist kein Tabu und nichts, weshalb ich mich zu verstecken bräuchte.

Doch die Familie Frangipane ist gefährlich, und in unserem Fall ist die Heimlichkeit kein gesellschaftliches Gebot, sondern laut Santino und meinen eingeweihten Freundinnen eine Vorsichtsmaßnahme.

Unterdessen verschlingt uns die Leidenschaft bei lebendigem Leib. Wir verbringen ganze Tage mit Vögeln, er arbeitet nicht mehr – wann hat er das überhaupt je getan? –, und ich bin zwischen Urlaub, freien Tagen und Krankmeldungen bereits zum Krankenhausdirektor bestellt worden.

Irgendwann fängt Santino an, eifersüchtig zu werden. Mal schmollt er, wenn ich nicht da bin, mal erpresst er mich: »Wenn du arbeiten gehst, bin ich weg«, mal schmiert er mir Honig ums Maul: »Wieso willst du eigentlich in fremder Leute Dreck rumwühlen, du mit deinen Pianistenhänden …« Schließlich verlangt er, ich solle das Krankenhaus verlassen: »Ich hab morgens frei, abends muss ich mit meiner Frau zusammen sein. Und wann sollen wir uns sehen, wenn du arbeiten gehst?«

Ich kann nicht nein sagen. Also beschließe ich, frei zu arbeiten, weil ich glaube, meine Zeit so besser einteilen zu können. Doch private Praxen füllen sich nur, wenn der Arzt als zweites Standbein eine Kassenpraxis betreibt, denn das schlechte staatliche Gesundheitssystem ist eine unerschöpfliche Quelle, um neue Patienten zu gewinnen. Und so bin ich im Handumdrehen arbeitslos.

»Vergiss doch das blöde Geld, Agata! Dein Vater hat dir genug hinterlassen« – für Santino ist Arbeiten eine rein ökonomische Frage –, »und wenn du was brauchst, musst du es nur sagen.« Ich bin nur glücklich, wenn ich ihn zufriedenstellen kann, also schließe ich mich zu Hause ein und warte auf ihn.

In dem Moment begreife ich noch nicht, was für eine unglaubliche Dummheit ich gerade begehe. Ich habe bis aufs Blut mit meiner Mutter gestritten, um Ärztin werden zu können, ich habe fleißig studiert und hart gearbeitet, um Gynäkologin zu werden, und plötzlich lasse ich die Geburtshilfe sausen – ein bis dahin einzigartiges Erlebnis –, um auf die Stippvisiten meines Liebhabers zu warten. Einen Mann zu befriedigen ist eine Sache, den Beruf, die eigene Identität wegzuschmeißen, eine andere. Doch inzwischen entscheidet Santino Abbasta für mich.

9

»Agata, ich falle gleich um, gibt's noch was zu essen?«

»Ein bisschen Geduld, wenn ich bitten darf. Die Brüstchen der *santuzza* sind mir nun mal wichtig. Ich will, dass sie genauso werden wie damals, als ich klein war.«

Normalerweise treffen wir uns zur Mittagszeit, denn die ist den Palermern heilig. Dann sitzen alle bei Tisch, und einen besseren Augenblick kann es für ein Liebespaar wie uns nicht geben. Rosalia kümmert sich um die Kinder, die aus der Schule kommen, und Santinos Abwesenheit fällt weniger auf.

Die Leidenschaft für einen Mann, der so anders ist als ich, und die ständige Verunsicherung, die aus der Heimlichkeit erwächst, haben mich dünnhäutig gemacht. Ich fühle mich wie ein Segelboot im Sturm. Ich habe viel freie Zeit, arbeite nicht mehr, habe sowohl den Freundinnen als auch Onkel Nittuzzo und allem anderen den Laufpass gegeben und den Dämonen Tür und Tor geöffnet. Die Tage verbringe ich in der Küche und backe Focaccie, probiere neue Saucen aus, mache Süßspeisen. Das Herumhantieren hilft mir, einen klaren Kopf zu kriegen, den Gedanken an Santino abzuschütteln und für ein paar Stunden der Besessenheit, die meine Seele und mein Leben auffrisst, zu entkommen.

Ich habe wieder angefangen, Agathenküchlein zu backen, aber da ich das Rezept nicht mehr finde, muss ich wohl oder übel improvisieren. Da Großmutter Agatas Mengenangaben durch generationenlange Erfahrung exakt aufeinander abgestimmt waren, glich ihre Anleitung der Geheimrezeptur eines Zaubermittels. *Fass mal den Teig an, Agatina, was meinst du? Fühlt er sich wie die Brust einer Verliebten an? Nicht zu lasch, nicht zu fest ...* Während ich im Geiste Großmutter Agatas Worten lausche, arbeiten meine Hände wie von selbst. Das Ergebnis ist nicht das gleiche, doch ich hoffe, die *santuzza* sieht es mir nach. Mindestens einmal in der Woche backe ich sie, um wieder in Übung zu kommen und die Zubereitung zu vervollkommnen. Santino unterdessen muss sie essen, aus Frömmigkeit, zur Gewissensberuhigung, weil es ein neurotischer Tick von mir ist. Mir ist bewusst, dass ich Heiliges und Profanes gefährlich durcheinanderbringe, aber ich will die *santuzza* günstig stimmen, damit sie mir Gesundheit und Liebe erhält.

»Agata, deine Titten sind das Süßeste, was ich je gegessen habe.« Mit geschlossenen Augen beißt Santino in das Küchlein, und ich kann mir vorstellen, woran er dabei denkt.

Seit einer Weile werden unsere Treffen von dem unguten Gefühl überschattet, beobachtet zu werden. Wir fürchten, Santinos ständige Abwesenheit und sein unterkühltes Verhalten könnten Rosalia misstrauisch gemacht haben. Sollte sie uns auf die Schliche kommen, dreht sie uns beiden den Hals um. Wir haben sogar einen Anlauf unternommen, uns seltener zu sehen, doch am Ende haben Leidenschaft und Sehnsucht jede Vorsicht in den Wind geschlagen.

Santino hält ein Küchlein in der Hand und leckt die Creme ab, die an den Seiten herausquillt und auf seinen schönen Seidenschlips zu tropfen droht. Mit genüsslich kreisenden Mundbewegungen kaut er. »Mmmh, Agata, mmmh«, macht er mit vollen Backen, und die sonoren Laute, die er von sich gibt, sagen alles.

»Agata, komm her, fühl mal, ich hab ’ne Überraschung für dich.«

»Was ist, Santino? Was gibt’s?«

»Na, fühl mal, steck die Hand rein, hier ist eine hübsche Überraschung für dich.« Er schiebt meine Hand in seine Hosentasche. Er hat eigens das Taschenfutter aufgeschnitten, und da er keine Unterhose trägt, halte ich sein strammes Glied in der Hand, das befriedigt werden will. »Du Widerling!«, schleudere ich ihm ins Gesicht, und den Mund voller Creme, fängt er an, mir den Hals abzulecken und meine Bluse, mein Haar, mein Gesicht vollzuschmieren. Er ist wie ein kleiner Junge, der Unfug macht, und ich bin wie seine Mutter, die ihn ausschimpft und so tut, als würde sie wütend werden, ihn anschreit, woraufhin er mir befiehlt, mich auszuziehen.

»Gib dir keine Mühe, Agata, ich hab dir doch geschworen: Solange die heilige Agatha deine Mordstitten beschützt, gehörst du mir und musst mit mir vögeln, wann und wie ich will.« Er ist noch immer verrückt nach meinen Brüsten, die, so will mir scheinen, noch größer geworden sind, seit ich mit ihm zusammen bin.

Kaum sieht er mich, reißt er mir die Kleider vom Leib und verschlingt sie mit seinen Blicken, ohne sie zu berühren. Selbst wenn er am Tisch noch über irgendwelchen Dokumenten sitzt, muss ich neben ihm Platz nehmen, damit er an ihnen herumspielen kann. Dann dauert es nie lange, und ich bin dermaßen erregt, dass ich meine, platzen zu müssen, wenn ich nicht sofort mit ihm schlafe. Aber was soll ich machen? Ich scheue mich, ihm zu sagen, er solle mich auf der Stelle vögeln und befriedigen, schließlich sei ich eine Frau … Ich schäme mich. Wenn ich es gar nicht mehr aushalte, schließe ich mich im Badezimmer ein und mache meinem Verlangen Luft. Einmal kam er mir auf die Schliche, Santino ist nämlich Experte für Sauereien.

Der Lüstling versteckte sich hinter der Badezimmertür und beobachtete mich durchs Schlüsselloch; die Vorstellung, wie ich mit der Hand zwischen den Schenkeln im Bad hocke und an ihn denke, machte ihn verrückt. Also trat er die Klotür ein und nahm mich auf dem Waschbecken, während der Wasserhahn lief und das Wasser mir über die Schenkel spritzte. Seitdem wartet er, bis ich wieder herauskomme, packt mich, drückt mich an die Wand, und wir treiben es im Stehen. Er schiebt meinen Rock hoch, gerade so weit wie nötig, und sagt, ich sei irrsinnig feucht und was für eine Wohltat es sei, in meinen schon befriedigten Schoß einzudringen.

10

Je öfter wir zusammen sind, desto mehr nimmt sich Santino heraus.

»Also wirklich, Santino, lass das.«

»Wieso, was ist? Gefällt's dir nicht?«

»Keine Ahnung, ich hab's noch nie probiert.«

Jeden Tag durchzucken ihn andere Gelüste und Phantasien, und ihm fällt ein neues Spielchen ein. Um ihn nicht vor den Kopf zu stoßen, mache ich jedes Mal mit, wenn auch widerwillig. Ich bin in ihn verliebt und sehne mich nach Zärtlichkeit, einem süßen Wort, einem geraunten *Ich liebe dich*. Doch seiner Meinung nach ist es nur zu meinem Besten, dass er mir so etwas nicht sagt, schließlich ist er verheiratet und will mir nichts vormachen.

Wenn er mittags zu mir kommt, zieht er sich das Sakko aus, setzt sich an den Tisch und wartet, dass ich ihm die Pasta serviere. Nachlässig probiert er einen Bissen, trinkt mit schnalzender Zunge einen Schluck Wein, schiebt sich mit einer Hand das Essen rein und fährt mir mit der anderen zwischen den Schenkeln herum.

»Agata, tu mir den Gefallen, zieh dir die Strumpfhose aus, ich bin nicht gekommen, um Klamotten zu befummeln, ich will dein Fleisch spüren.« Er hatte schon immer einen Befehlston am Leib, doch jetzt scheint es nicht nur, als wäre er der Herr im Haus, sondern als gehörte ihm auch das gesamte Inventar, ich inklusive. Seine Befehle sind für mich eine Art Liebesbeweis, und in Windeseile reiße ich mir die Strumpfhose herunter.

Einmal, er hatte gerade angefangen, mich langsam zu entkleiden, starrte er mich plötzlich wie gebannt an und murmelte: »Ich bete dich an.«

»Warst du gerade bei der Beichte oder was?«, fragte ich ungläubig und ohne daran zu denken, dass ich den in Liebesdingen äußerst empfindlichen und eingebildeten Santino damit vielleicht kränken könnte.

»So ein Quatsch. ›Ich liebe dich‹ darf man nicht sagen, doch ›Ich bete dich an‹ ist erlaubt. Aber wie auch immer, Agata, schlag's dir aus dem Kopf, ich bin mit Rosalia Frangipane verheiratet, und die Familie ist heilig.«

Die Geschichte mit Santino ist aus einer dummen Laune heraus entstanden, doch inzwischen haben wir die Kontrolle verloren. Die Schuld liegt bei mir. Hätte er mich genötigt, könnte ich mich beklagen, aber so war es nicht …

Eines Tages – die Phantasie geht gerade besonders mit mir durch, als hätte eine andere meinen Platz eingenommen – öffne ich ihm halb nackt die Tür und sage: »Willkommen, mein Gebieter.« Die Tür ist noch nicht wieder zu, da wirft er mich rücklings zu Boden, dringt mit ungekannter Gewalt in mich ein, reißt mich bei jedem Stoß an den Haaren und lässt mich erschöpft und mit rasenden Kopfschmerzen liegen. Jeder Peiniger findet ein williges Opfer.

Er ist selbst völlig verdattert, zu welchen Gewaltausbrüchen seine Hände, sein Herz und sein Schwanz fähig sind, und mit dem reuigen Blick eines Schuljungen, der etwas ausgefressen hat, sagt er: »Verzeih mir, Agata, aber deine Titten machen mich einfach wahnsinnig, und als du mich vorhin auch noch ›Gebieter‹ genannt hast, ist der Höhlenmensch in mir durchgekommen.« Ich beklage mich nicht; ich mag eine freie, emanzipierte Frau sein, aber nur dominante, primitive Männer machen mich scharf. Doch heute hat er es zu weit getrieben.

Auch ich bin ratlos. »Ich will ja gern deine Sklavin sein, Santì, aber bitte lebend. Nicht dass du mich halb umbringst und dich dann aus dem Staub machst.«

Noch ehe er antworten kann, steigt wieder die Lust in mir auf, und die fremde Agata ergreift von mir Besitz. Ich krieche auf ihn drauf, packe seine Hand, schiebe sie zwischen meine Schenkel und sage: »Gebieter, das nächste Mal musst du mich fesseln.« Von wegen das nächste Mal! Nach einem winzigen Zögern zieht er den Gürtel aus der Hose, dreht mich auf den Bauch, fesselt mir die Hände auf dem Rücken und versohlt mir den Hintern, dass ich eine Woche lang nicht sitzen kann. Als ich schreie, hält er inne. »Was ist, hab ich dir wehgetan?«, fragt er besorgt, und ich, oder besser, die andere fleht ihn keuchend an: »Nicht aufhören, mach weiter.« So geht es zwischen »Ja, mach weiter« und »Nein, du tust mir weh« den ganzen Nachmittag lang.

Die einsetzende Dunkelheit macht uns noch hemmungsloser, und wir treiben in der Grauzone zwischen Leidenschaft und Gewalt. Schließlich liegen wir erschöpft und beklommen in der Diele. Es herrscht Schweigen, und die Scham lässt sich fast mit den Händen greifen. Meine auf dem Rücken gefesselten Hände sind wie abgestorben, mein Bauch indes kribbelt noch immer vor Lust. Santino ist am Ende, er bringt kein Wort mehr heraus, doch die Familie ruft. Er zieht sich an und bindet mich, ohne mich anzusehen, los. Als ich die Hand ausstrecke und ihn streicheln will, weicht er angewidert zurück.

»Was ist los, Santino? Was hab ich dir getan?«

»Nichts.« Mit gesenktem Blick nestelt er an Hemd und Hose. Als er in den Spiegel sieht, um sich den Schlips zu binden und nach verdächtigen Spuren zu suchen, weicht er meinem Blick aus. Ich umarme ihn von hinten, aber er schiebt brüsk meine Hände weg.

»Santino, du hast doch was, spuck's aus.«

Ohne sich umzudrehen, geht er zur Tür, öffnet sie und steht im Lichtkegel, der vom Treppenabsatz hereinfällt. Mit zusammengebissenen Zähnen, hartem Blick und geballten Fäusten steht er da. Er begibt sich zum Aufzug, dann macht er mit erhobener Hand kehrt, als wollte er mich streicheln. Gerührt trete ich auf ihn zu und halte ihm die Wange hin, da holt er aus und verpasst mir eine schallende Ohrfeige. Blut rinnt mir aus der Nase auf die Oberlippe, in den Mundwinkel, tropft auf eine Brust und hinterlässt zwei winzige Male, die die Vollkommenheit zerstören.

»Du bist eine professionelle Nutte«, stößt er hervor, während ich ihn, völlig benommen, mit pfeifendem Ohr und dem Geschmack von Blut im Mund, in die Wohnung zurückzerre.

»Was redest du da, Santino? Was ist denn plötzlich los?« Er versucht sich loszumachen, will fliehen, aber ich klammere mich an seinen Arm – die Angst, verlassen zu werden, ist einfach zu groß. Selbst die Ohrfeige spüre ich nicht mehr, als hätte er sie einer anderen gegeben, diesem anderen Luder, das weder ich noch er kennen. Er versetzt mir einen Stoß, und ich stürze zu Boden.

»Und wie kommst du dann auf diese Sache mit der Sklavin?«

»Keine Ahnung, Santino … aus Liebe zu dir.« Splitternackt knie ich vor ihm, und es ist mir egal, ob die Nachbarn mich sehen.

»Ich bitte dich, Liebster, geh nicht fort …«

»Liebe hin oder her, Agata, für mich bist du eine dreckige Schlampe, such dir gefälligst einen anderen, ich will dich nicht mehr sehen. Und mach ja einen großen Bogen um mich herum, sonst vergess ich mich noch und schlag dich zu Brei. Jetzt ist ein für alle Male Schluss, zum Wohle aller.«

Santino verschwindet und lässt mich verletzt und voller Scham zurück.

11

Ehe es dazu kam, hatte die Obsession begonnen, uns zu verändern. Ich, die emanzipierte Frau vom Festland, wurde zur Sklavin; Santino Abbasta, der abgebrühte Weiberheld, verwandelte sich in einen gequälten, eifersüchtigen Liebhaber.

Meine Phantasie setzte Santino schwer zu. Im Grunde war er nichts anderes als ein aufgeblasener kleiner Spießer, ein Niemand, der sich tagsüber dank der Ehefrau als toller Hecht und nachts als Casanova fühlte.

Mein Liebhaber war ein halbseidener Kerl, und vielleicht machte ihn gerade das zum Faszinosum, doch am Ende entpuppte er sich als feiger Aufschneider. Aber ich war auch nicht besser, mimte die kluge, unabhängige Frau und ging einem Typen ins Netz, an dem der gesellschaftliche Fortschritt spurlos vorübergezogen war.

Doch Santino verliebte sich tatsächlich in mich und versuchte eine Zeitlang sogar, ein besserer Mensch zu werden. Mir zuliebe ging er wieder ins Kino, nahm das eine oder andere Buch in die Hand und kam sich vielleicht sogar ein bisschen emanzipiert vor. Jedenfalls hörte er mir zu und warf mit Begriffen wie Freiheit und Gleichheit um sich …

Seine vermeintliche Arglosigkeit betörte mich, und ich vertraute ihm so sehr, dass ich ihm sämtliche Männergeschichten beichtete. Gewiss, manchmal hatte seine Neugier etwas Perverses: »Mit dem hast du gevögelt? Hat's Spaß gemacht? Und wie hat er's mit dir getrieben?« Doch wir hatten einander versprochen, die Wahrheit zu sagen, und außerdem war er in sexuellen Dingen so unbefangen … Also ließ ich meiner Phantasie freien Lauf, um ihn zu beeindrucken. Die Liebe hatte mich verblödet.

Wie oft habe ich Großmutter Agata sagen hören: »Je weniger die Männer von dir wissen, desto besser …« Hätte ich mich bloß rechtzeitig ihrer Worte erinnert! Doch kaum kam mir meine Großmutter in den Sinn, ihr Schmerz und ihre Einsamkeit, die ihr Mann ihr aufgezwungen hatte, verscheuchte ich den Gedanken wieder. Die Dinge haben sich geändert, sagte ich mir, es ist nicht mehr wie früher.

Nach und nach begann die Eifersucht an Santino zu nagen, der von wahrer Liebe nicht die geringste Ahnung hatte und Spiel und Wirklichkeit nicht auseinanderhalten konnte.

Er rief bei mir an und stellte mir Fangfragen, um mich in Widersprüche zu verwickeln. Doch mir gefiel das: Ich fühlte mich geliebt! Je mehr er sich quälte, desto mehr glaubte ich, er könnte nicht ohne mich leben. Am Ende ging ich nicht einmal mehr zum Einkaufen aus dem Haus.

Irgendwann hörte ich auf, mich bei meinen Freundinnen zu melden. Hin und wieder hatte mich die eine oder andere besucht, um zu sehen, ob alles in Ordnung war; dann hatte er stundenlang geschmollt und tagelang nicht mehr mit mir geredet. Und wenn ich ihn darauf ansprach und fragte: »Was ist denn das Problem, Annamaria vielleicht?«, brach es aus ihm hervor:

»Ganz genau! Dass die eine Frau ist, hat doch nichts zu bedeuten! Bei einer wie dir werden selbst die Weiber schwach … Gib ruhig zu, dass sie dich geküsst hat! Siehst du, ich habe recht! Du schmeckst nach einem fremden Mund.« Und angewidert schob er mich weg.

Doch diese Szenen verschafften mir stets eine perverse

Genugtuung, denn danach liebten wir uns mit solcher Leidenschaft, dass ich ihn fast absichtlich provozierte. Wir zertrümmerten Teller und Flaschen, warfen uns alles Mögliche an den Kopf, um uns mit verzweifelter Raserei wieder zu versöhnen, auf Restauranttoiletten, an dunklen Straßenecken, in abgeschiedenen Hotels.

Unterdessen wurde Santinos Frau misstrauisch, begann, an ihm zu schnuppern, nach Duftmarken seiner Seitensprünge zu suchen. Um ihren Verdacht im Keim zu ersticken, schlief er dreimal in der Woche mit ihr. Doch er sah aus wie eine lebende Leiche, blass, mager, ohne ein Gramm Fett am Leib; schweigend drückte er sich im Haus herum, und sogar die Kinder waren ihm gleichgültig.

Rosalia Frangipanes Wachsamkeit vermochte uns nicht zu erschrecken, wir konnten einfach nicht ohne einander. Doch nach meinem Spielchen von »Sklavin und Gebieter« verließ mich Santino, und ich drohte in meiner Verzweiflung zu ertrinken.

12

Die Hölle tut sich vor mir auf. Ich schlafe nicht, esse nicht, sondern weine nur noch.

Nach Monaten dieses Lebens – wenn man die Zeit, in der ich, besessen von dem Gedanken an Santino, die Wand angestarrt habe, so nennen kann – kommt mir am 5. Februar nach einer durchsehnten Nacht die Eingebung, zu beten: »*Santuzza mia,* ich bitte dich, tilge ihn aus meinem Kopf, tilge ihn aus meinem Herzen, pack ihn beim Kragen und verbanne ihn aus meinem Körper, oder lass mich sterben, bevor ich irgendwelchen Mist baue.«

Noch in der Dunkelheit stehe ich auf, bleich, ausgepumpt, dürr wie ein Hering, und betrete mit neuer Zuversicht die Küche: Es ist nicht mehr an mir, an Santino und mein gebrochenes Herz zu denken, ab jetzt kümmert sich die heilige Agatha darum. Ich stelle die Espressokanne auf den Herd und mache mich aus Gewohnheit und aus Dank für die Anteilnahme der *santuzza* daran, die Küchlein zu backen, Großmutter Agatas bewährtes Allheilmittel. So gut es geht, setze ich die kleinen Biskuit-Cassatelle nebeneinander auf den Servierteller und überziehe sie mit Zitronencreme – Biskuit- statt Mürbeteig, diesmal probiere ich eine ganz neue Variante. Als ich fertig bin, habe ich einen Haufen verschrumpelter, garstiger Brüstchen vor mir, die bei der leisesten Berührung erzittern und aufzuplatzen drohen, und der Guss sieht aus wie Talg. Ekelhaft. Bei ihrem Anblick fürchte ich um die erhoffte Wirkung … Ich bekreuzige mich und schicke ein Gebet an Großmutter Agata im Himmel, die gewiss alles andere als zufrieden mit mir ist, aber sie hat stets zu mir gehalten, und vielleicht steht sie mir auch diesmal bei, auch wenn sie sich für mich schämt.

Die Sonne geht auf und taucht die Straßen in gleißendes Licht, die Luft ist wie aus Glas, ich habe Lust, nach draußen zu gehen. Kaum bin ich vor der Tür, überfallen mich die Angst und das altvertraute Nichtzugehörigkeitsgefühl. Ich atme tief durch, in vollen Zügen, bis die Brust zu zerspringen droht und die Lungen nichts mehr fassen können, dann atme ich aus, der Brustkorb senkt sich, der Bauch zieht sich zusammen, und der Nabel drückt gegen die Wirbel. Noch zwei, drei Mal, dann bin ich ruhiger, und meine Beine setzen sich ziellos Richtung Meer in Bewegung.

Wenige Minuten später bin ich am Hafen. Es ist noch früh, die Schiffe liegen am Kai und warten auf die Passagiere. Das Wasser ist von einem leuchtenden Grau. Ich fühle mich einsam, sehne mich nach einer Zärtlichkeit, einer liebevollen Geste. Ich kehre nach Hause zurück, stopfe Sachen zum Wechseln und meine Zahnbürste in eine Tasche. Mein Entschluss steht fest: Ich fahre nach Malavacata.

Stadtauswärts herrscht der übliche Verkehr. Statt den Zubringer zu nehmen, fahre ich durch die Stadt und betrachte die Umgebung. Seit Ewigkeiten habe ich meine vier Wände in der Via Alloro nicht verlassen. Die Straßen wimmeln vor Menschen, die Autos stehen Stoßstange an Stoßstange, es geht langsam voran. An den Kreuzungen haben die Straßenverkäufer ihre Waren auf dem Pflaster ausgebreitet: Artischockenberge, Pyramiden aus Orangen und großen, grünen Brokkoli. Die Fischstände auf der Via Messina Marine sind festlich dekoriert und bieten appetitlich ihre Waren feil: Seebarsch, Zahnbrassen, Tintenfische, Miesmuscheln, *neonate,* sogar körbeweise glänzende, schwarze, stachelige Seeigel, von denen manche aufgebrochen sind und ihr obszönes, leuchtend rotes Innenleben zeigen. Fischernetze rahmen das prächtige Stillleben ein. Die Rufe der Verkäufer klingen orientalisch: Sizilianer sind wahre Becircer.

Ich durchquere den Vorort Acqua dei Corsari und lasse das Meer hinter mir, um auf die Schnellstraße Richtung Agrigent zu fahren. Dort wird der Verkehr flüssiger, und gleich nach Villabate öffnet sich das weite Land. Von der Straße bis zu den Berghängen erstrecken sich Orangenhaine. Die Äste der vom letzten Regen glänzend grünen Bäume hängen voll orangefarbener Früchte. Eine überwältigend tröstliche Süße erfüllt mein Herz und meinen Kopf. Die Mandelbäume in ihrem weißen, zarten Blütenkleid sehen aus wie junge Bräute. Stachelige Kaktusfeigen und silbrige Olivenbäume vereinen sich zu einem eigenwilligen Reigen schillernden Grüns. Um das Schauspiel zu genießen, fahre ich langsam, spüre, dass die Landschaft wie eine Heilsalbe auf den Verbrennungen meiner liebeskranken Seele wirkt.

Dann verengt sich das Tal, und ich überquere mehrere Überführungen, die sich von einem Berg zum nächsten hangeln. Die Gipfel sind hoch, breit und rund, es sieht aus, als hätte jemand ein Dutzend verbrannter Panettoni auf das riesige, smaragdgrüne Tablett endloser Getreidefelder gesetzt. Das Ackerland zieht sich bis zum Horizont, kein Zeichen von Zivilisation, lediglich ein paar winzige Dorfflecken, verwitterte, verfallene Hütten und hie und da ein Traktor zeugen von menschlichem Leben.

Malavacata hat sich nicht verändert: Die Straße, die das Dorf entzweischneidet, die Bars, die Kirche, die Arztpraxis und das Rathaus sind an ihrem gewohnten Platz. Auf dem Mäuerchen an der Piazza sitzen die üblichen Alten und lassen die ihnen verbleibende Zeit in endlosem Schweigen verstreichen. Die Uhr schlägt Mittag. Diesmal kommen meine Geister mir nicht entgegen. Vielleicht stehen sie direkt vor mir, aber ich sehe sie nicht. Ich biege nach rechts und fahre zum unteren Dorfende, wo der kleine Trampelpfad zum Friedhof beginnt. Ich gehe Ninetta besuchen.

Ihre Haustür steht offen. Als ich eintrete, sitzt sie tief versunken in einem Sessel, triefäugig und schwarzhaarig wie einst, und ihre zahllosen Speckröllchen umwallen sie wie ein elegantes Kleid.

»*Picciridda mia!*« Ihr zahnloser Mund verzieht sich zu einem ungläubigen Lächeln. Die mütterliche Begrüßung wärmt mir das Herz. Wir drücken uns, und meine dünnen Arme verschwinden in den Wülsten unter ihrem schwarzen Kleid. Die innige Umarmung mit Ninetta rührt mich und lässt mich in der Zeit zurückreisen. Erinnerungen an die kratzigen und dennoch zarten Liebkosungen ihrer rauen, abgearbeiteten Hände auf meinem Kinderkopf steigen empor.

Endlich brechen sich die Tränen Bahn, schluchzend versinke ich in ihrem großen Busen. Ninetta küsst mich, streicht mir übers Haar, murmelt zusammenhangloses Zeug. Ich weiß nicht, wie lange ich, gegen ihren Bauch gelehnt, in ihren Armen liege. Ich spüre, wie der Schmerz der letzten Monate zur Tür hinausweht und sich auf den staubigen Feldwegen verliert. Eine trauliche, tröstliche Stimmung erfüllt das Zimmer. Ninetta ist ein Quell der Liebe. Schließlich ist der Tränentank leer, und ich sitze schweigend da, während sie sich mühsam aus dem Sessel stemmt und sich in der Küche zu schaffen macht.

Ninettas Haus hat sich in den letzten Jahren vergrößert. Ihre gesamten Ersparnisse hat sie in vier neue Zimmer gesteckt, von denen Ninetta allerdings nichts hat, da sie sich, korpulent, wie sie ist, aus dem Erdgeschoss nicht wegbewegt, das inzwischen einem mit Erinnerungen, Gegenständen und Möbeln vollgestopften Abstellraum gleicht.

Ninetta deckt den Tisch, schneidet das Brot, das sie noch immer einmal in der Woche selbst backt, stellt mir getrocknete Tomaten, eingelegte Oliven und Pecorino hin.

»Iss, *figghia mia*, bist zusammengeschnurrt wie 'ne Dörrpflaume … Hast du bei deinen Tanten vorbeigeschaut?«

»*Nzù,* Ninetta, ich mag keinen sehen.«

»Was is los?«

Wieder zerfließe ich wie Eis in der Sonne und erzähle ihr alles. Sie stellt keine Fragen, lässt mich ausreden, ihre Hand ruht auf meinem Bein und fährt mir ab und zu durchs Haar, mit dem üblichen Tüchlein wischt sie mir eine einzelne Träne weg und wartet geduldig, bis ich mein ganzes Drama vor ihr ausgeschüttet habe, die letzten missratenen Agathenküchlein inbegriffen. Als ich die dampfenden Eingeweide meiner Liebesgeschichte allesamt ans Licht gezerrt habe, herrscht Schweigen. Ninetta kneift die Lider zusammen, als wollte sie sich vor dem Gifthauch schützen, mit dem ich das Zimmer verpestet habe, oder vielleicht grübelt sie nur über eine Lösung nach. Sie steht auf und kehrt mit einem Teller, Salz und Öl zurück.

»Es is der böse Blick … Du bist still, jetzt red ich. Ja, ja, der böse Blick, lass mich nur machen.« Sie stellt mir den Teller auf den Kopf, tut Wasser und Salz hinein und gibt ein paar Tropfen Öl dazu.

»Was treiben wir aus?«, fragt sie mich.

»Den bösen Blick«, antworte ich und erinnere mich an den uralten Brauch, der im Haus von Großmutter Margherita bei jedem Malheur und jedem Problem zum Einsatz kam, selbst bei Kopfschmerzen.

Sie fragt mich dreimal: »Was treiben wir aus?« Und ich: »Den bösen Blick.« – »Den bösen Blick.« – »Den bösen Blick.« Nach jeder Frage spricht sie unbekannte, archaisch klingende Gebete. Nach dem dritten Anlauf nimmt sie den Teller herunter und zeigt ihn mir. Das Öl schwimmt in einzelnen Tropfen auf dem Wasser. »Siehst du? Irgendein Drecksluder hat dir den bösen Blick angehängt. Als du klein warst, war's nich anders, *figghia mia* … Keine Bange, wenn du willst, schläfst du hier, und morgen fährst du wieder nach Hause, und alles renkt sich ein.«

Mir bleibt nichts anderes übrig, als ihr zu glauben. Während ich neben ihr im Bett liege, fühle ich mich wieder wie ein kleines Mädchen, und zum ersten Mal seit langem verbringe ich eine ruhige, traumlose Nacht.

Gottes Hand ist mächtig: Dank der *santuzza*, Großmutter Agata und Ninettas Zauberkünsten steht zwei Tage später Santino Abbasta auf der Schwelle, pocht wie ein Besessener an die Tür und drückt die Klingel, bis ich endlich aufmache.

Wir fallen uns in die Arme und lieben uns voller Inbrunst, Wut und weher Freude.

»Ich hab's nicht mehr ausgehalten, ich hab's nicht mehr ausgehalten«, sagt er immer wieder wie ein armer Irrer, während er mich an sich presst, mit Küssen bedeckt, verschlingt. Reglos liege ich unter ihm, lasse ihn gewähren und spüre, wie mich eine leise Müdigkeit beschleicht und meine Reaktionen hemmt. Und als mir plötzlich und ohne Vorwarnung der ungeheuerlichste Orgasmus meines Lebens durch den Schoß fährt, breche ich abermals in Tränen aus. Santino hält inne, steht auf, sieht mich grimmig an und dreht mir den Rücken zu. Als er anfängt zu reden, liegt eine Härte in seiner Stimme, die mir das Blut gefrieren lässt, denn genauso hat er an jenem Abend geklungen, als er fortging und sagte, er komme nie wieder.

»Du musst mich verhext haben. Wie ein Toter komm ich mir ohne dich vor, und nur, wenn ich Rosalia oder die Kleinen schlage, fühle ich mich einigermaßen lebendig. Ich bin nicht wegen dir hier, sondern wegen mir und meiner Familie, denn ohne dich drehe ich schier durch und mache jeden fertig, der mir zwischen die Finger kommt. Wenn das so weitergeht, gibt's noch Tote. Du weißt, mit den Frangipanes ist nicht gut Kirschen essen, die haben einige auf dem Gewissen, und meine Frau hat Lunte gerochen, die will einfach nicht glauben, dass ein Hansdampf wie ich plötzlich wie ein Geist durchs Haus schleicht.

Aber weil ich ja jetzt weiß, dass du 'ne Nutte bist, trau ich dir nicht mehr übern Weg. Lass dir eines gesagt sein, Agata: Wenn ich dich erwisch, dass du auch nur mit 'nem anderen redest, bring ich dich um.«

13

Santino ist zu mir zurückgekehrt, aber er ist nicht mehr derselbe, ist nervös und schweigsam. Er kommt jeden Tag, manchmal packt er mich und schleudert mich aufs Bett, dann wieder geht er weg, ohne mich anzurühren.

Gestern zum Beispiel:

»Und, schmecken dir die gefüllten Sardinen, Santino?«

»Klar doch.«

»Und warum isst du sie dann nicht?«

»Pff …«

»Was ist, Santino, ist dir schlecht?«

»Was denn, muss einem denn sofort schlecht sein, wenn man mal nichts isst?«

»Nein, Santino, ich meine nur …« Wenn er so mäkelig ist, halte ich besser den Mund, denn seit dem Tag, an dem er mich geschlagen hat und mein Gebieter geworden ist, habe ich Angst vor ihm.

»Schau mal, Santino, ich hab dir sogar *ghiotta* gekocht«, sage ich und stelle die Suppenschüssel mit dem heißen Gemüse vor ihn hin. Keine Reaktion.

»Totò ist heute vorbeigekommen und hat mir Kürbisse für …«

»Und du, du verdammte Nutte, hast ihn reingelassen!«

»Ach was, Santino, er hat sie vor die Tür gelegt, hab noch nicht mal mit ihm gesprochen …«

Santino sucht Ärger, und ich weiß nicht, wie ich mich verhalten soll. Mal ist er mit dem Strich, mal gegen den Strich gebürstet.

Wie konnte das bloß passieren, gerade noch waren wir glücklich und verliebt, ein Herz und eine Seele, und im nächsten Moment wird er zur wilden Bestie. Jeden Tag nehme ich mir aufs Neue vor, mit ihm zu reden, wenn er kommt. Ich muss ihm sagen, dass wir so nicht weitermachen können. Und wenn er mich totschlägt? Umso besser, dann hat das Leid wenigstens ein Ende. Meine Brüste fasst er auch nicht mehr an. Seit zwei Wochen schaut er mir weder ins Gesicht noch auf den Po.

Aber heute sage ich's ihm, damit dieses Elend ein Ende hat.

»*Ciao,* Santino, komm rein.«

Ohne ein Wort spaziert er ins Wohnzimmer, zieht sich die Jacke aus, setzt sich und wartet darauf, dass ich ihm den Teller fülle. Ich stelle mich vor ihn hin und suche seinen Blick. Er scheint mich noch nicht einmal zu bemerken. Nach einer Weile nehme ich einen Stuhl, setze mich neben ihn und greife nach seiner Hand. Er sieht mich finster an. »Was gibt's?« Ich ziehe die Hand zurück und will aufstehen, aber dann gebe ich mir einen Ruck: »Santino, was ist los?«

Schweigen.

»Santino, wir müssen reden, wir müssen uns die Wahrheit sagen.«

»Was willst du von mir?«, antwortet er mit einer Leidensmiene, als wäre er der Märtyrer Sebastian.

»Ich will wissen, ob du mich noch liebst.«

Er schweigt, seine Augen sind zwei angstschwarze Löcher.

»Sag mir, was los ist, Santino.«

Seine Hände zucken, es sieht aus, als wollte er etwas sagen, doch er kriegt kein Wort über die weinerlich zitternden Lippen.

»Hol mir das Essen« ist alles, was er herausbringt.

»Nein, Santino, erst müssen wir das klären. Ich frage dich noch mal: Ich will wissen, ob du mich noch liebst.«

»*Liebe*. An was anderes kannst du wohl nicht denken. Was ist für dich denn Liebe?«, fragt er mich mit eisiger Stimme.

»Was hab ich dir getan, Santino? Wieso behandelst du mich so? Wenn du mich nicht mehr willst …«

Ohne mich ausreden zu lassen, packt er mich bei den Armen und knallt mich gegen die Wand, denn ohne Gewalt geht es offenbar nicht mehr. Er macht einen Schritt zurück, um mich besser im Blick zu haben, dann bricht es aus ihm heraus: »Seit dem Tag, an dem ich dich gefesselt habe, bin ich nicht mehr bei Verstand. Du hast eine Bestie aus mir gemacht, noch nie hat eine Frau so was mit mir angestellt; möchte bloß wissen, woher du das hast!« Santino ist blau im Gesicht, er platzt schier vor Wut und kann sich nur mühsam beherrschen.

»Du raubst mir den Schlaf. Kaum mach ich die Augen zu, seh ich dich vor mir, nackt, auf allen vieren, wie ein Tier … mein Herz brennt wie Hölle. Wenn Rosalia nachts zu mir herüberrückt – sie ist auch nur 'ne Frau, und das Fleisch will befriedigt sein –, denk ich sofort an dich, an deine Titten, die wie frischer Ricotta riechen, an den Geschmack nach reifen Spieräpfeln zwischen deinen Schenkeln … sonst geht nix bei mir, gar nix. Ich lieg im Bett wie 'n aufgebahrter Toter. Noch tu ich ihr leid, aber ich ekel mich vor mir und würd am liebsten alles hinschmeißen.« Santino bricht ab, übermannt von seinem Gefühlsausbruch, und ich fühle mit ihm.

Ich nehme ihn in die Arme und streichle ihm übers Haar.

»Armer Santino, mein armer Liebling.« Es folgt ein langes Schweigen. Dann, als seine Spannung vollends gewichen ist, redet er weiter. Diesmal klingt seine Stimme sanft, tief und zögernd, als suchte er nicht nach den richtigen Worten, sondern nach den wahren Gefühlen in seinem Herzen.

»Agata, ich hab versucht, dich zu verlassen, aber ich hab's nicht gepackt. Die Vorstellung, dass du's mit anderen Kerlen treibst, verfolgt mich selbst am helllichten Tag.«

»Was kann ich bloß tun, Santino? Du weißt doch, dass es in meinem Herzen und meinem Kopf nur einen Gebieter gibt: dich.«

»Ich weiß ja, dass du vor mir andere gehabt hast, aber irgendwie … na ja, ich will halt der Erste gewesen sein, nur dann könnt ich mich wieder einkriegen.«

»Das ist doch Schwachsinn, Santino … Ich kann die Zeit nun mal nicht zurückdrehen.«

»Dann sind wir für immer verdammt.«

14

Wieder verlässt er mich, ohne mir in die Augen zu sehen.

Jedes Mal, wenn ich an ihn denke, sehe ich ihn mit hängenden Schultern vor mir, die Hand gegen die Brust gedrückt, als müsste sie gleich zerspringen, der Blick verstört, der Mund schmerzvoll verzogen.

Offenbar liegt der Zweck meines Daseins im Verlassenwerden. Wieder bin ich der Däumling, der sich im Wald verlaufen hat, die Taschen voll nutzloser Krumen, die ihm den Weg nach Hause nicht weisen können.

Seit Santino wieder fort ist, hat die Schwermut rückhaltlos von mir Besitz ergriffen und sich in der Wohnung und meiner Seele breitgemacht. Tagsüber lastet sie auf mir wie eine schwarze, bleierne Decke, abends ist sie ein dumpfer Schmerz, nachts eine endlose Pein. Im Morgengrauen überkommt mich die Verzweiflung. Endlich erscheint mir Großmutter Agata im Traum, die Einzige, die mich niemals im Stich gelassen hat. Sie hält ein Tablett voller Süßigkeiten in den Händen und befiehlt mir mit strengem Blick, aufzustehen. Als ich erwache, versuche ich den Traum zu deuten. Du musst etwas tun, sage ich mir schließlich. Denk nach, wring dein Herz aus, lass dir was einfallen, und dann holst du ihn zu dir zurück.

Die Eingebung kommt mir an einem heißen Morgen nach einer Schirokkonacht. Ich würde sogar auf Knien den Monte Pellegrino hinaufkriechen, um Santino zurückzugewinnen.

Ich ziehe mir etwas Schönes an und gehe in die Bar, in

der er normalerweise frühstückt. Durchs Schaufenster sehe ich ihn auf einem Hocker sitzen und gedankenverloren in seiner Tasse herumrühren. Ich weiß nicht, wie lange ich dastehe und ihn ansehe: Er ist dünn, blass, verhärmt. Als er zur Tür herauskommt, schlägt mir das Herz bis zum Hals, und ich rufe ihn mit einem so dünnen Stimmchen, dass ich meine, nur ich hätte es gehört. Als hätte er auf mich gewartet, fährt er herum, und ein Leuchten tritt in seine Augen.

»Santino«, sage ich, »es gibt eine Möglichkeit, wie du der Erste sein kannst. Komm morgen zu mir.«

15

Als ich ihm öffne, zittern mir leicht die Knie. Für eine lockere Begrüßung bin ich zu befangen. Unsicher, ob er hereinkommen soll oder nicht, steht Santino da und wartet darauf, dass ich den ersten Schritt tue. Ich nehme ihn bei der Hand, und ein sanfter Schauder durchfährt mein Herz. Dann führe ich ihn direkt ins Schlafzimmer, und er folgt mir widerstandslos. Er hofft, dass seine Geliebte ihm die Kastanien aus dem Feuer holt, ihn vor sich selbst rettet und von den ewig lodernden Qualen der Leidenschaft befreit. *Nec tecum nec sine tecum vivvere possum*, das ist Santino Abbastas Dilemma: Er ist verrückt nach mir, keine Frage, und trotzdem kann ich sein Verlangen nicht stillen. Doch das erste Mal mit mir wird er ganz bestimmt nicht vergessen.

»Schau mich an, Santino. Gefalle ich dir?«

»Was soll diese Geschichte vom ersten Mal?«

»Warte, es ist nicht so einfach, mal sehen, ob du's auch ohne Worte verstehst.« Normalerweise müssen wir nicht groß reden; wenn wir miteinander im Bett sind, bin ich die Denkerin und er der Macher, der genau errät, was ich will und brauche. Ich ziehe Rock und Bluse aus und stehe in einem kurzen, rotseidenen Unterkleid da; darunter lugen zwischen den Strumpfhaltern und den Strumpfsäumen meine Schenkel hervor. Santino liebt meine kräftigen, muskulösen Beine. Langsam ziehe ich mich aus, bis ich nur noch einen klitzekleinen Slip und einen Push-up-BH anhabe. Mein Busen bebt bei jedem Atemzug im Takt einer stetig brandenden Woge. Er wird schwach, ich merke es an seinem zunehmend heftigen Atmen, den leicht gesenkten Lidern, hinter denen er seine Erregung zu verbergen sucht, doch noch hat er sich im Griff.

»Klärst du mich jetzt endlich auf, was es mit diesem ersten Mal auf sich hat?« Ich gehe mit wiegenden Hüften auf ihn zu, nehme seine Hand und lege sie an meine Brust. »Spürst du, wie mein Herz schlägt?« Ich küsse ihn, und er wehrt sich nicht, dann ziehe ich ihn sanft aus, und er lässt mich machen, bleibt vollkommen passiv, als wollte er sagen: Zuerst musst du mich überzeugen.

Ich nähere meine Lippen seinem Ohr und flüstere: »Santino, wenn du willst, kannst du heute der Erste sein. Es gibt eine Sache, die ich noch nie gemacht habe. Nicht dass es keiner gewollt hätte, aber ich wollte nie, vielleicht, weil ich Angst hatte, es könnte wehtun ... Es gibt also einen Teil meines Körpers, den noch niemand gehabt hat. Wenn du willst ...«

Ich bin verlegen, hoffe, dass Santino mich verstanden hat und ich die Dinge nicht beim Namen nennen muss. »Also, wenn du willst. Für mich ist es das erste Mal ... Aber bitte, tu mir nicht weh.« Santino hat verstanden. Er befreit mich von dem wenigen, was ich noch anhabe, zieht mich an den Hüften sacht zu sich heran und legt den Kopf auf meine Schulter. Ein paar Sekunden lang verharrt er so, als genösse er einen wiedergefundenen Frieden, küsst meinen Nacken und Rücken und streichelt meine Pobacken. Dann dreht er mich um, drückt mich in die Knie und meinen Oberkörper bäuchlings aufs Bett, ehe er mich ganz behutsam und mit zitternden Händen von hinten nimmt.

Der Schmerz dauert nicht länger als die bange Sekunde,

bis das Ritual vollzogen ist und sich die Lust gewaltsam unter der Haut entlädt, ein Stromstoß zwischen Muskeln und Knochen, eine Glückseligkeit, die die Distanz bezwingt: Ich fühle, weil er fühlt. Ich genieße, weil er genießt. Ich lebe, weil er mich lebendig macht.

16

Die Idee, ihm eine »zweite Jungfräulichkeit« zu schenken, bewegte Santino sehr. Nach diesem Liebesakt, wenn man ihn denn so nennen kann, wiegte er mich in den Armen, streichelte mich endlos und stammelte mit belegter Stimme Zärtlichkeiten, als hätte tatsächlich jemand die Zeit zurückgedreht.

Dann hielt er eine gewundene, feierliche Rede: Im Gegensatz zum Eindruck, den man in letzter Zeit von seiner mangelnden »Nettigkeit« und den damit einhergehenden (und somit unzureichenden und irgendwie engherzigen) Reaktionen auf meine Großzügigkeit, Herzlichkeit, Liebenswürdigkeit und Spontaneität hätte haben können, wisse er das, was ich sei und Tag für Tag (vor allem auf ihn bezogen) leistete, durchaus zu schätzen.

So ging es eine Weile weiter: über unsere Beziehung und die verlässliche und hinreißende Leichtigkeit, die mich zu etwas Besonderem mache … Kurz und gut, er meinte, dass er nicht nur alles an mir zu schätzen wisse, sondern es auch sehr viel mehr genieße, als er derzeit zum Ausdruck bringen könne … Soweit ich es verstand, wollte Santino mir versichern, dass keine meiner Gesten, Handlungen, Blicke (und wohl auch Gedanken) von ihm nicht bemerkt oder gewürdigt wurden …

Obwohl ich zuerst keine blasse Ahnung hatte, worauf Santino hinauswollte, himmelte ich ihn verzückt an und vergoss sogar ein paar Tränen. Nach seiner gemessen vorgetragenen schwülstigen Einleitung fand Santino dann zu seinem normalen Tonfall zurück: »Agata, du hast einen Arsch wie ein Krapfen« – das habe ich sofort verstanden –, »und das, was du mir heute gegeben hast, kann mir niemand mehr nehmen.«

Gerührt drückte ich ihm einen Kuss auf die Hände und versprach ihm: »Von heute an kannst du verlangen, was du willst, denn du bist mein Gebieter, und ich werde dir unbedingt gehorsam sein.« Und zum Zeichen meiner Unterwerfung überreichte ich ihm seinen Gürtel. Diesmal traf ich tatsächlich ins Schwarze – ich eroberte ihn im Sturm.

17

Doch die Flitterwochen währten bloß kurz.

Nur wenige Monate, und Santinos Misstrauen flammt wieder auf. Wir zanken wegen jeder Nichtigkeit, kein Anlass ist ihm zu blöd, um einen Streit vom Zaun zu brechen. Er vernachlässigt mich, und statt mit mir zu schlafen, fickt er mich ohne den winzigsten Funken Zärtlichkeit. Dabei genießt er jeden Schmerz, den er mir zufügen, jede Demütigung, die er mir beibringen kann.

Das ewige Erdulden der Qualen hat mich welk gemacht. Ich bin dürr geworden – vielleicht zehrt sich mein Körper auf, um seinen Klauen zu entkommen. Meine Brüste baumeln schlaff herab. Die Komödie meiner Liebe ist zur Tragödie meines Lebens geworden.

Wieder erscheint mir Großmutter Agata im Traum, doch statt Süßigkeiten liegen auf ihrem Tablett zahllose kleine, sich windende Schlangen. Panisch schrecke ich aus dem Schlaf und begreife, dass ich an der Endstation angelangt bin. Ich habe genug von Santino, ich muss Schluss machen, sonst werde ich noch krank oder sterbe. Ich fasse einen Entschluss: Ich verlasse ihn und fange von vorn an.

Doch ehe ich meine Entscheidung in die Tat umsetzen kann, hat sich jemand anders meiner Zukunft angenommen. Eines Morgens sitze ich zu Hause und versuche, mir die Zeit mit Zeitunglesen zu vertreiben – das heißt, ich starre auf die Seiten und denke über mein Unglück nach –, da höre ich plötzlich einen Schrei auf dem Treppenabsatz.

»Ahhh, *Madonna mia*, das ist ja furchtbar!«

Ich laufe zur Tür und sehe die schreiende Pförtnerin davorstehen, die händeringend und fassungslos zurückweicht. Auf meiner Schwelle liegt eine Henne mit aufgeschlitztem Bauch, aus dem die Eingeweide hervorquellen. Das ist eine deutliche Warnung. Die *signora* (nur in Bezug auf ihren Status) Abbasta hat beschlossen, sich zurückzuholen, was ihr gehört, nämlich ihren Gatten, als wäre er eine ihrer zahllosen Immobilien. Die Botschaft ist eindeutig: »Wenn du nicht deine schmutzigen Krallen von ihm lässt, du gerupftes Huhn, schlitz ich dir den Bauch auf, wie du's verdient hast.« Santinos Frau hat uns die Entscheidung abgenommen.

Die Zeit der Zweifel und des Argwohns ist vorbei. Rosalia Frangipane will, dass Schluss ist, und wir gehorchen.

18

Wieder einmal entscheidet das Leben für mich.

Zwei Tage später höre ich, wie eine Verrückte kreischend gegen meine Wohnungstür tritt. Einen Moment lang bin ich wie erstarrt, dann schleiche ich vorsichtig zum Türspion. Santino steht neben ihr und versucht sie zu beruhigen. »Schlampe, Nutte, Dreckshure!«, schreit sie, und er: »Sei still, Rosalia, die Leute schlafen.«

»Ich denk gar nicht daran, still zu sein! Sollen ruhig alle hören, dass diese Schlampe von Agata Badalamenti mit meinem Mann vögelt.«

»Rosalia, halt den Mund, sonst scheuer ich dir 'n paar.«

»Versuch's doch, na los, scheuer mir 'n paar, den Rest kannst du dann mit meinen Brüdern ausmachen.«

»Ach was, Rosalia, denk an die *picciriddi*.«

»Aber sicher, so wie du, wenn du mit dieser Nutte vögelst!«

»Rosalia, es reicht jetzt.«

»Komm raus, du miese Schlampe! Ja, dich meine ich, die du's mit anderer Frauen Männern treibst!«

Ich versuche mich an das zu halten, was meine Großmutter mich gelehrt hat. Einem Kampf muss man sich stellen, sage ich mir, und lege die Hand auf die Klinke.

Das Gezeter der Signora Abbasta und Santinos Kapitulation sind das Niederschmetterndste und Abgeschmackteste, was mir je im Leben untergekommen ist. Eine weitere Weisheit Großmutter Agatas lautete: Wenn man auf dem Grund angekommen ist, kann man nicht tiefer sinken, also muss man sich abstoßen und versuchen, wieder nach oben zu gelangen. Gefasst auf Prügel oder eine Steinigung und noch immer ahnungslos, wie ich auf Rosalia Frangipanes Schockwelle reagieren werde, öffne ich die Wohnungstür. Die Irre verstummt. Obwohl sämtliche Nachbarn, vom plötzlichen Geschrei angelockt, aus ihren Wohnungen gekommen sind und auf den Treppenstufen stehen wie auf einer Stadiontribüne, herrscht vollkommene Stille.

Sosehr ich mir auch vorgenommen hatte, die Beziehung zu Santino zu beenden, überfällt mich erneut die Angst vor dem Verlassenwerden und obsiegt über den gesunden Menschenverstand, den ich verloren haben muss, als Santino mich zum ersten Mal auf dem Esstisch nahm. Rosalia schäumt vor Wut – von einer anderen Frau auf den zweiten Platz verwiesen zu werden ist für sie eine unerträgliche Schmach. Santino indes ist vor allem um das eigene Wohl besorgt.

In den nun folgenden Augenblicken denkt jeder von uns nur an sich, überlegt fieberhaft, wie er am besten aus der Sache rauskommt, und schickt Stoßgebete zu den jeweiligen Schutzheiligen. Ich weiß nicht, wie lange diese Stille währt, dann ergreift Rosalia als Erste das Wort. Sie hat die Fäden in der Hand, sie entscheidet für uns und bestimmt, wie es mit unserem Leben weitergeht: »Kannst ihn haben, diese Memme. Viel Glück und einen Haufen Söhne.« Und damit verschwindet sie mitsamt den Kindern von meiner und Santinos Bildfläche.

Echte Frauen pfeifen auf das, was andere ihnen übrig lassen.

19

Während das Jahr 68 in ganz Europa den beherzten Startschuss zur Demontage der bürgerlichen Gesellschaft markierte, kam das Erdbeben, das zu Beginn jenes Jahres die Valle del Belice zerstörte, einer handfesten Warnung gleich. »Achtung«, schien es den jungen Sizilianern zu sagen, »hier tut man das, was man kann, nie das, was man will, und selten das, was man soll!«

Auch die Sizilianerinnen mussten sich dieser Warnung stellen: Während sich die Frauen anderswo mutig in den Kampf um neue Freiheiten stürzten, ging es in Sizilien mit seinen baufälligen Häusern und holprigen Feldwegen nur langsam voran. Bei der Emanzipation kam es zu erheblichen Verzögerungen, sowohl in puncto Selbstwertgefühl und gesellschaftliche Rolle als auch im Verhältnis zum anderen Geschlecht.

Kann das nach mehr als zwanzig Jahren eine ausreichende Erklärung für Rosalia Frangipanes mir gänzlich unverständliches Verhalten sein? Was, um alles in der Welt, trieb sie dazu, lieber auf mich loszugehen, als die Sache mit ihrem Mann zu klären?

Doch das wahre Pendant zur weiblichen Aggressivität ist der männliche Infantilismus, und ohne den Rückhalt seiner Frau fiel Santino Abbasta in sich zusammen wie ein schlaffer Sack.

»Santì, schläfst du?« Seit Stunden schon wälzt er sich im Bett herum, aber ich bekomme keine Antwort. Ich schalte meine

Nachttischlampe an und sehe, wie er rücklings daliegt und mit leerem Blick an die Decke starrt; die Hände auf der Brust gefaltet, sieht er aus wie ein aufgebahrter Toter. Ich muss fast lachen bei dem Gedanken, wie ich ihn während des Umzugs das erste Mal in meiner Wohnung traf und er in Hemdsärmeln dastand und die Möbelpacker herumscheuchte. Am Ende hat er doch noch recht mit seinem Gerede vom Totenbett! Kaum zu glauben, da überlegt man, das Bett in die Mitte des Zimmers zu stellen, und schon geschieht ein Unglück ...

Mein unterdrücktes Kichern wirkt auf ihn wie ein Nadelstich, er dreht sich zu mir und schaut mich finster an: »Was gibt's denn da zu lachen?«

»Nichts, Santino, ich bin nur so glücklich, neben dir aufzuwachen.« Damit gebe ich ihm den Schwarzen Peter zurück. Schon in meiner Kindheit war Schwindeln meine Überlebensstrategie, und jetzt ist es das erst recht, da Santino versucht, mich für sein Unglück bezahlen zu lassen. Ganz geschwindelt ist es indes nicht: Monatelang habe ich mich danach verzehrt, neben ihm aufzuwachen. Die Augen zu öffnen und ihn neben mir liegen zu sehen ...

Doch seit er von zu Hause ausgezogen und fern der Kinder ist – das Alibi für seine Entschlusslosigkeit –, ist Santino unerträglich. Er sagt kaum ein Wort, schläft nicht, schiebt einen Hass auf mich, als wäre ich als Einzige an seiner Unrast schuld, und lässt keine Gelegenheit aus, mich schlecht zu behandeln.

»Santino, soll ich dich massieren?« Ich taste nach seinem Bauch. »Du willst wohl heute Nacht gar nicht schlafen, was?«, raunzt er mich an, dreht sich weg, und ich kann seinen Schultern ansehen, wie genervt er von mir ist. Seit Santino bei mir in der Via Alloro wohnt, will er nichts mehr von mir wissen. Ich kann nackt vor ihm herumhüpfen, Tänze und Kunststückchen aufführen, er sieht durch mich hindurch und fasst mich nicht mehr an, nicht einmal, um mich zu schlagen. Als heimliche Geliebte war ich für ihn zwar eine rechtlose Nutte, aber er tat mir trotzdem schön, weil ich ihm aufregende Abwechslung bot. Jetzt behandelt er mich wie ein Hausmädchen oder eine Dienstmagd, eine von der lästigen Sorte.

Ich habe einfach nicht die Kraft, mich und ihn aus dieser Trübsal zu befreien, die an uns klebt wie der zähe Guss auf den missglückten Agathenküchlein.

20

Doch nach ein paar Monaten fern von seiner Frau fängt Santino allmählich an, sich leicht und frei zu fühlen und – sieh an! – sich nach anderen Weibern umzusehen, sie zu hofieren und mich schließlich vor meinen Augen mit ihnen zu betrügen. Er behandelt mich wie Luft, meine Gegenwart ist ihm keinerlei Hindernis.

Diese demonstrative Brutalität ist ein schwerer Schlag für mich. Ich werde krank.

»Was hab ich für ein Pech: Ausgerechnet jetzt, wo ich meine Frau verlassen habe, jetzt, wo ich dich brauche, musst du krank werden!« Santino sitzt am Fußende meines Bettes.

Mein Körper steckt voller Schläuche, ein fester Verband drückt mir die Brust zusammen und macht das Atmen schwer. Meine Kehle schmerzt, und bei jedem Husten spüre ich, wie in mir etwas rumpelt und einen stechenden Schmerz unterm linken Arm verursacht.

»Genau, du Ärmster. Was machst du jetzt bloß?« Er antwortet nicht, hört mir nicht zu, sondern jammert weiter. Klagen gehört für ihn neben der »Habe« und der Mama, und zwar genau in dieser Reihenfolge, zu den menschlichen Grundrechten.

»Womöglich überlegt Rosalia es sich noch mal, und statt mir den Laufpass zu geben, lässt sie mich von den Jungs ihres Alten totschlagen.« Santino denkt laut.

»Vielleicht nimmt sie dich auch wieder zurück?«, sage ich fiepend mit der wenigen Luft, die ich meinen Lungen abringen kann. Inzwischen bin ich so enttäuscht und verbittert, dass es mir fast lieber wäre, er kehrte zu seiner Frau zurück. Er macht große Augen und lächelt halb, offenbar findet er die Idee gar nicht so übel, dann schüttelt er den Kopf – vielleicht fürchtet er um seine neugewonnene Freiheit – und wechselt das Thema.

»Meine Kleinen … Ich hab sie kaum gesehen, und wenn, dann nur von weitem … die armen, unschuldigen Dinger.« Eigentlich sind Santinos Kinder schon fast erwachsen, aber er spricht von ihnen wie von drei engelsgleichen Neugeborenen. Selbst ihre intimsten Geheimnisse, die Einfühlsamkeit und Zurückhaltung verdient hätten, werden schamlos vor allen ausgebreitet. »Agatì, der Junge holt sich schon einen runter!«, hat er mir einmal stolz verkündet.

Santinos Gejammer kennt keine Grenzen: »Hab ich dir eigentlich erzählt, dass meine Mutter mich aus ihrem Testament gestrichen hat?« Santino ist der einzige Sohn seiner verwitweten Mutter, und das wird er immer bleiben.

»Musstest du denn ausgerechnet jetzt krank werden? Konntest du nicht warten, bis bei mir alles geregelt ist?«

»Man kann sich das Kranksein nun mal nicht aussuchen, Santino …«, sage ich, um mich zu rechtfertigen. Aber stimmt das?, frage ich mich. Doch, ich habe mir diese Krankheit ausgesucht. Das ist meine gerechte Strafe für die missratenen, verbrannten Agathenküchlein der letzten Jahre, dafür, dass ich das Rezept meiner Großmutter verloren habe, diesen wertvollen Schatz, den ich nicht gehütet habe, wie ich sollte.

Es ist wahr: Die Erfahrungen anderer zählen nicht. Habe ich denn aus der Krankheit meiner Zwillingstanten nichts gelernt? Alle beide verschwendeten nie einen Gedanken an die *santuzza*, und plötzlich hatten sie Krebs! Jetzt hat jede nur noch eine Brust. Überhaupt gibt es in meiner Familie einige Fälle von Brustkrebs, und ich bin mir sicher, dass sie alle mit diesen verdammten Küchlein zusammenhängen. Wie konnte ich nur Großmutter Agatas Mahnungen, die Geschichte der *santuzza*, das Schicksal meiner Urgroßmutter Luisa und meiner Vorfahren vergessen? Hätte ich mich ihrer rechtzeitig erinnert, hätten mir diese wertvollen Kiesel den Weg weisen können.

Durch eine Infektion während des postoperativen Verlaufs bin ich gezwungen, lange im Krankenhaus zu bleiben. Vollgepumpt mit Medikamenten, die mir das Hirn vernebeln, bin ich mal schwermütig, mal aufgekratzt. Ich stehe auf, schminke mich und warte rastlos, dass Santino mich besucht. Dann schließen wir uns im Bad ein und lieben uns. Solange ich den Verband um die Brust habe, sieht man das Loch nicht, und ihn scheint es sowieso nicht sonderlich zu stören. Er ist sogar mit neuem Feuer bei der Sache. So ist er nun mal, außergewöhnliche Situationen erregen ihn, in der Normalität erlischt seine Lust.

Damit ja nichts passiert, habe ich die Rollklemme am Tropf zugedreht, halte mit einer Hand die Drainageschläuche und stütze mich mit der anderen mühsam an der Wand ab. Er nimmt mich mit der üblichen Heftigkeit, und ich bilde mir ein, wir könnten ganz neu anfangen. Doch kaum bin ich wieder allein, verzehre ich mich nach ihm, sehne ihn herbei und bin verzweifelt über mein Unglück. Und neben der brennenden Wunde unter meinem Verband spüre ich, dass wir zwei ziellos dahintreibende Schiffbrüchige sind.

Plötzlich und unerwartet kommen mir Großmutter Agatas Worte in den Sinn und geben mir Trost: »Keine Sorge,

Agatina, der liebe Gott stellt niemanden auf die Probe, der nicht die Kraft hat, sie zu bestehen …«

Meine Großmutter hat recht, doch in meiner Brust ist eine Bombe explodiert und hat einen tiefen Krater gerissen. Werde ich diesen Moment überstehen? Meine Gedanken und Gefühle hadern miteinander. Mal wünsche ich mit aller Kraft, Santino möge verschwinden, dann wieder wird mir klar, dass er das Einzige ist, was mich am Leben hält.

Einen Tag bevor ich mich der Behandlung unterziehe, deren Namen ich nicht auszusprechen wage, lädt Santino mich zum Mittagessen ein. Die Sonne scheint, die Luft ist lau, und vor einem herrlichen Wolfsbarsch im Salzmantel hält Santino meine Hand, ist sanft und zärtlich … ein Wunder.

»Iss, Agata, iss, solange es dir so gutgeht …«

»Wieso, Santì, was meinst du damit?«

»Die Therapie soll ja recht heftig sein, es wird einem übel, und angeblich muss man sich übergeben.«

»Aber vielleicht vertrage ich sie ja gut«, sage ich, um mir Mut zu machen. Er legt mir ein Fischfilet auf den Teller, sieht mich liebevoll an und sagt: »Hör mal, wir machen's so: Heute isst du was und kriegst ein bisschen Energie, morgen und Mittwoch legen sie dich an den Tropf. Vielleicht wird dir schlecht, aber keine Bange. Am Donnerstag kotzt du, am Freitag geht's dir mittelprächtig, und am Samstag vögele ich dich.« Das ist das schönste Liebesgeständnis für mich …

Am Mittwoch und Donnerstag übergebe ich mich, am Freitag geht's mir mittelprächtig, und am Samstag erwarte ich ihn angezogen und zurechtgemacht. Wir lieben uns, ohne dass er meine Brust berührt. Er will lieber nicht wissen, was mit den Brüsten passiert ist, die ihn so behext haben, dass sogar seine Familie darüber zerbrochen ist.

Zwei Wochen nach der Chemotherapie liege ich eines Abends mit einem ungekannten, seltsamen Gefühl im Bett: Mir tun die Haare weh. Nicht die Haarwurzeln oder die Kopfhaut, sondern die Haare selbst. Am nächsten Morgen sind sie mir allesamt ausgegangen.

Diesmal ist die körperliche Veränderung so eklatant, dass sie sich nicht hinter Binden, Bandagen, Spitzenunterkleidern und ausgestopften BHs kaschieren lässt. Ich fürchte mich vor Santinos angewidertem Blick, vor seinem Schaudern, seiner Abscheu ... Jetzt bin ich wirklich auf Grund gelaufen.

Ich rufe ihn an: »Geh zurück zu deiner Frau, zieh zu deiner Mutter, such dir eine andere, mach, was du willst, ich will dich nicht mehr.«

Es ist mein Versuch, mich abzustoßen.

21

Die Therapie ist vorbei, und mir ist nicht danach, unter Leute zu gehen, die mitleidigen Blicke und üblichen Plattitüden zu ertragen, also stecke ich das Telefon aus, verschließe die Tür und verkrieche mich in der Wohnung. Wie meine Tanten höre ich auf zu reden: Wer weiß, vielleicht finde ich im Schweigen die Kraft, mich diesem Kampf zu stellen.

Doch nach langer Zeit taucht ein Mensch in der Via Alloro auf, der mich wirklich liebt: Ninetta. Sie wohnt bei mir, kocht für mich, wieselt durch die Wohnung, lauscht meinem Atem und hält mich fest. Nach Santinos gewalttätigen Anwandlungen sind ihre Fürsorge und ihre sanften Zärtlichkeiten Balsam für meine Wunden.

Eines Morgens stehen völlig unerwartet Tante Nellina und Tante Titina vor der Tür. Vielleicht hat Ninetta sie angerufen, ich weiß es nicht. Wie auch immer, sie tun so, als wäre nichts, und ich frage nicht nach. Sie begrüßen mich, als hätten wir uns erst gestern gesehen. Sie sind sehr dünn geworden, und ihre unansehnlichen asymmetrischen Oberkörper verstören mich so sehr, dass ich sie kaum ansehen kann.

»Keine Sorge, Agatina, man stirbt nicht dran.« Tante Titina ergreift als Erste das Wort, sie ist die Dominantere.

»Ich weiß, ich weiß …«, antworte ich mit tränenerstickter Stimme. In letzter Zeit bin ich nah am Wasser gebaut.

»Du kannst den Menschen nicht einfach den Gefallen tun und sterben.« Tante Titina lebt also, um der Welt eins auszuwischen. »Sieh uns an, eigentlich müssten wir tot sein, aber wir sind noch immer da.«

Ich versuche, ihnen durch die dicken Brillengläser hindurch in die Augen zu sehen, doch als mein Blick auf die fehlenden Brüste fällt, läuft mir das Blut aus den Wangen, die Kehle schnürt sich mir zu, mein Herz pocht, und die seltsamsten Bilder, von grauenhaft bis lächerlich, schießen mir durch den Kopf wie ein Film.

Dann kommt mir plötzlich ein ganz absurder Gedanke, der mich zum ersten Mal seit meiner Operation lächeln lässt. Ich zähle: eins, zwei, drei. Zu dritt haben wir drei Brüste, eine ungerade Zahl, wir sind drei halbe Frauen. Es heißt, die Brüste seien ein paariges, symmetrisches Organ … nicht in meiner Familie.

Eine bittere Erkenntnis, die mich mit unsinniger Heiterkeit erfüllt.

22

Ob gute oder schlechte Zeiten, nichts dauert ewig – alles ist gekommen, wie es musste. Santino macht wieder den lebenden Toten bei seiner Frau, die ihn zähneknirschend zurückgenommen hat. Rosalia ist zu alt, um allein zu bleiben, und durch einen geschickten Schachzug hat sie ihm die gesamte Verantwortung für die Kinder übertragen und sich mit einem Schlag eine Menge Ärger vom Hals geschafft.

Meine Haare wachsen dicht und glänzend nach, mein Teint ist wieder rosig, und abgesehen von dem Krater in meiner Brust und der Leere im Herzen, bin ich fast dieselbe wie vorher. Mit der Arbeit habe ich offenbar endgültig abgeschlossen, doch ansonsten bin ich zu meinen alten Gewohnheiten zurückgekehrt. Mir ist einfach nicht nach Arbeiten, ich habe keinen Nerv, andere Frauen zu trösten. Auch die Freundinnen sind nach und nach wieder aufgetaucht, als hätte eine geheimnisvolle Buschtrommel sie gerufen: Es wird wieder geschwatzt, getratscht und Kaffee getrunken. Ich habe sogar wieder angefangen zu kochen, doch die Cassatelle mache ich nicht mehr, meine Brüste sind dahin, eine ist sogar ganz auf der Strecke geblieben.

Onkel Nittuzzo kommt einmal die Woche vorbei und erzählt mir die jüngsten Neuigkeiten, und auch meine Mutter hat sich gemeldet und mich wissen lassen, dass sie mich sehen will, doch mir fehlt die Kraft.

Ninetta ist noch nicht nach Malavacata zurückgekehrt. Sie will erst gehen, wenn sie sicher ist, dass ich allein zurechtkomme.

Nach langer Funkstille bin ich heute mit einem sehnsüchtigen Kribbeln im Bauch und dem Wunsch aufgewacht, meine große Liebe wiederzusehen. Beim Frühstück sitzt Ninetta an meinem Bett und versucht mit forschendem Blick, meine Gemütslage zu taxieren.

»Was is los?«, fragt sie mich, noch ehe sie mir guten Morgen sagt. Sie hat sofort gemerkt, dass mir etwas im Kopf herumgeht; wie eine Mutter spürt sie jede meiner Gefühlsschwankungen. Ich lasse mich ein wenig bitten, doch am Ende siegt das Bedürfnis, zu reden.

»Ninetta, ich brauche dich, du musst mir helfen.«

»Was is los, *figghia mia*, was kann ich tun?« Sie hat mir immer aus der Patsche geholfen, vielleicht weiß sie auch diesmal eine Lösung.

»Die Sache ist nicht ohne, Ninetta …«

»*Bedda mia,* wenn du mir nicht sagst, was du willst …«

»Aber du musst mir schwören, nicht böse zu werden!«

»Wieso, gibt's denn einen Grund?«

»Nein, Ninetta, aber die Sache ist heikel.«

»Der böse Blick? Himmel noch eins, muss dir denn immer irgendeine Nutte was Böses wollen? Das üble Pack schläft nie, Agatì.«

»Keine Ahnung, ob's der böse Blick ist, Ninetta, aber ich fühl mich wie verhext … Erinnerst du dich an Santino Abbasta?«

»Und ob ich mich an den erinnere, an diesen Hurenbock!« Bei ihr sind Frauen per se Nutten und Männer Hurenböcke. »Der hat's schlimmer getrieben als Karl der Große und schlimmer als der Lange Voltaische. Hast du dir den noch immer nicht aus dem Kopf geschlagen?«

»Du weißt doch, dass ich seinetwegen krank geworden

bin. Aber was soll ich dir sagen? Ich hab das Gefühl, nur mit ihm bin ich lebendig.« Ich fange an zu weinen, Ninetta zögert, versucht, mir gut zuzureden, doch dann bekommt sie Mitleid und lässt sich von meinem flehenden Blick erweichen.

»Hör zu, *bedda mia*, ich kümmer mich drum. Wirst schon sehen, morgen passiert was.«

»Und wie willst du das machen? Ich hab ihm doch gesagt, er soll sich nicht mehr blicken lassen …«

»Keine Bange. Wenn ich sage, ich kümmer mich drum, kannst du dich drauf verlassen. Heute Nacht schlummerst du selig, und ich schicke ein kleines Gebet an die heilige Rita, die fürs Unmögliche. Und morgen um Punkt sieben in der Früh sprechen wir uns wieder.«

Pünktlich am nächsten Morgen kommt Ninetta mit dem Kaffee. Ich habe kein Auge zugetan, sage es ihr aber nicht. Selbst vor ihr schäme ich mich, dass ich an diesem Dreckskerl von Santino hänge.

»Und, Ninetta?«

»Ah, *figghia mia*, die ganze Nacht hab ich mich abgeplagt, nich ein Gebet, sondern vier; um sechs hat Rita mir geantwortet.«

»Und was sagt sie?«

»Vergiss es, schlag's dir aus dem Kopf, nich mal die heilige Rita kann was machen. Der gehört Rosalia Frangipane, außerdem isser 'n Herzensbrecher, du suchst dir besser 'nen andren …«

Ninetta ist kategorisch: Wenn sie nichts machen kann, dann ist es eben Schicksal. Ich verdränge die Sehnsucht und finde mich damit ab, dass Santino in den Fängen seiner Frau bleibt.

Eines Abends ertappe ich mich dabei, wieder zu träumen, zu begehren. Am nächsten Morgen erwache ich mit dem Gefühl von Wind in meinem Haar, und eine Woge fiebriger Sehnsucht durchschaudert mich. Ich begreife, dass ich einen Mann brauche. Ich phantasiere vor mich hin, und Santino taucht vor mir auf wie das Inbild der einzig denkbaren Form von Liebe. Sein Körper auf meinem, seine Lippen, seine Hände auf meinen Brüsten … Ich schrecke auf, der Traum zerschellt am Krater auf meiner linken Brustseite. Ich habe keine zwei Brüste mehr, und erst jetzt wird mir klar, dass ich aus dem rituellen Käfig, den Santino und ich um meinen Körper errichtet haben, ausbrechen muss. Noch bin ich nicht vollends gesund, doch endlich ist mir, als hätte der lange Weg zur Genesung begonnen.

23

Es hat eine Weile gedauert, aber das Herz hat wieder angefangen, zu schlagen und zu hoffen. Die Sehnsucht nach Liebe ist stärker als das Gefühl von Tod und Schicksal, das Santino Abbasta in meinem Leben hinterlassen hat, und nach und nach ist auch die Angst vor der Krankheit verschwunden. Nach der Apnoe habe ich wieder zu atmen angefangen.

Das ist zunächst einmal Ciccio zu verdanken, fünfzehn Jahre jünger als ich, schön und muskelbepackt.

Ich lese ihn sozusagen auf der Straße auf: Er öffnet mir die Tür zur Bar, sagt: »Signora, Sie erlauben?«, lässt mir den Vortritt und spendiert mir einen Kaffee. Nach Wochen zurückhaltender Schmeichelei und charmanter Nettigkeiten fragt er mich: »Wie wär's, wenn wir uns duzen?« Ich habe nichts dagegen.

Zwei Monate vergehen, ich halte ihn hin oder vielmehr warm, sage nicht nein, und er fragt nicht. Wieder ist Clotilde meine Vertraute, die ich häufig am Nachmittag treffe. »Also der Typ ist ein Volltreffer«, sagt sie in nüchternem Ton. »Er ist jung, schön, sauber obendrein, und er will dich. Jede andere Frau wäre glücklich, hör also auf, Trübsal zu blasen, und fang wieder an zu leben. Ob es die wahre Liebe ist, na ja, das wird sich zeigen …«

Sie hat recht. Ich folge ihrem Rat und gebe dem Werben des Jungen nach, der seine Absichten inzwischen zurückhaltend, aber unmissverständlich bekundet.

Ciccio ist schön wie ein griechischer Gott. Geschmeidige, wie aus Stein gehauene Muskeln, weiche, bernsteinfarbene Haut. Er ist groß und stark und sieht mir in die Augen, wenn er mich in die Arme schließt. Sein Blick ist sanft, samtig, unschuldig wie der eines Rehkitzes, das die ersten Schritte tut und bei der Mutter nach Lob und Zuspruch sucht. Seine weichen, unerfahrenen Hände gleiten schüchtern über meinen bekleideten Körper. Sein leichter, süßer Duft erfüllt das Zimmer wie der Geruch frischer Schokoladenkringel und brennt sich in mein Gedächtnis ein. Seine feuchten Lippen suchen die meinen. Doch seine Unsicherheit macht ihn hölzern und kalt. Ich bin enttäuscht, doch Clotilde hat eine Erklärung parat: »Ist doch klar, beim ersten Mal … Man kennt sich nicht, ist befangen … Gib ihm noch 'ne Chance.«

Das zweite Mal ist er beherzter, offenbar hat er Zutrauen gefasst. Seine Hände sind überall, und stöhnend macht er sich über mich her wie ein Verhungernder. Als er mir die Bluse aufknöpfen will, um an meine Brüste zu kommen, schiebe ich seine Hand unwirsch weg, damit er ja nicht die falsche Brust ertastet. Was für eine haarsträubende Vorstellung, er könnte auf einmal meinen künstlichen Busen aus dem BH in der Hand halten! Plötzlich fällt mir Dr. Seltsam ein, dessen Armprothese bei allen möglichen und unmöglichen Anlässen zum Hitlergruß emporschnellt, als führte sie ein Eigenleben …

Wie auch immer, ich will Ciccio nicht traumatisieren, er ist so rührend, so jung, ein Kind gegen Santino. Vor allem ist er unerfahren, aber sensibel und voll guten Willens.

Clotilde nimmt ihn in Schutz: »Er ist halt noch ein Junge, aber du bist eine reife Frau. Du könntest ihm was beibringen, an Erfahrung mangelt es dir schließlich nicht! Und eine Erklärung wärst du ihm auch schuldig, warum du ihn nicht an deine Brüste lässt ... Schließlich ist noch kein Meister vom Himmel gefallen.«

Als Ciccio zum dritten Mal bei mir auftaucht, versuche ich ihm eine einleuchtende Erklärung für mein Backfischverhalten zu geben: »Weißt du, Süßer, damit du es richtig verstehst: Ich will nur, dass du dir sicher bist ...«

Er legt mir den Zeigefinger auf die Lippen und raunt: »Pssst, sag nichts. Ich glaube, du bist diejenige, die etwas nicht verstanden hat ...« Wie einfühlsam für so einen jungen Burschen, der vom Leben noch kaum eine Ahnung hat, denke ich. Was für eine nette Art, zu sagen: Keine Sorge, ich weiß, was los ist. Wir brauchen kein weiteres Wort darüber zu verlieren. Aber Ciccio hat rein gar nichts verstanden, er lässt einfach nicht locker. Seine Hände sind schon wieder auf meiner Brust, sein Mund presst sich auf meinen, sein Körper gibt sich meinen Blicken preis, damit ich seine Schönheit, seine Haltung, seine athletischen Muskeln bewundern kann.

Doch ich bin fest entschlossen, die Sache zu klären. Immerhin bin ich Ärztin, was bleibt mir anderes übrig, als das Thema von der medizinischen Seite her anzugehen? Vielleicht kann mir die Wissenschaft helfen, einen neutralen, sachlichen, schonungsvollen und für mich weniger demütigenden Ton zu treffen.

Als wir eines Abends beim Essen sitzen, komme ich zum Thema und hole weit aus, rede über erogene Zonen, Brüste, Mastektomie, die Amazonen ... Schweigend und mit großen, schwarzen, fragenden Augen hört er mir zu. Dann sagt er knapp: »Schatz, man braucht 'n Lexikon, um dich zu verstehen.«

Ciccio, der von einem leichten Abenteuer mit einer reifen Frau träumte, hat die Faxen dicke.

»Was hast du denn erwartet?« Clotilde kann meine Enttäuschung nicht nachvollziehen. »Er ist noch so jung, und du hältst ihn hin und erwartest, dass er dich versteht!«

»Na und, was ist so falsch daran, verstanden werden zu wollen?«

Doch nachdem Ciccio heute Abend endlich mit eigenen Augen das physische Phänomen gesehen hat, was alle lexikalischen Erklärungen ihm nicht zu veranschaulichen vermochten, ist er verschwunden.

24

Daniele ist mit dem Frühling gekommen, wenn die Seele empfänglicher für die Liebe ist. Auch er ist ziemlich jung und nur dem Geburtsdatum nach erwachsen. Gut gebaut, mit großen, hellen, nicht besonders lebhaften, aber schönen Augen. Nett, charmant und voll guter Absichten.

Das laue Wetter hat uns romantische Spaziergänge am Strand und durch die Altstadt beschert, Aperitifs bei Sonnenuntergang und Abendessen bei Kerzenschein. Obgleich ich jede sexuelle Annäherung tunlichst vermeide, halte ich ihn mit Anspielungen, Berührungen und vielsagenden Gesten bei der Stange, bereit, sofort zurückzurudern, sobald er die Initiative ergreift und körperlichen Kontakt mit mir sucht. Ehe es zur Sache geht, will ich mir diesmal einen Ruck geben und ihm reinen Wein einschenken.

»Daniele, hör mal, ich bin an der Brust operiert worden …«

»Na und?«

»Ich bin eine Amazone.«

»Und das heißt?«

»Daniele, ich habe nur eine Brust!«

Er schluckt, als müsste er eine Kröte hinunterwürgen, und sagt dann als echter Gentleman: »Ob eine oder zwei Brüste, was macht das schon, du bist du. Und die Narbe macht mir bestimmt nichts aus, mein Vater ist auch an der Brust operiert worden.«

Schließlich tun wir es, ohne uns auszuziehen. Er überlässt das Procedere mir und macht sich anschließend nicht aus dem Staub, sondern bleibt bei mir.

Eines Morgens in der Strandkabine, als ich zögere, ob ich mein Kleid gegen den Badeanzug tauschen soll, sagt er aufmunternd: »Aber warum ziehst du dich nicht aus, bei der Sonne? Wegen mir brauchst du dir keine Sorgen zu machen. Du weißt, dass ich dich mag … Daran ändert sich nichts.« Er macht mir Mut, und einen Augenblick lang denke ich, dass Männer eben doch nicht alle gleich sind. Geschützt vor fremden Blicken, entkleide ich mich hastig in der schummrigen Kabine und entblöße das Loch, das er mich einen Moment lang hat vergessen lassen. Ein halb überraschter, halb verblüffter Ausdruck huscht über sein Gesicht: »Meine Fresse, das sieht aber übel aus!«

Diesmal mache ich mich aus dem Staub und flüchte mich wie üblich zu meiner Freundin, um mir die Wunden zu lecken.

»Clotilde, ich glaube, es reicht. Wir begraben die Sache und richten den Blick nach vorn, aber ohne Männer. Agata Badalamenti geht in den Ruhestand.«

»Ruhestand, in deinem Alter! Du musst nur den Richtigen finden. Einen, der zu dir steht. Früher oder später kommt er, wirst schon sehen. Wenn du schon nicht mehr damit rechnest, ist er plötzlich da.«

25

Das Schicksal lässt mich nicht lange warten. Bald darauf treffe ich auf einer Party einen reiferen Herrn mit einem kleinen Prostataproblem, das er mir bei unserer dritten Verabredung beichtet; er fragt mich sogar um Rat. Er ist klug und hat hinreichend gelitten, um sich in das Leid anderer hineinversetzen zu können. Er heißt Giuseppe. »Der Name klingt irgendwie nach Butler«, wie Clotilde meint. Sein geziertes Auftreten erinnert tatsächlich an einen Butler, was vielleicht der Grund für die Skepsis meiner Freundin ist: »Ich weiß nicht, Agata. Der erscheint mir zu alt für dich, und lädiert ist er auch, aber vielleicht macht ihn das zuverlässiger. Keine Ahnung, Agata, versuch's halt … Aber diesmal übernehme ich keine Verantwortung.«

Ohne Clotildes Zuspruch zieht sich die Balz in die Länge. Neben unseren geistreichen Unterhaltungen, surrealen Dialogen und originellen Spinnereien fällt es mir sehr schwer, mich ihm körperlich anzunähern. Zum einen, weil ich meinen Defekt nicht zeigen will, und zum anderen, weil ich für Männer, die das Verfallsdatum überschritten haben, noch nie viel übrighatte. Schließlich gibt er mir zu verstehen, dass er nicht abgeneigt wäre, jedoch auf ein Zeichen, ein Wort, eine Aufforderung wartet, die Initiative zu ergreifen. »Macht's halt!«, verordnet mir Clotilde. »Sonst wirst du's nie wissen. Vielleicht entpuppt er sich als dein Traummann, vielleicht hast du mit ihm den besten Sex deines Lebens. Vergiss doch mal deine Vorurteile übers Alter.«

Doch es ist nicht nur das Alter, er hat etwas versteckt

Vulgäres an sich, das ich zwar nicht benennen kann, aber das dennoch da ist, unterdrückt, verdrängt, kontrolliert. Hin und wieder blitzt es in einem Lachen auf, in seinem breitbeinigen Gang, dem flachen Hintern in der weiten Hose.

Am Ende höre ich nicht auf die leise mahnende Stimme in meinem Kopf und wage es.

Eines Nachts sind wir in seinem Landhaus, das monatelang nicht benutzt wurde und deshalb klamm wie ein Keller ist. Trotz des warmen Wetters ist sein Bett entsetzlich kalt. Während ich darauf warte, dass er endlich aus dem Bad kommt, und mich wundere, was er wohl so lange treibt, suche ich nach den richtigen Worten, um ihm von meinem Gebrechen zu erzählen.

Ich bin unschlüssig, auf welche Seite des Bettes ich mich legen soll, und entscheide mich für die, die weiter von den Familienfotos entfernt ist. In einem himmelblauen Baumwollpyjama und mit frischgekämmtem Haar taucht Giuseppe auf und sagt: »Entschuldige, macht es dir was aus, wenn ich auf dieser Seite schlafe? Da liege ich sonst immer.« Natürlich macht es mir was aus, jetzt, da ich diesen Teil ein wenig warm gelegen habe, aber ich sage nichts, murmele eine Entschuldigung und rutsche auf die eisig kalte andere Seite. Ich starre auf den riesigen Schrank gegenüber und sehe im Spiegel, dass er sich schon wieder die Haare kämmt. Ich weiß nicht, warum, aber ich muss an den Commendatore Martuscelli aus dem vierten Stock denken, den im Seidenmorgenmantel und mit dem Haarnetz auf dem Kopf … Doch jetzt gibt es kein Zurück mehr, ich will ihn nicht verletzen, und außerdem muss ich ihm noch beibringen, dass mir eine Brust fehlt.

Giuseppe schlüpft unter das Laken, stellt die Lampe auf

den Boden, und ein beruhigendes Schummerlicht erfüllt das Zimmer. Er schmiegt sich an mich, streichelt mir über den Kopf und gibt mir eine Reihe von Küsschen, als wäre er mein Bruder. Vorsichtig und stumm hantiert er an mir herum. Schließlich fasse ich mir ein Herz. »Entschuldige, ich muss dir was sagen …« »Hat dir das deine Mama gesagt?«, erwidert er prompt. Ganz schön schlagfertig, denke ich, er hat Sinn für Ironie, vielleicht ist das die Gelegenheit … Und ich gestehe ihm alles.

Nachdem die ersten Hürden genommen sind, dreht er mich kurzerhand auf den Bauch, um das Problem zu umgehen und mir nicht in die Augen zu sehen. Am nächsten Morgen macht er mir Frühstück, überschüttet mich mit Zärtlichkeiten und verschwindet aus meinem Leben.

Die Zurückweisung durch einen Mann, der wesentlich älter ist als ich, ist ein bitterer Schlag. Jetzt ist der Moment gekommen, mich ohne Reue für ein Leben in Enthaltsamkeit zu entscheiden, das mich weniger leiden lässt als diese entwürdigenden, tollkühnen Manöver zwischen den Schützengräben meines lädierten Körpers.

Jeden Abend bete ich zur heiligen Agatha: *Santuzza mia*, lass mir die Brust wieder wachsen, bitte, lass ein Wunder geschehen, mach diese Kuhle weg. Dir hat der heilige Petrus sie doch auch wiedergegeben. Ich weiß schon, du bist eine Heilige und ich nicht, aber dir fehlten zwei, bei mir geht's nur um eine, ich bitte dich, erweis mir diese Gnade.«

Ich habe keine Lust, ein nonnenhaftes Leben zu fristen! Ich bin jung, sehe gut aus und brauche die Liebe wie die Luft zum Atmen. Ich will meine Brust zurück, um jeden Preis, ich würde alles tun, um sie wiederzuhaben.

Es ist einer dieser heißen, stillen, von Warten erfüllten Sommernachmittage. Ich krame gerade zwischen Büchern und Heften herum, als mir plötzlich Großmutter Agatas Rezept vor die Füße flattert. Wenn das kein Wink des Schicksals ist!

26

Das wiedergefundene Rezept markiert einen wirklichen Wendepunkt. Wieder einmal hat Großmutter Agata Einfluss auf mein Leben genommen und mir die Richtung gewiesen. Das Rezept ist mit dem Schirokko angeflattert gekommen, und zwischen heißen, von Staub gesättigten Böen, Sehnsüchten und Herzensschwere nimmt eine Idee Gestalt an, die sich als wahrer Geniestreich erweisen soll.

Meine kleine Bäckerei 'A CASSATELLA macht abends auf und morgens wieder zu. Es macht mir Spaß, Brot, Kuchen und Gebäck zu formen; meine Hände sind beschäftigt, mein Kopf wird frei, und ich finde die Ruhe wieder, die ich schon für immer verloren glaubte. Das ganze Jahr hindurch Agathenküchlein zu backen, die Sätze, Sprüche und Redensarten meiner Großmutter auf kleine bunte Zettelchen zu schreiben – Rot für die Liebe, Lila für die Weisheit, Rosa für die Lust am Spiel – und jeder Brust einen beizufügen war der beste Einfall überhaupt.

Die Küchlein in Gestalt einer weiblichen Brust samt dazugehöriger Zettel sind äußerst beliebt, vor allem Frauen sind ganz verrückt danach. Nachts, wenn der Verkehr versiegt und die Läden schließen, versammelt sich immer eine kleine Menschentraube vor der Tür. Grüppchen von Freundinnen und verliebte Pärchen stehen Schlange und warten geduldig, bis die Küchlein fertig sind. Frauen ohne Begleitung blicken sich vor dem Eintreten suchend nach jemandem um, mit dem sie sich zusammentun können, denn die Küchlein werden nur paarweise verkauft, eingedenk Großmutter Agatas Ermahnung: *Immer paarweise, Agatì: nie einzeln!*

Die besondere Stimmung – die Dunkelheit, die halb verlassenen Straßen – löst die Zungen und macht die Seelen empfänglich. Zufällige Begegnungen erscheinen wie uralte Freundschaften, belangloses Geplauder wird zur vertraulichen Unterredung, jeder Atemzug klingt wie ein Seufzer. Und bei einem aromatischen Getränk oder einem dampfenden Kaffee gehen selbst die schüchternsten Kundinnen aus sich heraus und werden die schweigsamsten gesprächig.

'A CASSATELLA ist ein Ort, an dem man Freundschaften schließt, Gesellschaft und Zuspruch findet.

»Gib mir die etwas kleineren … nein, die da … die daneben, die sehen runder aus. Und dazu einen Espresso, aber einen starken.«

Maria schneit in einer Frühlingsnacht herein, mit langem, schwarzem, lockigem Haar, das sich zum weichen Schwung der Hüften hin und her bewegt. Groß, samtig, schön, mit majestätischem Busen, der stets unter weiten Jacken und Hemden versteckt ist, mit breitem Mund und blitzend weißen Zähnen, die bei jedem Lächeln erstrahlen. Sie ist Spanierin, arbeitet als Fremdenführerin und lebt seit mehreren Jahren in Palermo, »aber nur vorübergehend …«, wie sie mir geheimnisvoll sagt.

»›Ein eifersüchtiger Mann geht gehörnt ins Grab.‹« Maria liest den Zettel laut vor und lacht. »Der ist nichts für mich. Hier, nimm, vielleicht kannst du was damit anfangen.«

Zu gern würde ich von Herzen mitlachen, aber mir gelingt nur eine wehmütige Grimasse.

»Ist schon Ladenschluss?«

»Nein, aber ich bin ziemlich müde und gehe heute früher nach Hause.«

»›Kein Samstag ohne Sonne, kein Weib ohne Liebeswonne‹«, raunt Maria mir zu, beugt sich vor und legt mir die Hand auf den Arm. »Dann mach zu, und wir gehen ein Stück zusammen.«

Schweigend schlendern wir nebeneinanderher. Palermo zeigt sich von seiner schönsten Seite, die noch leeren Straßen sind in pudriges Licht getaucht, das die Umrisse der Häuser und Berge verwischt. Der Hafen wimmelt schon von Menschen, die auf die einlaufenden Schiffe warten; selbst die Straßenköter erscheinen plötzlich wie edle Rassehunde. Wie süß ist doch die Luft dieser Stadt, *aus der man nur kommen kann* …

Vor meiner Tür bitte ich Maria herein, doch bloß aus reiner Höflichkeit. Ich bin müde, will mich ausziehen, duschen und in dieser Wehmut versinken, die mich bisweilen grundlos überkommt.

»Ich hab gehofft, dass du mich hereinbittest, ich hab nämlich nichts vor.« Mit einem Schritt ihrer langen Beine ist Maria schon in der Wohnung, hat sich, noch ehe die Tür wieder zu ist, die Jacke ausgezogen und sieht sich um.

»Ich mach Frühstück, und du gehst dich inzwischen frischmachen …«

Sie benimmt sich wie eine alte Freundin, und ich weiß nicht, warum ich ihr gehorche. Doch statt mich über ihre Zwanglosigkeit zu wundern, zeige ich ihr die Küche: »Hier steht der Kaffee, die Milch ist im Kühlschrank, die Küchlein sind auf dem Tisch … Gut, ich geh dann duschen.« Geschmeidig bewegt sie sich zwischen den Schränken umher – wie schön sie ist, denke ich.

In der Hoffnung, das Wasser könnte mir die Müdigkeit, die Traurigkeit und die schlechte Laune wegwaschen, stelle ich mich unter den warmen Strahl, der mir über den Kopf, durchs Haar und über die Schultern läuft. Ich weiß nicht, wie lange ich dort stehe. Mittlerweile ist der Raum voller Dampf, die Scheiben sind beschlagen, und der Seifenduft ruft alte Erinnerungen wach. Mit einem Mal streicheln mir unbekannte Hände sacht übers Gesicht, umfassen zärtlich meinen Nacken, legen sich weiche Lippen auf meine. Ohne zu fragen, ist Maria in all ihrer herrlichen Nacktheit in die Dusche geschlüpft. Sie hat große, weiche Brüste mit einer tiefen Furche dazwischen, durch die das Wasser rinnt. Es prasselt ihr auf den Kopf, läuft ihren Hals hinab, sammelt sich in den Mulden über dem Schlüsselbein. Ihre hellrosa Brustwarzen bilden einen aufreizenden Kontrast zum Schwarz ihres Haars und den dichten Locken ihres gewölbten Schambeins.

Vielleicht sollte ich etwas sagen, irgendetwas, aber wieder einmal gibt sich mein Körper schweigend einem anderen hin, der ihm Liebe zu bieten scheint. Maria knabbert sanft an meinen Lippen, ihre Liebkosungen sind von einer ungekannten, weichen Sinnlichkeit. Sacht gleiten ihre Finger über meine seifigen Schultern, wandern neugierig über meine Arme, über die eine Brust und zu dem Krater, der auf der linken Seite meines Oberkörpers klafft.

Ich halte den Atem an, doch die unwillkürlich aufsteigende Panik erstickt in Verblüffung und Emotion. *Santuzza mia,* mach, dass sie nicht angewidert ist …

Ihr Körper schmiegt sich an meinen, umfängt mich wie eine süße Creme, und ich gebe mich ihren sanften Zärtlichkeiten, ihren liebevollen Küssen hin. Ihre Hände legen sich leicht und unbeirrt auf meine Narbe, ihre Finger gleiten darüber hin, es ist, als hätte ich meine Brust wieder – ich spüre ihr Gewicht, ihre Fülle. Hoffnungsvoll sehe ich hin: Vielleicht hat die *santuzza* ein Wunder vollbracht?

Nein, es ist nur eine Phantomempfindung: Jeder, der eine Hand oder einen Fuß verloren hat, kennt das Phänomen. Ich habe tatsächlich das Gefühl, meine Brustwarze zieht sich zusammen, und ein lustvoller Schauder läuft mir über den Rücken.

Maria nähert sich meinen Schenkeln, sanft und geduldig arbeitet sie sich voran. Ihre Lippen sind auf meinem Bauch, ihre Zunge bewegt sich gekonnt, gleitet immer tiefer hinab. Mein Atem wird heftiger, mein Körper drängt sich gegen ihren. Meine Hände tasten instinktiv nach ihrem Busen, ihre kirschrunden Brustwarzen zwischen meinen Fingerspitzen fühlen sich an wie unreife Brombeeren.

Der Widerstand ist gebrochen, jeglicher Skrupel verschwunden, mein Mund irrt über Marias Körper, überzieht ihren Bauch mit zärtlichen Bissen. Zwischen ihren Schenkeln ein leichter Salzgeschmack, der Duft frischer Austern. Marias Hände legen sich auf meinen Kopf und lenken mich mit leichtem Druck. Dann zieht sie mich hoch, ihr Mund ist auf meinem, hält inne, fängt von neuem an, mich zu erforschen, den Hals, die Brust, den Bauch, den Unterleib … Eine heiße Woge steigt mir in die Kehle. Ein unglaublich süßer, sanfter, leichter, langer und überwältigender Orgasmus überkommt mich wie aus heiterem Himmel, während das Wasser langsam kalt wird und ich erschaudere.

Maria ist jetzt mein sicherer Hafen, die mütterliche Umarmung, das Wasser nach der Dürre, die Nahrung nach der Hungersnot, die Liebe, die Freundschaft, die Schwesternschaft, der Sex. Ihre Gegenwart gibt mir Halt und Beständigkeit. Sie spricht wenig von sich, so wie ich. Sie kommt im Morgengrauen, frühstückt in der Bäckerei, liest neugierig ihr Zettelchen, und wenn sie nicht arbeiten muss, geht sie mit zu mir.

Inzwischen ist 'A CASSATELLA weithin bekannt, und das ist vor allem den Frauen zu verdanken. Sie drängen in meinen kleinen Laden, stehen dicht an dicht wie die Ölsardinen, während sie die Agathenküchlein knabbern, ihre Zettelchen lesen, lachen, sie kommentieren, Geheimnisse austauschen und einander Ratschläge geben. Sie trinken ein Gläschen Passito di Pantelleria oder Moscato di Noto, der mit der Creme der Küchlein harmoniert, die Zunge lockert, Freundschaften fördert und Träume beflügelt. Inzwischen stehen einige Dessertweine zur Auswahl: Die Kunden haben die Qual der Wahl zwischen bernsteinfarbenen Passiti aus wertvollen, zuckrigen, in der sizilianischen Sonne gereiften Zibibbotrauben und goldenen, samtigen Moscati.

Zwischendurch gehen sie auf die Straße, um eine Zigarette zu rauchen, kehren zurück und nehmen die unterbrochene Unterhaltung wieder auf. Sie sind so ungeniert … Keine verschließt sich vor Vertraulichkeiten, keine entzieht sich der Solidarität. Alle sind sich einig: Etwas Süßes ist das wirksamste Gegenmittel gegen Einsamkeit, die beste Gesellschaft in kalten Winternächten, wenn man mit den Freundinnen zusammenrückt, um sich das Herz zu wärmen, die schönste Zier für eine junge Liebe, die sich selbst genug ist, der würdige Abschluss eines schweren Tages und ein guter Start in einen verheißungsvollen Morgen. Die Zettelchen mit den großmütterlichen Sprüchen sorgen für Neugier, Heiterkeit, spenden Trost und Hoffnung.

Einige meiner Kundinnen sind Freundinnen geworden, zu einigen habe ich ein herzliches Verhältnis. Ihre Stimmen vermischen sich zu einem unaufhörlichen, bisweilen unschuldigen, dann wieder gehässigen Zwitschern, das ich frühmorgens mit nach Hause nehme und das die leeren Zimmer füllt und mich auf andere Gedanken bringt. Ihre tränengetränkten, von Lachen begleiteten und mit pikanten Details gespickten Geschichten erzählen von Männern, vibrieren vor Hoffnung, strotzen vor Banalität und besingen die Liebe. Ich – für alle nunmehr »die Bäckerin« – bin dank der Zettelchen zur Vertrauensperson der einen Hälfte Palermos avanciert, die von nichts anderem als von Liebe redet, und so fühle auch ich mich nicht länger einsam. Ich bin ruhig, doch die Leidenschaft, die Lust, sich heißhungrig ins Leben zu stürzen, liegt noch tief verborgen in einem Winkel meiner Seele, schlummert unter der Haut.

Maria hat mich stärker gemacht, ihre Zärtlichkeiten haben meinem Körper gutgetan, ich bin zu Kräften gekommen, meine Haut ist wieder glatt und strahlend und mein Haar wieder lang und glänzend geworden. Auch meine Stimmung bessert sich von Tag zu Tag. Ich treibe in einer tiefen Ruhe, und manchmal fühle ich mich sogar zufrieden. Nur der Zukunftswille fehlt mir. Es ist, als wäre mir die Lust vergangen, Pläne zu schmieden; ich lebe ganz im Hier und Jetzt.

27

An einem besonders heißen Aprilmorgen schließe ich die Bäckerei ein wenig früher, um mit Maria einen Spaziergang am Meer zu machen, das im ersten Morgenlicht glitzert. Wir wandern schweigend nebeneinanderher, um den Zauber der Natur nicht zu zerstören, die uns zahllose Gründe zum Glücklichsein liefert. Die Luft ist lau, die Wellen schlagen mit leisem, hypnotischem Klatschen auf den Sand. Wir gehen am alten Kurhaus von Mondello vorbei, und gesättigt vom Duft nach Land und Meer, weht uns der Frühlingswind entgegen. Auf dem Dorfplatz ist noch nicht viel los, der Sommer mit seinem Wirrwarr aus Touristen, Bussen, Autos, Badegästen und Gerüchen nach Sonnencreme mit Kokos- und Vanilleduft ist noch fern.

Schon von weitem erkenne ich ihn. Santino Abbasta lehnt an der Hafenmauer. Seine Silhouette, die durch eine Speckwulst über dem Gürtel und die lasche Haltung noch vulgärer wirkt, ist unverkennbar. Statt wegzulaufen, werde ich magnetisch von ihm angezogen. Wie ferngesteuert bewege ich mich auf ihn zu.

Santino löst sich von der Mauer und kommt mir mit nach außen gestellten Füßen und mit seinem proletenhaften Gang entgegen, der ihm den Spitznamen *u Bagarioto* eingebracht hat, nach den Fuhrleuten, die aus der Gegend um Bagheria in die Stadt kamen. Ehe ich einen klaren Gedanken fassen oder reagieren kann, reißt er mich von meiner Freundin los, packt mich am Arm und schleift mich zu seinem Auto. Ich drehe mich noch nicht einmal nach Maria um, die wortlos an der Mole stehen bleibt. Kurz darauf braust das Auto durch den Parco della Favorita.

Wir erreichen mein Haus. Santino ist noch genauso arrogant wie früher, führt sich noch immer auf wie mein Gebieter. Er nimmt mir den Schlüssel aus der Hand, steckt ihn ins Schloss, öffnet, macht das Licht an, tritt die Tür zu, und schon sind seine Hände unter meinem Kleid, ist sein Mund in meinem Haar, auf meinen Lippen, gleitet heißhungrig über meinen Hals, beißt hinein, saugt daran, stammelt, redet ununterbrochen, und seine Stimme klingt in meinen Ohren wie die Flöte eines Schlangenbeschwörers. »Agata, ich hab mich verändert … Du schmeckst wie ein reifer Apfel! Ich will mit dir zusammen sein … mach die Beine auseinander, ich weiß, dass du mich willst. Du hast mir so gefehlt … Nachts denke ich an deinen Geruch und kriege kein Auge zu. Du brauchst es gar nicht abzustreiten, du weißt, dass wir füreinander bestimmt sind.«

Er küsst mich, drückt mich an sich, zieht mich aus, wobei er die Bluse tunlichst umgeht, und nimmt mich in Besitz. Mein Körper ist wie Wachs in seinen Händen und bildet mit dem seinen eine perfekte Einheit. Doch während er herrisch über mich verfügt, steigt Beklommenheit in mir auf. Während ich nach einer Zärtlichkeit in Santino suche, zu der er niemals fähig war, schmiege ich mich in seine Arme, dehne mich wie Brotteig, verschränke meine Füße mit seinen, dränge mich wie ein Ertrinkender an seine Brust. Meine Anhänglichkeit verblüfft ihn, er hat mich noch niemals so weich und anschmiegsam erlebt. Schließlich bringt ihn mein hemmungslos zur Schau getragener Durst nach Zärtlichkeit und Liebe aus dem Konzept. Er zögert einen Moment, seine Erregung schwindet, und wieder einmal wird seine Manneskraft von Gefühlen zu Fall gebracht.

»Was ist das denn für 'ne neue Masche, Agatina? Du bist so gefühlig …«, sagt er leicht genervt, wohl eher wegen seiner Schlappe als meinetwegen. Doch dann dreht er mich um und starrt meinen Allerwertesten an. »Was für ein Prachtarsch, Agata! Wie hab ich den vermisst …« Die Verunsicherung ist verpufft, schon ist er wieder Herr der Lage; er schüttelt mich, wendet mich linksrum und rechtsrum und endet mit einem langen, heiseren, befriedigten Stöhnen.

Dann sammelt er seine Sachen zusammen und sagt im Weggehen: »Ich komme zu dir, verstanden? Rosalia hat ein langes Gedächtnis … Ich sag's nicht wegen mir, sondern wegen unserer Beziehung, wir müssen sie schützen und dürfen uns nicht erwischen lassen.« Als er zur Tür hinaus ist, ist die ganze Leere der letzten Jahre zurück, schwarz wie die Depression, kalt wie die Krankheit und klamm wie ein Kerker.

Mein Traum von Freiheit ist dahin, ich bin tatsächlich Santinos Sklavin. Noch immer trage ich sein Brandzeichen auf meinem Herzen.

Agatina, hier in Sizilien,
auf dieser Insel von Dickschädeln,
sind die Wünsche der Frauen nichts wert,
das Einzige, was zählt,
ist der Wille der Männer …

28

Am nächsten Morgen kommt Maria vorbei, als wäre nichts geschehen, hilft mir, die Bäckerei zu schließen, und schlendert wie jeden Tag neben mir her. Doch ich bin wütend auf sie, hat sie doch zugelassen, dass sich Santino meiner bemächtigt, ohne einen Finger zu rühren. Hat einfach nur dagestanden und zugesehen, wie er mich weggeschleift hat. Zu Hause macht sie Frühstück und hantiert betont locker in der Küche herum. Ihre unbekümmerte Gelassenheit irritiert mich und macht mich zusätzlich nervös.

Über einer Tasse mit dampfendem Espresso versuche ich, einen Streit vom Zaun zu brechen. »Wahre Freunde sind da, wenn man sie braucht …«

Aber es ist nicht leicht, Maria einen Strick zu drehen. Sie kommt gleich auf den Punkt: »Wieso, was hab ich denn gemacht?«

»Du hast mich den Klauen des Ungeheuers überlassen«, sage ich und gebe damit ihr die Schuld für meine Schwäche.

»Ich kann nicht für dich handeln.«

»Weil ich dir piepegal bin.«

»Du musst selbst sehen, wie du gesund wirst, da kann ich dir nicht helfen. Santino ist ein Teil von dir, er ist dein Schatten, du musst damit zurechtkommen.«

»Du hättest mich beschützen müssen.«

»Ich kann dich schlecht vor allen Santino Abbastas der Welt schützen.«

»Aber wenn ich nicht die Kraft dazu habe?« Da bitte ich

sie, mir zu helfen, und sie stellt sich taub und geht nicht darauf ein.

»Dann musst du sie finden.«

»Ich wüsste nicht, wo …«

»Dann wirst du wohl früh sterben.«

»Du hasst mich.«

»Du hasst mich.«

Sie konfrontiert mich mit meiner Schwäche, und ich gerate in blinde Wut. Ein Schrei bricht aus mir heraus, gefolgt von heftigem Weinen. Ich schleudere alles durchs Zimmer, was ich zu fassen kriege, bis Maria mich bei den Händen packt und mich an sich reißt. Schließlich versinke ich in ein langes, von Furcht und Einsamkeit durchdrungenes Selbstgespräch. Ich erzähle ihr von meinem Nichtzugehörigkeitsgefühl, vom Däumling, von den Liebeskrumen, mit denen ich mich begnügen musste.

Maria schweigt eine Weile, dann sagt sie entschlossen: »Du musst deine Mutter treffen, dich mit ihr versöhnen.«

»Sie würde mir nicht zuhören.«

»Dann musst du sie zwingen«, beharrt sie und sieht mich an, als kenne sie das Problem genau.

»Und wenn sie mir wehtut?«

»Ist sie dazu denn noch fähig?«

»Die reißt mir die Haut in Fetzen herunter. Sie hätte längst in die Bäckerei kommen können, aber sie hat sich nie blicken lassen. Sie weist mich zurück …«

»So wie es aussieht, ist sie dein Ungeheuer, nicht Santino.«

»Vielleicht hast du recht … nur fühle ich mich so allein …«

»Wir alle sind allein mit unseren Dämonen.«

»Du hast gut reden, aber in meinem Leben klafft ein Loch …«

»Dann versuch es zu füllen.«

Maria lässt mir keinen Ausweg. Mein Zorn verebbt, und ich verfalle in nachdenkliches Schweigen.

Am Ende fühle ich mich völlig ausgebrannt, mein Kopf sinkt zur Seite, ich ziehe die Beine gegen die Brust und schlinge die Arme um die Knie. Ich bin so niedergeschlagen, dass es Maria fast leidtut, so hart zu mir gewesen zu sein. Ihre Hände, mit denen sie mich eben noch festgehalten hat, gleiten über meinen Rücken, durch mein Haar, streicheln meine Schultern und mein Gesicht. Stumm sitzen wir da und hängen unseren Gedanken nach, als Großmutter Agatas Stimme leise wispernd die Stille meiner Seele durchbricht und mir wie eine Erleuchtung ins Bewusstsein dringt: *Dies ist ein Land, aus dem man nur kommen kann …*

Manchmal ist die einzig kluge und würdevolle Lösung die Flucht, so unehrenhaft sie auch erscheinen mag. Einen Monat nach meinem Zusammentreffen mit Santino bin ich auf einem Schiff Richtung Barcelona, wo Marias Familie mich erwartet.

Es war nicht schwer, die Bäckerei zu verkaufen. Sie ist stadtbekannt, und ich habe eine beachtliche Summe dafür bekommen. Der neuen Besitzerin habe ich Großmutter Agatas Rezept gegeben – mit ein paar kleinen Abweichungen: Schließlich konnte ich ihr schlecht die von meiner Großmutter und Urgroßmutter sorgfältig aufeinander abgestimmten Mengen verraten, das ist ein Familiengeheimnis! Doch den Trick, wie man feststellt, ob der Teig gelungen ist, habe ich ihr nicht vorenthalten: dass er sich weich und geschmeidig anfühlen muss wie eine echte Brust und dass die Füllung geschmeidig sein muss wie eine Frau nach dem Liebesakt ... Vom genüsslichen Schauder, der einen bei jeder roten Kirsche durchfährt, die man auf den weißen Guss setzt, habe ich ihr nichts gesagt. Aber ich bin sicher, dass die heilige Agatha trotzdem weiterhin ihre schützende Hand über 'A CASSATELLA und deren Kundinnen halten wird.

Meine Freundinnen haben mir geholfen, in Windeseile den Umzug zu organisieren.

Vor meiner endgültigen Abreise aus Sizilien habe ich es noch geschafft, mich von Ninetta zu verabschieden. In ihrer völlig zugekramten Küche schloss sie mich in die Arme, überhäufte mich mit Ratschlägen, bestärkte mich, dass es unerlässlich sei, sich vor diesem »Hurenbock von Santino Abbasta« in Sicherheit zu bringen, und befand: »Manchmal is verlieren besser als haushoch verlieren.« Zum Schluss musste ich das übliche Ritual mit Teller, Öl und Salz über mich ergehen lassen. »Was treiben wir aus?« – »Den bösen Blick.« – »Den bösen Blick.« – »Den bösen Blick.«

Onkel Nittuzzo ist zum Hafen gekommen, um mir auf Wiedersehen zu sagen. Ich habe ihm meine Wohnungsschlüssel überlassen, damit er sie der Familie Frangipane zurückgibt. Und so habe ich dem Mann, der meine Gesundheit und mein Leben zerstörte, die Tür im wörtlichen und übertragenen Sinn vor der Nase zugeschlagen.

In Barcelona suche ich mir ein kleines Haus am Meer. Maria kommt mich besuchen, so oft sie kann.

29

Den ersten Monat in Spanien verbringe ich wie in einem Traum. Ich atme Seeluft und unbekannte Düfte. Ich müsste quirlig und aufgekratzt sein, doch stattdessen bin ich seltsam entspannt. Selbst tagsüber schlafe ich viel, wie nach einer langen Krankheit, von der man erst gründlich genesen muss.

Ich verbringe viel Zeit am Herd, probiere neue Rezepte aus und finde zu ungeahnter Ruhe zurück. Das Haus ist klein, jedoch mit einer geräumigen, im Vergleich zu den übrigen Zimmern riesigen Küche. Durch die beiden deckenhohen Fenster an der rückwärtigen Wand fällt vom frühen Morgen bis zum späten Nachmittag Sonnenlicht herein. Die Wände sind mit glänzenden, bunten Majoliken gefliest, deren Farbtöne von Orangegelb über Rot bis zu Dunkellila reichen und die ein schillerndes Schattenspiel über den gleichförmig weißen Marmorboden werfen. In der Mitte des Raumes, gegenüber dem Gasherd aus glänzendem Edelstahl, steht ein langer Holztisch, auf dem die Zeit ihre Spuren hinterlassen hat: Schrammen, der schwarze Abdruck eines glühend heißen Topfes, Ringe von abgestellten Gläsern, verblasste Zeichen einstiger Geselligkeit.

Eine wuchtige Anrichte mit geräumigen Fächern dient als Trennwand zwischen der Küche und dem Rest des Hauses. Neben Glasdosen, Kupfertöpfen, Oreganosträußchen, Knoblauchzöpfen, Chilischoten und runzligen getrockneten Tomaten, die an kostbare Geschmeide erinnern, habe ich aus Palermo ein Bild der heiligen Agatha mitgebracht. Ein weißer Schleier umrahmt ihr feines, ovales Gesicht, und in der

Hand hält sie einen Teller mit zwei weißen, runden Brüstchen. Auf einem anderen Bord steht zwischen Mehl, Zucker und Kaffee ein Hochzeitsfoto von Großmutter Agata und Großvater Sebastiano. Das sind in diesen Räumen die bislang einzigen Zeugen meiner Vergangenheit.

Ein Ventilator dreht sich träge an der Decke und hält die Fliegen von den Köstlichkeiten fern, die ich auf den Esstisch stelle.

Es ist mir ein Rätsel, wie man sich von Tiefkühl- und Fertiggerichten ernähren kann. Gemüse klein zu hacken, Saucen einzukochen, den Teig für die Foccacce zu kneten und Gewürze zu mischen macht mich glücklich. Während ich mich auf Düfte, Aromen, Mengen und Zutaten konzentriere, wird mein Kopf frei. Ich koche nicht, sondern bereite Zaubermittel zu, deren magische, unvorhersehbare Wirkung ich an mir selbst erprobe.

Jeden Morgen habe ich Lust auf etwas anderes. Heute habe ich eine Fisch-Caponatina gekocht, gestern musste es Pasta 'ncasciata sein, und morgen werde ich Arancine und Anisplätzchen machen. An manchen Tagen wird mir ganz plötzlich übel, und ich muss fluchtartig die Küche verlassen; aber daran ist bestimmt die heiße Butter schuld, der ranzige Geruch schlägt mir auf den Magen, und deshalb benutze ich möglichst nur Olivenöl. Wenn sich Maria angekündigt hat, fange ich schon Tage vorher an, zu mixen, zu kneten, zu rühren, zu hacken, zu kochen und zu braten, bis ich erschöpft auf einen Stuhl sinke und das Ergebnis betrachte: Angerichtet wie Kunstwerke, stehen die Gerichte auf dem Tisch, um ihr ein köstliches Willkommen zu bereiten.

Meine Wangen sind rosig, meine Haut ist straff und rein, mein Gemüt träge, meine Stimmung veränderlich bis schön, und ich habe ein bisschen zugelegt: Meine Lebenslust ist zurückgekehrt.

»Du siehst aus, als wärst du schwanger«, sagt Maria und betrachtet mich.

»Wie meinst du das?«

»Ich weiß nicht, du hast so was Weiches, Wohliges und so einen Blick, wie Schwangere ihn haben …«

»Ach komm! Und von wem sollte ich schwanger sein?«

»Ich hab nicht gesagt, dass du es bist, nur, dass du so aussiehst.«

Tatsächlich hat sich mein Aussehen verändert. Ich bin runder geworden und bewege mich wie in Zeitlupe. Mein Mund ist voller, auf der Oberlippe ist eine bräunliche Verfärbung aufgetaucht, sogar meine Brust, die *teta*, wie Maria auf Katalanisch sagt, ist draller und schwerer geworden, der Warzenhof größer, die Brustwarze dunkler.

»Und dass dir mit einem Mal von der Butter schlecht wird …«

Das ganze Mittagessen über reitet Maria darauf herum: »Na, mit wem bist du denn in letzter Zeit zusammen gewesen? Mit einem rassigen, schwarzhaarigen und glutäugigen Spanier?«

Während sie mich auf den Arm nimmt und sich erotische Verrenkungen und sündige Situationen ausmalt, macht sich bei mir eine leise Unruhe bemerkbar. Ich spüre, dass in mir etwas anders ist.

Ich berechne die Zeit seit dem *letzten Mal*, das mein Leben in neue Bahnen gelenkt hat, überlege, wie oft meine Regel seither ausgeblieben ist.

Ich gehe in die Apotheke, kaufe einen Schwangerschaftstest, mache ihn zu Hause im Badezimmer und halte Maria den Streifen hin, weil ich nicht den Mut habe, selbst nachzuschauen, ob die feine rosa Linie auftaucht, die möglicherweise meine Zukunft besiegelt. Während der Wartezeit versuche ich, mir mit geschlossenen Augen Santinos Bild ins Gedächtnis zu rufen, seinen Atem, der mich in Wallung versetzte, die Berührung seiner Hände … Aber es ist alles weg, bis auf eine diffuse Aversion, flüchtig und kaum zu fassen.

»Du bist eindeutig schwanger«, verkündet Maria und fügt in ihrer typisch pragmatischen Art hinzu: »Was willst du tun?«

Ich bin geschockt oder vielleicht nur verdattert, doch zum ersten Mal in meinem Leben zögere ich keine Sekunde: »Nichts – das heißt alles. Dem Leben kann man sich nicht widersetzen.«

»Meinst du das ernst, Agata?«, fragt sie mich mit halb freudigem, halb verblüfftem Gesicht.

»Nun ja, das ist die erste Liebestat, die dieser Mistkerl für mich zustande gebracht hat. Er hat's nicht absichtlich gemacht, aber ich will es gern in diesem Licht betrachten.«

»Ich weiß nicht, ob ich das eine Liebestat nennen würde«, sagt Maria, »aber du kannst auf mich zählen. Ich ziehe wieder hierher und helfe dir, diesmal lass ich dich nicht allein.«

Als die Übelkeit vorüber ist, beginnt die schönste und beglückendste Zeit meines Lebens. Die Monate der Schwangerschaft vergehen ohne Pläne, Fristen und Alltagspflichten. Ich befreie mich von lästigen Geistern, vergesse alte Sorgen und überkommene Ängste. Das Kind, ob Junge oder Mädchen, wird meine Wunden heilen und die über die Jahre erlittenen Verletzungen wiedergutmachen – von der Zurückweisung durch meine Mutter über die Krankheit bis zu dieser zerstörerischen Liebe, die endlich zu einer harmlosen Erinnerung werden kann, da etwas ungleich viel Bedeutenderes an ihre Stelle tritt.

30

»Atme ganz tief ein, noch mehr, entspann dich.«

Die Entbindungsstation hallt von Stimmen wider, das Geräusch meines Atems klingt wie das Heulen des Windes im Sturm. Die Hebamme spornt mich an, Maria redet mir zärtlich zu, und ich stöhne hin und wieder leise. Mein Bauch ist groß und spitz, meine Brust schwer und drall, meine Lippen sind geschwollen, und ich habe das runde Gesicht einer Schwangeren kurz vor der Niederkunft. Auf der Station herrscht freudige Geschäftigkeit: Ärzte und Schwestern huschen um mich herum, trösten, ermutigen, beruhigen mich. Ein Sensor auf meinem Bauch zeichnet den Herzschlag des Kindes auf und überträgt ihn als dumpfes Pochen. Während der stundenlangen Wehenphase erfolgen die Kontraktionen in immer kürzeren Abständen. Wenn sie am heftigsten sind, spanne ich die Muskeln an und höre auf zu atmen, als könnte ich den Schmerz damit aufhalten.

»Nicht dagegenhalten, sondern atmen, entspann die Muskeln und lass es kommen«, flüstert mir Maria mit hypnotischer, monotoner Stimme ins Ohr. Ich habe das Gefühl, als stemmte sich ein Kolben auf meinen Bauchnabel und drückte unerbittlich nach unten. Plötzlich meine ich Assunta Guazzaloras imposante Gestalt vor mir zu sehen. *Mach dich locker, je eher du's rauslässt, desto besser für alle*, befiehlt sie mir. Während der gesamten Wehenphase bleibt meine Urgroßmutter an meiner Seite.

Mein Körper ist ein Meer, in dem eine Welle sacht anschwillt, sich langsam in einem wirbelnden Strudel bricht und mir die Eingeweide zerreißt. Plötzlich wird die Woge zur Flut, ein Fluss bricht sich zwischen meinen Beinen Bahn. Die Geburt steht unmittelbar bevor, das Herz meines Kindes klingt wie der Galopp eines Pferdes in der Zielgeraden.

Pressen!

Luft holen, anhalten, pressen! Die Anweisungen gibt mir meine Urgroßmutter Assunta.

Es sind fünf Presswehen insgesamt. Zwischen einer und der nächsten hole ich Luft, blähe die Lungen, schließe die Kehle und presse, um meinem Kind ans Licht zu helfen. Die Pause ist keine Auszeit mehr, sondern ein Warten darauf, dass sich das Leben offenbart. Alle halten den Atem an, dann ertönt das Wimmern eines Neugeborenen, und ich brülle und weine vor Freude und Rührung und ergebe mich der Hoffnung, die endlich mein Herz erfüllt.

»Como lo va a clamar?«

Wie ich es nennen will? In den vergangenen Monaten habe ich nie ernsthaft darüber nachdenken wollen, doch als das dunkelrote Gesichtchen meines Sohnes zwischen den Falten des himmelblauen Tuches hervorlugt, zögere ich nicht. »Santino«, sage ich mit matter Stimme.

Marias Lächeln erstirbt, ihr Blick verfinstert sich, die Erinnerung an diesen Mann verdirbt ihr die Laune und beschwört alte Ängste herauf. »Ich will doch nur, dass von dieser kranken, zerstörerischen, verfehlten Liebe etwas Lebendiges und Beglückendes bleibt.« Eine Idee, ein Wunsch, den ich mit lauter Stimme kundtue.

Ich strecke die Arme nach dem Bündel aus Fleisch, Blut und Weichheit aus. Endlich bin ich frei. Ich lege es an meine einsame Brust, und ein tiefer Friede umfängt mich.

Barcelona, 5. Februar

»Santino, schau gut zu, wie ich's mache: Du häufst das Mehl auf, dann tust du das Schmalz und die Eier dazu und verknetest alles.«

»Und der Ricotta, Mama?«

»Der kommt später dran. Sind deine Hände sauber?«

»Ja, Mama.«

»Na, dann fang an zu kneten, das kannst du doch, bist schließlich ein Mann!«

Santino ist ein heiteres, lebhaftes Kind, und heute hilft er mir zum ersten Mal, die magischen Cassatelle zu backen. Am Tag der Geburt habe ich der *santuzza* versprochen, dass ich es nie wieder vergessen würde, am 5. Februar die ihr geweihten Küchlein zu backen.

»Na gut, Mama, ich knete, aber erzähl du weiter …«

Ich muss lächeln vor Glück. Jetzt bin ich wirklich geheilt. Das Nichtzugehörigkeitsgefühl ist verschwunden. Mein Sohn ist der Kiesel, der mir im Wald des Lebens die Richtung weist. Mit ihm an meiner Seite werde ich mich nie wieder verlaufen. Das Loch in meiner Brust, wenn es denn noch da ist, sehe ich nicht mehr, und das in meiner Seele hat sich gefüllt. Ich trage die Kraft meiner Großmutter Agata in mir, meiner Urgroßmütter Luisa und Assunta und auch die unergründliche Stärke meiner Großmutter Margherita; wann immer ich sie brauche, kann ich darauf zurückgreifen. Endlich bin ich in der Lage, zu wählen, Schwierigkeiten die Stirn zu bieten, Probleme zu bewältigen.

Diese Fähigkeit ist keine mir allein vorbehaltene Zaubergabe, sondern eine Widerstandskraft, die allen Frauen zu eigen ist, auch wenn sie es manchmal nicht wissen. Sie besitzen das Geheimnis des Lebens, setzen Tag für Tag geduldig das Knüpfwerk ihrer Familiengeschichte fort und geben es als wertvollen Schatz an die Nächsten weiter.

»Weißt du, Santino, die heilige Agata war ein gutes, kluges Kind, genau wie du. Als sie groß war und eines Tages am Fenster saß und ihr Spiegelbild betrachtete, erblickte der Statthalter Quintianus …«

»Mama, was ist ein Statthalter?«

»Einer, der das Sagen hat, Dummerchen! Also, als Quintianus sie sah, verliebte er sich in sie … Gut so, genau richtig, lang kräftig zu mit deinen Fingern, und wenn du spürst, dass die Anstrengung sich in Zärtlichkeit verwandelt, ist der Teig fertig … So, und jetzt legen wir ihn in ein Tuch schlafen und machen uns an die Creme …«

Dank

Kirschen auf Ricottaschnee ist kein autobiographisches Buch, auch wenn viel von mir, von den Frauen meiner Familie und von anderen Frauen, denen ich begegnet bin, eingeflossen ist. Sollte jemand irgendeine Ähnlichkeit mit lebenden Personen feststellen, möge er sich weder ärgern noch freuen: Die Figuren dieses Romans sind aus Phantasie gemacht und nach den Archetypen geformt, denen wir alle im Guten wie im Schlechten ähneln. Was die historischen Fakten betrifft, wurden sie hie und da den erzählerischen Notwendigkeiten angepasst. Sämtliche Gefühle hingegen sind authentisch.

Ich danke Giulia Ichino für ihren unermüdlichen Zuspruch, ihre bewundernswerte Sensibilität und Sachkenntnis.

Dank auch an Maria Teresa Cascino und dem ganzen Organisationsteam des Women's Fiction Festival von Matera. Des Weiteren an Grazia Napoli für ihre helle Begeisterung. An Maria Pia Farinella, meine großzügige Bewunderin. An Clotilde Di Piazza, meine älteste Freundin. Und an Giovanni Torregrossa, der mir mit einzigartiger Freigebigkeit gewährt hat, mir seine schönsten Erinnerungen zu eigen zu machen.

Und schließlich ein besonderer Dank an meine Mutter, sie weiß, warum.